सिद्धार्थ

AF730246

सिद्धार्थ

हर्मन हेस

अनुवाद : मदन सोनी

MANJUL
मंजुल पब्लिशिंग हाउस

MANJUL

मंजुल पब्लिशिंग हाउस प्रा.लि.

कॉरपोरेट एवं संपादकीय कार्यालय

• द्वितीय तल, उषा प्रीत कॉम्प्लेक्स, 42 मालवीय नगर, भोपाल-462 003

विक्रय एवं विपणन कार्यालय

• सी-16, सेक्टर 3, नोएडा, उत्तर प्रदेश, 201301

वेबसाइट : www.manjulindia.com

वितरण केन्द्र

अहमदाबाद, बेंगलुरू, कोच्चि, कोलकाता, चेन्नई,
हैदराबाद, मुम्बई, नई दिल्ली, पुणे

हर्मन हेस द्वारा रचित मूल अंग्रेजी पुस्तक *सिद्धार्थ* का हिन्दी अनुवाद

इस हिन्दी संस्करण का कॉपीराइट © मंजुल पब्लिशिंग हाउस, 2016
द्वारा सुरक्षित

Siddhartha by Hermann Hesse's – Hindi Edition

यह हिन्दी संस्करण 2016 में पहली बार प्रकाशित
9वीं आवृत्ति 2026

ISBN 978-81-8322-753-7

हिन्दी अनुवाद : मदन सोनी
कवर डिज़ाइन : छाया प्रभात

मुद्रण व जिल्दसाज़ी : रेप्रो इंडिया लिमिटेड

यह पुस्तक इस शर्त पर विक्रय की जा रही है कि प्रकाशक की लिखित पूर्वानुमति के बिना इसे या इसके किसी भी हिस्से को न तो पुनः प्रकाशित किया जा सकता है और न ही किसी भी अन्य तरीक़े से, किसी भी रूप में इसका व्यावसायिक उपयोग किया जा सकता है। यदि कोई व्यक्ति ऐसा करता है तो उसके विरुद्ध कानूनी कार्रवाई की जाएगी।

अनुक्रम

भाग–I

भाग–II

भाग-I

ब्राह्मण-पुत्र

भवन की छाया, नदी-तट की धूप में नावों के निकट, साल-वन और अंजीर के वृक्ष की छाया वे स्थान थे जहाँ अपने दोस्त गोविन्द नामक एक ब्राह्मण-पुत्र के साथ-साथ, युवा, सुन्दर ब्राह्मण-पुत्र सिद्धार्थ पला-बढ़ा था। नदी तट पर स्नान करते समय, पूजा-अर्चना करते समय, जलाभिषेक करते समय, धूप ने उसके छरहरे कन्धों को कत्थई कर दिया था। जब वह एक बच्चा था और अमराई में खेला करता था, जब उसकी माँ पूजा करते हुए गा रही होती थी, जब उसके अध्ययनशील पिता उसको पढ़ा रहे होते थे, जब प्रबुद्ध लोग आपस में बातें किया करते थे, तब उसकी आँखों में एक छाया उतरने लगती। सिद्धार्थ पहले ही प्रबुद्ध लोगों की बहसों में हिस्सा लेने लगा था, गोविन्द के साथ शास्त्रार्थ का अभ्यास करने लगा था, गोविन्द के साथ ही चिन्तन की कला का, ध्यानोपासना का अभ्यास करता रहा था। वह जानता था कि शब्दों के शब्द ओ३म् का मौन उच्चारण कैसे किया जाता है कि अपनी अन्तरात्मा की समूची एकाग्रता के साथ, प्रांजल चिन्तन की ऊर्जा से दीप्त मस्तिष्क के साथ, किस तरह इस शब्द का मौन उच्चारण साँस खींचते समय अपने अन्दर किया जाता है, और साँस छोड़ते हुए अपने से बाहर किया जाता है। वह अपने अस्तित्व की गहराई में अनश्वर, विश्व के

साथ एकाकार, आत्मा को अनुभव करना जान चुका था।

पिता का हृदय ऐसे पुत्र के प्रति आह्लाद से भर उठता था जो ज्ञान की प्यास से भरा हुआ था, और फुर्ती से सबकुछ सीख लेता था; वे उसको एक प्रज्ञावान मनुष्य और सन्त के रूप में, ब्राह्मणों के बीच एक राजकुमार के रूप में, विकसित होते देख रहे थे।

जब उसकी माँ उसको देखती, जब वह उसको हुए चलते, बैठते-उठते हुए देखती, उस हृष्टपुष्ट, सुन्दर सिद्धार्थ को, जो पूरे आदर के साथ उसका अभिवादन करता हुआ, अपने छोटे-छोटे पैरों से चलता उसके पास से गुज़रता, तो उसकी छाती में आनन्द की हिलोर उठने लगती।

जब सिद्धार्थ अपना तेजस्वी मस्तक उठाये, किसी सम्राट की तरह निगाहें डालता हुआ, अपने दुबले-छरहरे पैरों से चलता हुआ, नगर की गलियों से होकर गुज़रता, तो ब्राह्मण युवतियों के दिलों में कामनाएँ सुगबुगाने लगतीं।

लेकिन तमाम दूसरे लोगों से कहीं अधिक वह अपने ब्राह्मण-पुत्र दोस्त गोविन्द का स्नेहपात्र था। वह सिद्धार्थ की आँखों और उसके मधुर स्वर से प्रेम करता था, वह उसकी चाल से और उसके पैरों की सर्वथा सन्तुलित सौम्य गति से प्रेम करता था, वह उस हर वस्तु से प्रेम करता था जो सिद्धार्थ करता और कहता था और सबसे अधिक प्रेम करता था वह उसकी ऊर्जा से, उसके अतिक्रमी, उत्तेजक विचारों से, उसकी दृढ़ इच्छा-शक्ति से, कुछ कर गुज़रने की उसकी प्रबल भावना से। गोविन्द जानता था : वह कोई साधारण ब्राह्मण, पूजा-पाठ करने वाला कोई आलसी पुरोहित नहीं बनेगा; न चमत्कारी करिश्मे दिखाने वाला कोई लालची व्यापारी; न कोई खोखला, गाल बजाने वाला वक्ता; न कोई छुद्र, धूर्त पुरोहित; और न ही भेड़ों के झुण्ड की कोई भली-सी, मूढ़ भेड़ भी। नहीं, और वह, यानी गोविन्द भी, वैसा कुछ नहीं बनना चाहता था; वह भी नहीं चाहता था कि वह हज़ारों ब्राह्मणों जैसा ही एक ब्राह्मण बनकर रह जाए। वह सिद्धार्थ का, अपने प्रिय और अनुपम सिद्धार्थ का, अनुसरण करना चाहता था। आने वाले दिनों में, जब सिद्धार्थ एक देवता बन जाने वाला था, जब वह दिव्य हस्तियों में शामिल हो जाने वाला था, तब गोविन्द उसके दोस्त के रूप में, उसके साथी, सेवक, सेनानी के रूप में, उसकी छाया के रूप में, उसका अनुसरण करना चाहता था।

इस प्रकार सिद्धार्थ हर किसी का स्नेहपात्र था। वह हर किसी के लिए आनन्द का स्रोत था, सभी लोगों के लिए सुख का कारण था।

लेकिन वह, यानी सिद्धार्थ, स्वयं के लिए आनन्द का स्रोत नहीं था, उसको अपने भीतर किसी तरह के आह्लाद का अनुभव नहीं होता था। अंजीर की वाटिका की गुलाबी वीथियों पर धीरे-धीरे चलते हुए, ध्यान के निकुंज की नीलाभ छाया में बैठे हुए, पश्चाताप के जल में प्रतिदिन अपने अंगों को धोते हुए, आम्रवन की मद्धिम रोशनी में आहुतियाँ देते हुए, अनिन्द्य चारुता से युक्त उसकी भंगिमाएँ हर किसी को प्रिय और सुखद लगती थीं, लेकिन उसका हृदय तब भी आनन्द से पूरी तरह सूना बना रहता था। उसके मन में तरह-तरह के सपने और बेचैन करने वाले विचार आते, नदी के पानी से तैरते हुए, रात में तारों से चिंगारियों की तरह फूटते हुए, धूप की शहतीरों से पिघलते हुए, उसको सपने आते और यज्ञ की वेदी से धुएँ की तरह उठती, *ऋग्वेद* की ऋचाओं से साँस की तरह निकलती, बुजुर्ग ब्राह्मणों के उपदेशों से बूँद-बूँद कर रिसती आत्मा की एक बेचैनी उसके अन्दर समाती चली जाती।

सिद्धार्थ ने अपने भीतर असन्तोष को पालना आरम्भ कर दिया था, उसको लगने लगा था कि उसके पिता का प्यार, उसकी माँ का प्यार, और उसके मित्र गोविन्द का भी प्यार उसको कभी भी और स्थायी तौर पर आनन्द नहीं दे सकेगा, यह प्यार उसका पालन-पोषण नहीं कर सकेगा, उसको तृप्त नहीं कर सकेगा। उसके मन में सन्देह जागने लगा था कि उसके श्रद्धेय पिता और उसके अन्य गुरु और ज्ञानी ब्राह्मण अपनी प्रज्ञा का सर्वश्रेष्ठ उसके समक्ष उजागर कर चुके हैं, कि वे अपने समृद्ध ज्ञान से उसकी जिज्ञासा के पात्र को भर चुके हैं, और वह पात्र तब भी भरा नहीं है कि उसके मन को सन्तोष नहीं हुआ है, उसकी आत्मा को शान्ति नहीं मिली है, उसके हृदय को तृप्ति नहीं मिली है। शुचिता के कर्मकाण्ड अच्छे थे, लेकिन वे पानी-मात्र थे, वे पापों को नहीं धो पाते थे, वे अन्तःकरण की प्यास को नहीं बुझा पाते थे, वे उसके हृदय में बैठे भय को दूर नहीं कर पाते थे। यज्ञ और देवताओं के आह्वान बहुत सुन्दर थे - पर क्या इतना भर पर्याप्त था? क्या यज्ञ सौभाग्य प्रदान करते थे? और देवता? क्या सृष्टि की रचना सचमुच प्रजापति ने की थी? क्या उसकी रचना आत्मा ने, उस एकमात्र, अद्वितीय ने ही नहीं की थी? क्या देवता भी रचनाएँ नहीं थे, मेरी और तुम्हारी तरह ही रचे गये,

काल के अधीन, मर्त्य? तब क्या देवताओं को आहुतियाँ देना अच्छा था, उचित था, एक सार्थक और श्रेष्ठतम कर्म था? सिवा उसके, उस एकमात्र आत्मा के, आहुतियाँ देने योग्य और कौन है, कौन है उसके अलावा जिसकी पूजा की जाए? इस आत्मा को हम और कहाँ पा सकते हैं, कौन-सी अन्य जगह है जहाँ उसका निवास है, जहाँ पर उसका शाश्वत हृदय धड़कता है, सिवा व्यक्ति के उस स्व के, सिवा उसके उस अन्तरतम, अनश्वर अंश के, जो हर किसी के भीतर मौजूद है? लेकिन कहाँ, कहाँ है यह स्व, उसका यह अन्तरतम, अद्वितीय अंश? वह हाड़-मांस नहीं है, वह न विचार है न चेतना, ऐसी सीख थी परम ज्ञानियों की। तब फिर, कहाँ है, कहाँ है वह? उस स्थल तक, उस आत्म तक, मेरे अपने उस स्वत्व तक, उस आत्मा तक, पहुँचने का कोई भी ऐसा दूसरा मार्ग नहीं है, जिसकी खोज सार्थक कही जा सके। आह, और कोई नहीं था जिसने वह रास्ता सुझाया हो, कोई नहीं जानता था उसके बारे में, न पिता, न गुरु, न ज्ञानी लोग, और न ही यज्ञ के पवित्र स्तोत्र! वे सबकुछ जानते थे, ब्राह्मण और उनके धर्मग्रन्थ, वे सबकुछ जानते थे। उनने सबकुछ का और सबकुछ से अधिक का विचार किया था, सृष्टि की रचना, वाक्, अन्न, साँस लेना, साँस छोड़ना, इन्द्रियों की बनावट, देवताओं के कृत्य, उनको अन्तहीन वस्तुओं के बारे में पता था - लेकिन अगर आपको उस एक और एकमात्र वस्तु का, उस सबसे महत्त्वपूर्ण, पूर्णतः महत्त्वपूर्ण वस्तु का ज्ञान नहीं था, तो फिर यह सबकुछ जानने का क्या मूल्य था?

निश्चय ही, पवित्र ग्रन्थों की, विशेषकर *सामवेद* के उपनिषदों की, कई ऐसी ऋचाएँ थीं जो इस अन्तरतम और परम सत्ता के बारे में बात करती थीं। अद्भुत ऋचाएँ। "आपकी आत्मा ही सम्पूर्ण जगत है," वहाँ लिखा हुआ था, और यह भी लिखा था कि मनुष्य अपनी निद्रा में, अपनी गहरी निद्रावस्था में, अपने इस अन्तरतम अंश से मिलता है और अपनी आत्मा में वास करता है। इन ऋचाओं में अद्भुत प्रज्ञा समायी हुई थी; परम प्रज्ञावान पुरुषों का समूचा ज्ञान इन जादुई शब्दों में भरा हुआ था, मधुमक्खियों द्वारा संचित मधु की भाँति शुद्ध। नहीं, अवबोध के इस विपुल भण्डार को अनदेखा नहीं किया जा सकता था, जिसको प्रज्ञावान ब्राह्मणों की अनेक पीढ़ियों द्वारा इन ग्रन्थों में संचित और संरक्षित किया गया था। लेकिन ऐसे ब्राह्मण कहाँ थे, कहाँ थे ऐसे सन्त, ऐसे ज्ञानी पुरुष या तपस्वी, जो इस गूढ़तम

ज्ञान को जानने भर में नहीं बल्कि उसको अपने जीवन में उतारने में भी सफल हो सके हों? कहाँ था ऐसा कोई ज्ञानी पुरुष जिसने आत्मा के साथ अपनी अन्तरंगता को स्वप्न से बाहर जाग्रत अवस्था में, जीवन में, हर क़दम में, वाणी और कर्म में चरितार्थ करने का चमत्कार कर दिखाया हो? सिद्धार्थ कई श्रद्धेय ब्राह्मणों को जानता था, विशेषकर अपने पवित्र, अध्येता, और सर्वाधिक श्रद्धेय पिता को। उसके पिता सराहना के योग्य थे, अपने आचार-व्यवहार में सत्यनिष्ठ और भद्र, निष्कलुष जीवन, प्रज्ञा से ओतप्रोत वाणी, सुसंस्कृत और उदात्त विचारों वाले - लेकिन वे, जो बहुत कुछ जानते थे, वे भी क्या आनन्दपूर्ण जीवन जी रहे थे, क्या उनके जीवन में शान्ति थी, वे भी क्या एक खोजी पुरुष ही नहीं थे, एक प्यासे इंसान? उनको भी क्या एक प्यासे इंसान की तरह बारबार पवित्र स्रोतों से, यज्ञों से, ग्रन्थों से, ब्राह्मणों के शास्त्रार्थों से अपनी प्यास नहीं बुझानी पड़ती थी? क्या कारण था कि उन जैसे निष्कलुष व्यक्ति को भी प्रतिदिन अपने पापों को धोना पड़ता था, हर दिन शुचिता के उद्यम में लगे रहना पड़ता था, हर दिन बारबार? क्या उनके भीतर आत्मा नहीं थी, क्या उनके हृदय में वह निर्मल स्रोत नहीं था? इसको, इस निर्मल स्रोत को, व्यक्ति को अपने भीतर खोजना आवश्यक था, उसको प्राप्त करना आवश्यक था! शेष सबकुछ खोज थी, भटकाव था, खो जाना था।

ये थे सिद्धार्थ के विचार, यह थी उसकी प्यास, उसकी तड़प।

वह अक्सर मन ही मन *छान्दोग्य* के ये शब्द दोहराया करता था : "तथ्यतः इस ब्रह्म का नाम सत्य है - जो इस प्रकार जानता है वह निश्चय ही प्रतिदिन स्वर्ग में प्रवेश करता है।" अक्सर ही वह बहुत निकट प्रतीत होता था, वह स्वर्गलोक, लेकिन वह उस तक कभी भी पूरी तरह नहीं पहुँच पाया था, कभी भी अपनी चरम पिपासा को शांत नहीं कर सका था। उन तमाम ज्ञानी और ज्ञानियों के भी ज्ञानी जिन लोगों से उसने शिक्षा प्राप्त की थी, उनमें भी कोई ऐसा नहीं था जो उस तक, उस स्वर्ग तक, कभी भी पूरी तरह पहुँच पाया हो, जो उस शाश्वत पिपासा को पूरी तरह से शांत कर पाया हो।

"गोविन्द," सिद्धार्थ ने अपने दोस्त से कहा, "मेरे प्रिय मित्र गोविन्द, मेरे साथ उस वट-वृक्ष के नीचे चलो, हम लोग ध्यान करेंगे।"

वे वट-वृक्ष के पास पहुँचे, उसके तले बैठ गये, सिद्धार्थ ठीक नीचे,

और गोविन्द उससे बीस क़दम दूर। बैठकर ओ३म् का उच्चारण करने को तैयार, सिद्धार्थ ने बुदबुदाते हुए यह श्लोक दोहराया :

ओ३म् है धनुष, बाण है आत्मा,
ब्रह्म है बाण का वह लक्ष्य,
जिसको अनवरत बेधा जाना चाहिए।

ध्यान का नियत समय बीत जाने पर गोविन्द उठ खड़ा हुआ। शाम ढल चुकी थी, सन्ध्या-आरती का समय हो चुका था। उसने सिद्धार्थ का नाम लेकर पुकारा। सिद्धार्थ ने कोई उत्तर नहीं दिया। सिद्धार्थ अपने विचारों में खोया बैठा था, उसकी दृष्टि एक सुदूर लक्ष्य पर एकाग्र ढंग से टिकी हुई थी, उसकी जीभ की नोक दाँतों के बीच हल्की-सी उभरी हुई थी, लगता था जैसे वह साँस नहीं ले रहा है। इस प्रकार बैठा हुआ था वह, ध्यान में डूबा, ओ३म् का चिन्तन करता हुआ, उसकी आत्मा तीर की भाँति ब्रह्म की ओर छूट चुकी थी।

एक बार भिक्षु तीर्थयात्री समण (श्रमण) सिद्धार्थ के नगर से गुज़रे - तीन कृशकाय, जर्जर पुरुष, न बूढ़े न जवान, धूलधूसरित और रक्तरंजित कन्धों वाले, लगभग नंगे, धूप से झुलसे, अकेलेपन से घिरे, अजनबी और दुनिया के लिए शत्रुवत, मनुष्यों की दुनिया के बीच अजनबी और छरहरे सियार। उनके पीछे मौन आवेग की, विध्वंसक अनुष्ठान की, निर्दय आत्मनिषेध की तपन भरी गन्ध तैर रही थी।

शाम को, बहुत देर सोच-विचार करने के बाद, सिद्धार्थ ने गोविन्द से कहा : "मित्र, कल तड़के, सिद्धार्थ समणों में शामिल होने जा रहा है। वह समण बन जायेगा।"

गोविन्द ने जब ये शब्द सुने और इस निर्णय को, धनुष से छूटे निर्बाध तीर के समान इस निर्णय को, अपने दोस्त के स्थिर चेहरे पर पढ़ लिया, तो वह पीला पड़ गया। गोविन्द तुरन्त और पहली ही दृष्टि में समझ गया : शुरुआत हो चुकी है, अब सिद्धार्थ ने अपना रास्ता चुन लिया है, अब उसकी नियति ने अंकुरित होना शुरू कर दिया है, और उसकी नियति के साथ मेरी नियति ने भी। वह केले के सूखे छिलके की भाँति पीला पड़ गया।

"हे सिद्धार्थ," वह पुकार उठा, "क्या तुम्हारे पिता इसकी अनुमति देंगे?"

सिद्धार्थ ने सामने देखा, मानो वह अभी-अभी जागा हो। तीर की-सी गति से उसने गोविन्द के अन्तःकरण को पढ़ लिया, उसके भय को पढ़ लिया, उसके आत्मसमर्पण को पढ़ लिया।

"हे गोविन्द," उसने शांत स्वर में कहा, "हम व्यर्थ शब्द बरबाद न करें। कल, सूर्योदय होते ही मैं समण का जीवन आरम्भ कर दूँगा। इसके बारे में अब और बात मत करना।"

सिद्धार्थ ने कक्ष में प्रवेश किया, जहाँ उसके पिता मूँज की चटाई पर बैठे हुए थे। वह उनके पीछे जाकर खड़ा हो गया और तब तक खड़ा रहा जब तक कि उसके पिता को अहसास नहीं हो गया कि उनके पीछे कोई खड़ा हुआ है। ब्राह्मण ने कहा : "तुम हो सिद्धार्थ? कहो, क्या कहना चाहते हो।"

सिद्धार्थ ने उत्तर दिया : "पिता, आपकी अनुमति से मैं आपसे यह कहने आया हूँ कि यह मेरी प्रबल इच्छा है कि कल मैं आपका घर छोड़ दूँ और भिक्षुओं के पास चला जाऊँ। मेरी आकांक्षा समण बन जाने की है। मुझे विश्वास है, मेरे पिता इसका विरोध न करेंगे।"

ब्राह्मण चुप रह गया, और इतनी देर तक चुप बना रहा कि चुप्पी के टूटने तक कक्ष की छोटी-सी खिड़की के सामने तारों ने भटकते हुए आपस में अपनी जगहें बदल लीं। चुपचाप और स्थिर खड़ा रहा पुत्र, हाथ बाँधे, शांत और स्थिर बैठा रहा पिता अपनी चटाई पर, और नक्षत्र आकाश में अपने रास्तों पर बढ़ते रहे। फिर पिता बोला : "एक ब्राह्मण के लिए यह शोभा नहीं देता कि वह कठोर और उग्र शब्दों का प्रयोग करे। लेकिन मेरे हृदय में क्षोभ है। मैं तुम्हारे मुँह से यह अनुरोध दोबारा नहीं सुनना चाहता।"

धीरे-धीरे, ब्राह्मण खड़ा हो गया। सिद्धार्थ चुपचाप खड़ा रहा, हाथ बाँधे।

"तुम किस वस्तु की प्रतीक्षा कर रहे हो?" पिता ने पूछा। जवाब दिया सिद्धार्थ ने : "आप जानते हैं किस वस्तु की।" क्षुब्ध हो पिता कक्ष से निकल गया। क्षुब्ध, वह अपनी शय्या पर जाकर लेट गया।

घण्टे भर बाद, चूँकि नींद नहीं आ रही थी, ब्राह्मण खड़ा हुआ, कुछ देर टहलता रहा, और घर से निकल पड़ा। कक्ष की छोटी-सी खिड़की की ओर उसने मुड़कर देखा, और पाया कि सिद्धार्थ वहीं खड़ा हुआ है, उसके

हाथ बँधे हुए हैं, वह अपनी जगह से हिल भी नहीं रहा है, उसका चोगा फीका-सा झिलमिला रहा है। हृदय में बेचैनी लिये पिता अपनी शय्या पर लौट आया।

एक और घड़ी बीतने पर, चूँकि नींद नहीं आ रही थी, ब्राह्मण फिर से उठ खड़ा हुआ, टहला, घर के बाहर निकला, और देखा कि चन्द्रमा उग आया है। कक्ष की खिड़की से उसने मुड़कर अन्दर देखा; वहाँ सिद्धार्थ खड़ा हुआ था, अपनी जगह से बिना हिले, हाथ बाँधे, चन्द्रमा की रोशनी उसकी नंगी टाँगों पर फिसल रही थी। बेचैन हृदय के साथ पिता वापस अपनी शय्या पर वापस चला गया।

फिर घण्टे भर बाद वह फिर वापस आया। दो घण्टे बाद वह फिर से वापस आया, छोटी-सी खिड़की के रास्ते देखा, देखा सिद्धार्थ को खड़ा हुआ, चन्द्रमा की रोशनी में, तारों की उजास में, अँधेरे में। इस प्रकार वह हर घण्टे वापस आता रहा, चुपचाप, कक्ष में झाँकता, उसको उसी जगह खड़ा देखता हुआ, क्रोधित हृदय, बेचैन हृदय, दुःख से भरा, उदास हृदय लिये।

रात के अन्तिम प्रहर में, पौ फटने के पहले, वह लौटा, कमरे में गया, और उसने वहाँ खड़े हुए देखा उस नवयुवक को, जो उसको विशाल और अजनबी की भाँति दिखायी दिया।

"सिद्धार्थ," उसने कहा, "तुम किस वस्तु की प्रतीक्षा कर रहे हो?"

"आप जानते हैं।"

"क्या तुम इसी तरह खड़े प्रतीक्षा करते रहोगे, जब तक कि सुबह और दोपहर और शाम नहीं हो जाएगी?"

"मैं खड़ा रहूँगा और प्रतीक्षा करूँगा।"

"तुम थक जाओगे, सिद्धार्थ।"

"मैं थक जाऊँगा।"

"तुम्हें नींद आ जाएगी, सिद्धार्थ।"

"मुझे नींद नहीं आएगी।"

"तुम मर जाओगे, सिद्धार्थ।"

"मैं मर जाऊँगा।"

"तुम अपने पिता की आज्ञा मानने की बजाय मर जाना पसन्द करोगे?"

"सिद्धार्थ ने सदा अपने पिता की आज्ञा मानी है।"

"तो तुम अपनी योजना त्याग दोगे?"

"सिद्धार्थ वही करेगा जो उसके पिता उसको करने को कहेंगे।"

दिन की पहली रोशनी कमरे में झाँकने लगी थी। ब्राह्मण ने देखा कि सिद्धार्थ के पैर हल्के-हल्के काँप रहे हैं। लेकिन सिद्धार्थ के चेहरे पर उसको किसी तरह का कम्पन नहीं दिखायी नहीं दिया; उसकी दृष्टि किसी सुदूर बिन्दु पर टिकी हुई थी। तब उसके पिता को अहसास हो गया कि सिद्धार्थ अब उसके साथ उस घर में नहीं रह गया है, वह पहले ही उसको छोड़कर जा चुका है।

पिता ने सिद्धार्थ के कन्धे को छुआ।

उसने कहा, "तुम वन में जाओगे और समण हो जाओगे। जब तुमको वन में परम आनन्द की प्राप्ति हो जाए, तुम वापस आना और मुझको परम आनन्द की प्राप्ति की शिक्षा देना। अगर तुम्हारे हाथ निराशा लगती है, तो तुम लौट आना और हम दोनों मिलकर देवताओं की पूजा-अर्चना करेंगे। अब जाओ, और माँ का चुम्बन लो, उसको बताओ कि तुम कहाँ जा रहे हो। लेकिन मेरे लिए अब नदी पर जाकर पहला अर्घ्य चढ़ाने का समय हो चुका है।"

उसने अपने पुत्र के कन्धे से अपना हाथ हटाया और बाहर निकल गया। सिद्धार्थ ने चलना शुरू किया तो वह लड़खड़ाया। उसने स्वयं को सँभाला, अपने पिता को झुककर प्रणाम किया, और पिता की आज्ञा का पालन करने अपनी माँ के पास चला गया।

उसने जैसे ही अपने अकड़े हुए पैरों के साथ दिन की पहली रोशनी में अब भी शान्ति में डूबे नगर को छोड़ा, अन्तिम झोपड़ी के निकट से एक छाया उभरी और वह तीर्थयात्री के साथ हो ली - गोविन्द की छाया।

"तुम आ गये," सिद्धार्थ ने कहा और मुस्कराया।

"मैं आ गया," गोविन्द ने कहा।

समणों के साथ

उस दिन शाम होने तक वे भिक्षुओं के पास पहुँच गये, उन्हीं कृशकाय समणों के पास, और उनसे अनुरोध किया कि वे उनके साथ और उनकी आज्ञा का पालन करते हुए चलना चाहते हैं। उनको स्वीकार कर लिया गया।

सिद्धार्थ ने रास्ते में एक निर्धन ब्राह्मण को अपने वस्त्र दे दिये थे। वह केवल एक लँगोट और एक मटमैले, बिना सिले लबादे के अलावा और कुछ भी नहीं पहनता था। वह केवल एकबार भोजन करता था, जो कभी भी पका हुआ नहीं होता था। उसने पन्द्रह दिन का उपवास किया। उसने बीस दिन का उपवास किया। उसकी जाँघों और गालों का मांस कुम्हला गया। उसकी फैली हुई आँखों में ज्वराक्रान्त सपने झिलमिलाने लगे, उसकी झुलसी और सूखी अँगुलियों पर लम्बे-लम्बे नख उभर आये, ठुड्डी पर कँटीली दाढ़ी उग आयी। स्त्रियों का सामना करती उसकी निगाहें भावहीन बनी रहतीं; सजे-सँवरे लोगों से बसे नगरों से गुज़रते हुए उसका चेहरा घृणा से काँपने लगता। उसने देखा था वणिकों को सौदा करते, राजकुमारों को शिकार करते, शोकाकुल लोगों को अपने मृतकों के लिए रोते, वेश्याओं को समर्पण करते, वैद्यों को रोगियों की सहायता का यत्न करते, ज्योतिषियों को बुवाई का सबसे उपयुक्त समय

निर्धारित करते, प्रेमियों को प्रेम करते, माताओं को अपने बच्चों का पोषण करते - और उसकी दृष्टि में ये सारे कृत्य एक सरसरी निगाह डालने योग्य भी नहीं थे। वे सब झूठे थे, सभी से बदबू आती थी, सभी से झूठ की बदबू आती थी, उन सबमें सार्थक होने का, सुखमय और सुन्दर होने का दिखावा था, जबकि वे सब केवल अपने भीतर सड़ाँध को छिपाये हुए थे। संसार से कड़वा स्वाद आता था। जीवन यातना था।

सिद्धार्थ के सामने एक लक्ष्य था, इकलौता लक्ष्य : रिक्त हो जाने का, प्यास से रिक्त, इच्छाओं से रिक्त, सपनों से रिक्त, सुख और दुःख से रिक्त हो जाने का। अपने लिए मर जाना, स्वत्वहीन हो जाना, एक नितान्त रिक्त हृदय के साथ प्रशान्ति पा लेना, निःस्वार्थ विचारों में चमत्कारों के घटित होने के लिए तैयार रहना - यह था उसका लक्ष्य। एक बार जैसे ही मैं अपने समूचे स्वत्व पर विजय पा लेता हूँ, जैसे ही हृदय की हर आकांक्षा, हर तड़प शांत हो जाती है, वैसे ही मेरे भीतर के अन्तिम अंश को, मेरे अस्तित्व के अन्तरतम को, उस महान रहस्य को, जागना ही होगा।

सिद्धार्थ ने स्वयं को चुपचाप, सीधी सिर पर गिरती सूरज की झुलसा देने वाली किरणों के हवाले कर दिया, दर्द से तिलमिलाते हुए, प्यास से तिलमिलाते हुए, और वह वहाँ तब तक खड़ा रहा जब तक कि उसको न दर्द का अहसास रह गया न प्यास का। चुपचाप, वह खड़ा रहा बारिश में। पानी उसके बालों से उसके ठिठुरते कन्धों पर, उसके ठिठुरते नितम्बों और पैरों पर टपकता रहा। तपस्वी वहाँ खड़ा रहा, जब तक कि उसके कन्धों में, उसके पैरों में ठिठुरन का कोई अहसास शेष न रह गया, जब तक कि वे चुप नहीं हो गये, जब तक कि उनका काँपना बन्द नहीं हो गया। चुपचाप, वह कँटीली झाड़ियों में दुबका रहा, रक्त टपकता रहा उसकी जलती हुई त्वचा से, मवाद बहती रही उसके बजबजाते घावों से, और सिद्धार्थ कठोर बना रहा, अविचल बना रहा, जब तक कि रक्त बहना बन्द नहीं हो गया, जब तक कि किसी भी तरह की चुभन का अहसास नहीं जाता रहा, जब तक कि कैसी भी जलन का अहसास नहीं जाता रहा।

सिद्धार्थ तन कर बैठ गया और उसने रुक-रुक कर साँस लेना सीखा, केवल थोड़ी-सी साँसों पर जीना सीखा, साँस को रोक लेना सीखा। उसने साँस से शुरुआत कर हृदय की धड़कनों को शांत करना सीखा, अपने हृदय

की धड़कनों को उस सीमा तक घटा लेना सीखा, जहाँ वे बहुत थोड़ी-सी और नहीं के बराबर रह गयीं।

सबसे बुज़ुर्ग समण के मार्गदर्शन में सिद्धार्थ ने आत्मनिग्रह का अभ्यास किया, समण-नियमों के अनुसार नये सिरे से ध्यान का अभ्यास किया। बाँस के वन के ऊपर से एक बगुला उड़ा - और सिद्धार्थ ने बगुले को अपनी आत्मा में धारण कर लिया, वह उस बगुले की भाँति जंगलों और पर्वतों पर उड़ने लगा, मछली खाने लगा, बगुले की भूख की तड़प को अनुभव करने लगा, बगुले की जुबान में बोलने लगा, बगुले की मौत मर गया। रेतीले तट पर एक मृत सियार पड़ा था, और सिद्धार्थ की आत्मा उस शव में प्रवेश कर गई, वह तट पर पड़ा मृत सियार बन गया, फूल गया, बदबू मारने लगा, सड़ने लगा, लकड़बग्घों ने उसके अंग चीथे, गिद्धों ने उसकी खाल नोची, वह कंकाल में बदल गया, धूल बनकर खेतों में उड़ गया। सिद्धार्थ की आत्मा लौट आई, उसने मरण को भोग लिया था, उसने क्षरण को भोग लिया था, वह धूल की तरह बिखर चुका था, उसने जीवन-चक्र के नीरस मद का स्वाद चख लिया था, अन्तराल में स्थित किसी शिकारी की भाँति उस नयी लालसा में स्थित होकर प्रतीक्षा कर ली थी, जहाँ से वह उस चक्र से मुक्ति पा सकता था, जहाँ से कारणों के अन्त की, दुःख से रहित चिरन्तनता की, शुरुआत होती थी। उसने अपनी इन्द्रियों को मार डाला, उसने अपनी स्मृति को मार डाला, अपने स्वत्व से फिसलकर उसने हज़ारों दूसरे रूपाकारों में प्रवेश किया, वह पशु बना, सड़ता हुआ मांस बना, पत्थर बना, लकड़ी बना, पानी बना, और हर बार जागकर अपने पुराने स्वत्व को फिर से प्राप्त किया। सूरज चमक रहा होता या चन्द्रमा, चक्र में घूमकर वह पुनः अपने स्वत्व में वापस लौट आता, प्यास अनुभव करता, प्यास पर विजय प्राप्त करता, नयी प्यास अनुभव करता।

समणों के साथ रहते हुए सिद्धार्थ ने बहुत कुछ सीखा - स्वत्व से दूर ले जाने वाले अनेक रास्तों पर चलना सीखा। उसने आत्म-निषेध के मार्ग पर चलना सीखा, पीड़ा के सहारे, स्वैच्छिक दुखों और दर्द, भूख, प्यास तथा थकान पर विजय प्राप्त करने के माध्यम से। वह आत्म-निषेध की राह पर गया ध्यान के सहारे, कल्पना करते हुए कि उसका मस्तिष्क अवधारणाओं से रिक्त है। बाहर निकलने के इन और तमाम दूसरे रास्तों के बारे में सीखकर

वह हज़ारों बार अपने स्वत्व से बाहर निकला, कई-कई घण्टों और कई-कई दिनों तक वह निःस्वत्व बना रहा। लेकिन ये रास्ते भले ही स्वत्व से बाहर ले जाते थे, उनका अन्तिम सिरा तब भी हमेशा स्वत्व की ओर वापस ले आने वाला होता था। सिद्धार्थ हालाँकि हज़ारों बार स्वत्व से भागा, शून्य में रहा, पशु में रहा, पत्थर में रहा, तब भी वापसी अटल बनी रही। अवश्यम्भावी थी वह घड़ी जब वह स्वयं को धूप में या चाँदनी में वापस पाता, छप्पर के तले या बारिश में पाता, और एकबार फिर स्वयं और सिद्धार्थ हो जाता, और उस चक्र की यन्त्रणा को अनुभव करने लगता जो उसके ऊपर बलात् आरोपित कर दी गयी थी।

उसके बाजू में गोविन्द होता, उसकी परछाईं, उन्हीं रास्तों पर चला हुआ, वैसे ही उद्यमों से गुज़रता हुआ। वे कभी-कभार ही एक दूसरे से बात करते थे, केवल उतनी ही जितनी कि अनुष्ठानों और साधनाओं के निमित्त आवश्यक होती थी। कभी-कभी वे दोनों साथ-साथ अपने लिए और अपने गुरुओं के लिए भिक्षा माँगने गाँवों में जाते थे।

"तुम क्या सोचते हो गोविन्द," सिद्धार्थ ने एक दिन ऐसे ही भिक्षाटन के दौरान पूछा, "तुम क्या सोचते हो, क्या हमने कोई प्रगति की है? क्या हम किसी लक्ष्य तक पहुँच सके हैं?"

गोविन्द ने जवाब दिया : "हमने सीखा तो है, और हम सीखते रहेंगे। सिद्धार्थ, तुम एक महान समण बनोगे। बहुत जल्दी तुम हर साधना में पारंगत हो गये हो, अक्सर ही वृद्ध समण तुम्हारी प्रशंसा करते हैं। सिद्धार्थ, आगे चलकर तुम सन्त बनोगे।"

सिद्धार्थ ने कहा : "मैं यह कहने के लिए विवश हूँ कि ऐसा नहीं है, मेरे मित्र। समणों के बीच रहते हुए, गोविन्द, आज के दिन तक, हाँ आज दिन तक, जो कुछ भी मैंने सीखा है, वह मैं और भी शीघ्र और सरल विधियों से सीख सकता था। नगर के उस हिस्से की हर मधुशाला में जहाँ पर गणिकाओं के निवास हैं, मेरे मित्र, यह सब मैं वहाँ बैलगाड़ी हाँकने वालों और जुआरियों के बीच रहकर भी सीख सकता था।"

गोविन्द ने कहा : "सिद्धार्थ परिहास करता है। तुम उन नीच लोगों के बीच रहकर भला ध्यान करना, साँस रोकना, भूख और दर्द के प्रति संवेदनशून्य होना कैसे सीख सकते थे?"

सिद्धार्थ ने शांत स्वर में कहा, मानो वह स्वयं से बात कर रहा हो : "ध्यान क्या है? अपनी देह का त्याग क्या है? उपवास क्या है? साँस को रोक लेना क्या है? यह स्वयं से भागना है, यह स्वयं होने की यन्त्रणा से एक तरह का पलायन ही तो है, यह दर्द और जीवन की निस्सारता के प्रति क्षण भर के लिए इन्द्रियों का सुन्न हो जाना ही तो है। यही पलायन, ऐसी ही क्षणिक शून्यता तो एक बैलगाड़ी हाँकने वाला भी चावल से बनी मदिरा या ख़मीरयुक्त नारियल पानी के थोड़े-से प्याले पीकर हासिल कर लेता है। इसके बाद तो वह भी अपने स्वत्व को अनुभव करना बन्द देगा, वह भी जीवन के दुखों को अनुभव करना बन्द कर देगा, वह भी इन्द्रियों की क्षणिक शून्यता उपलब्ध कर लेगा। जब वह मदिरा के प्याले पर सिर रखकर सो जायेगा, तो उसको वही हासिल हो जायेगा जो सिद्धार्थ और गोविन्द को तब हासिल होता है जब वे लम्बी साधना के सहारे अपनी देह से बाहर निकलकर निःस्वत्व हो जाते हैं। गोविन्द, सचाई यही है।"

गोविन्द ने कहा : "हे मित्र, तुम ऐसा कहते हो, और तब भी तुम जानते हो कि सिद्धार्थ कोई गाड़ीवान नहीं है और समण पियक्कड़ नहीं होता। यह सच है कि एक पियक्कड़ अपनी इन्द्रियों को सुन्न कर लेगा, यह सच है कि वह थोड़ी देर के लिए पलायन कर जायेगा और विश्राम लेगा, लेकिन वह उस सम्भ्रम से वापस लौटेगा और पाएगा कि कुछ भी नहीं बदला है। उसकी प्रज्ञा में कोई वृद्धि नहीं होती, उसने बोध हासिल नहीं कर लिया होता है, वह कई सीढ़ी ऊपर नहीं उठ गया होता है।"

सिद्धार्थ ने मुस्कराते हुए कहा : "मैं नहीं जानता, मैं कभी पियक्कड़ नहीं रहा। लेकिन मैं, सिद्धार्थ, ध्यानों और साधनाओं से इन्द्रियों की क्षणिक शून्यता ही हासिल कर पाता हूँ और प्रज्ञा से, मुक्ति से मैं ठीक उतना ही दूर बना रहता हूँ जितना माँ के गर्भ में लेटा एक शिशु होता है, इतना मैं जानता हूँ, गोविन्द, इतना मैं जानता हूँ।"

एक बार और, एक अन्य समय पर, जब सिद्धार्थ गोविन्द के साथ जंगल से निकलकर गाँव में अपने बन्धुओं और गुरुओं के लिए भिक्षा माँगने गये थे, सिद्धार्थ ने बोलना शुरू किया और कहा : "अब क्या विचार है, गोविन्द, क्या तुम्हें लगता है कि हम सही रास्ते पर चल रहे हैं? क्या तुम्हें लगता है कि हम प्रबोध के निकट पहुँच रहे हैं? क्या हम मुक्ति के निकट

पहुँच रहे हो सकते हैं? या हम शायद अभी भी चक्र में ही बने हुए हैं - हम, जिनको सिखाया गया है कि हम चक्र से मुक्त हो रहे हैं?"

गोविन्द ने कहा : "हमने बहुत कुछ सीखा है, सिद्धार्थ, बहुत कुछ सीखना अभी शेष है। हम गोल-गोल नहीं घूम रहे हैं, हम ऊपर उठ रहे हैं, चक्र कुण्डलाकार है, हम कई सीढ़ियाँ चढ़ चुके हैं।"

सिद्धार्थ ने उत्तर दिया : "हमारे सबसे वृद्ध समण की, सबसे श्रद्धेय गुरु की आयु कितनी होगी?"

गोविन्द ने कहा : "हमारे सबसे वृद्ध को साठ के आसपास होना चाहिए।"

सिद्धार्थ ने कहा : "उन्होंने अपने जीवन के साठ साल बिता दिये और उनको निर्वाण प्राप्त नहीं हुआ। वे सत्तर के हो जाएँगे और फिर अस्सी के हो जाएँगे, और तुम और मैं भी उतने ही बूढ़े हो जाएँगे और अपनी साधना करते रहेंगे, उपवास करते रहेंगे, ध्यान करते रहेंगे। लेकिन हम निर्वाण तक नहीं पहुँचेंगे। न वे पहुँचेंगे न हम पहुँचेंगे। हे गोविन्द, मेरा विश्वास है कि ये सारे के सारे समण, सम्भवतः उनमें से एक भी, निर्वाण तक नहीं पहुँचेगा। हम विश्रान्ति पा लेंगे, हम सुन्न होने की अनुभूति पा लेंगे, हम दूसरों को छलने के लिए तरह-तरह के चमत्कार सीख लेंगे। लेकिन जो सबसे महत्त्वपूर्ण वस्तु है, जो मार्गों का मार्ग है, उस तक हम नहीं पहुँच पाएँगे।"

"कम से कम तुम तो ऐसे भयानक शब्द न बोलो, सिद्धार्थ!" गोविन्द ने कहा। यह कैसे हो सकता है कि इतने सारे ज्ञानियों के बीच, इतने सारे ब्राह्मणों में, इतने सारे तपस्वी और श्रद्धेय समणों में, खोज में लगे हुए, उम्मीद से भरकर प्रयत्न करते हुए, इतने सारे लोगों में, ऐसा कोई नहीं होगा जिसको कि वह मार्गों का मार्ग मिल सके?"

लेकिन सिद्धार्थ ने, एक ऐसे स्वर में, जिसमें जितनी उदासी थी उतना ही परिहास था, कहा : "गोविन्द, तुम्हारा दोस्त जल्दी ही समणों का वह रास्ता तज देगा जिस पर वह तुम्हारे साथ लम्बे समय तक चलता आया है। गोविन्द, मैं प्यास से व्याकुल हो रहा हूँ, और समणों के इस लम्बे रास्ते पर मेरी यह प्यास उतनी ही प्रबल बनी रही है। मुझमें सदा ज्ञान की प्यास रही है, मैं हमेशा प्रश्नों से भरा रहा हूँ। मैं साल दर साल ब्राह्मणों से प्रश्न करता रहा हूँ, और मैंने साल दर साल पवित्र वेदों से प्रश्न किये हैं, और मैंने

साल दर साल समर्पित समणों से प्रश्न किये हैं। कदाचित, हे गोविन्द, अगर मैंने यही प्रश्न परिन्दों या वानरों से पूछे होते, तो यह उतना ही ठीक, उतना ही चतुराई भरा और उतना ही लाभप्रद होता। इतना लम्बा समय बीत गया और गोविन्द, मैं अभी तक यह नहीं सीख पाया कि सीखने के लिए कुछ भी नहीं है! मेरा पक्का विश्वास है कि सचमुच ऐसा कुछ नहीं है जिसको हम "सीखना" कहते हैं। ओ मेरे दोस्त, ज्ञान केवल एक ही है, यह हर कहीं है, यह आत्मा है, यह मेरे भीतर भी है, तुम्हारे भीतर भी है और हर प्राणी के भीतर है। इसलिए मैं तो अब इस विश्वास की ओर बढ़ रहा हूँ कि इस ज्ञान का, जानने की इच्छा से बड़ा, सीखने से बड़ा, कोई दूसरा शत्रु नहीं है।"

इस बिन्दु पर गोविन्द चलते-चलते रुक गया, उसने हाथ उठाये और बोला : "सिद्धार्थ, तुम अपने मित्र को इस तरह की बातों से दुखी मत करो! सचमुच, तुम्हारे शब्द मेरे हृदय में भय उपजाते हैं। तनिक सोचो : अगर ऐसा है, जैसा कि तुम्हारा कहना है, अगर कोई ज्ञान ही नहीं है, तो फिर प्रार्थनाओं की दिव्यता का क्या अर्थ रह जाता है, ब्राह्मण जाति की पूजनीयता का क्या अर्थ रह जाता है, समणों की पवित्रता का क्या अर्थ रह जाता है? तब, हे सिद्धार्थ, क्या होगा इस सबका जो पवित्र है, जो मूल्यवान है, जो पृथ्वी पर श्रद्धा के योग्य है?"

गोविन्द मन ही मन एक ऋचा बुदबुदाने लगा, *उपनिषद* की एक ऋचा : वह जिसका मननशील अन्तःकरण स्वयं को आत्मा के ध्यान में खो देता है, उसके हृदय के आनन्द का शब्दों में वर्णन नहीं किया जा सकता।

लेकिन सिद्धार्थ मौन बना रहा। उसने उन शब्दों के बारे में और उन शब्दों के अंतिम सिरे तक विचार किया जो उससे गोविन्द ने कहे थे।

हाँ, उसने विचार किया, सिर झुकाये उसी जगह पर खड़े रहकर कि अंततः उस सबकुछ का क्या बचा रहेगा जो हमको पवित्र प्रतीत होता है? क्या है जो शेष बचता है? क्या है जो परीक्षा में खरा उतरता है? और उसने अपना सिर हिलाया।

एक बार, जब इन दोनों नवयुवकों को समणों के बीच रहते हुए और अपनी साधनाओं में साझा करते हुए लगभग तीन वर्ष हो चुके थे, एक सूचना, एक अफ़वाह, एक मिथक, बारबार दोहराये जाने के बाद उनके कानों तक पहुँचा : गौतम नाम का एक पुरुष, एक दिव्य पुरुष, बुद्ध, कहीं पर

प्रकट हुआ है। उसने अपने भीतर संसार के दुःखों को जीत लिया था और पुनर्जन्म के चक्र को रोक लिया था। बताया जाता था कि वह सबकुछ त्याग कर, अपने शिष्यों से घिरा, देश भर में घूम-घूम कर उपदेश दे रहा है। वह बेघर है, पत्नी-रहित, संन्यासी का पीला चोगा धारण किये हुए, लेकिन प्रसन्न ललाट, आनन्द में डूबा हुआ है, और ब्राह्मण तथा राजकुमार उसको शीश नवाते हैं और उसके शिष्य बन जाते हैं।

यह मिथक, यह अफ़वाह, यह अनुश्रुति चारों ओर गूँज उठी, उसकी गन्ध उठकर हर ओर फैल गयी। नगरों में इसके बारे में ब्राह्मणों में चर्चा थी और जंगलों में समणों में। बारबार गौतम बुद्ध का नाम अच्छी और बुरी चर्चाओं के माध्यम से, प्रशंसा और निन्दा के माध्यम से, इन नवयुवकों के कानों तक पहुँचने लगा।

यह ऐसा था मानो किसी देश में महामारी फैल गई हो।

ऐसे समय चारों ओर ख़बर फैलने लगी कि अमुक-अमुक जगह पर एक आदमी है, एक प्रज्ञावान, ज्ञानी पुरुष, जिसके एक शब्द और एक फूँक मात्र से हर किसी को रोगों से छुटकारा मिल जाता है। जैसे ही यह ख़बर यहाँ से वहाँ फैलती है और हर कोई उसके बारे में बात करने लगता, वैसे ही जहाँ बहुत से लोग इस पर सन्देह करते हैं, वहीं बहुत सारे लोग इस प्रज्ञावान पुरुष को, इस मददगार को, ढूँढ़ने निकल पड़ते। इसी प्रकार यह मिथक, गौतम बुद्ध का, शाक्य वंश के इस प्रज्ञा-पुरुष का, यह मिथक देश भर में व्याप्त हो गया। आस्थावान लोगों का कहना था कि वह प्रबोध की पराकाष्ठा पर पहुँचा हुआ मनुष्य है, उसको अपने पूर्वजन्म की स्मृतियाँ हैं, वह निर्वाण प्राप्त कर चुका है और सदा-सदा के लिए चक्र से मुक्त हो चुका है, वह उसके बाद कभी भी सांसारिक रूपाकारों की मैली नदी में नहीं डूबा। उसके बारे में अनेक विस्मयकारी और अविश्वसनीय बातें कही जा रही थीं। उसने चमत्कार किये हैं, उसने दानव पर विजय प्राप्त कर ली है, उसने देवताओं से बात की है। लेकिन उसके शत्रु और उसमें आस्था न रखने वालों का कहना था कि गौतम एक अहंकारी लम्पट है, वह दिनभर विलासिता में डूबा रहता है, यज्ञों का तिरस्कार करता है, वह अशिक्षित है, और उसको न तो साधनाओं की जानकारी है न आत्मनिग्रह की जानकारी है।

बुद्ध का मिथक सुनने में मधुर लगता था। इन सूचनाओं ने उस जादू

की गन्ध को चारों ओर फैला दिया। संसार बीमार तो था ही, जीना भी कठिन था - और यह लो कि यहाँ एक सोता फूटता दिखायी दे रहा था, एक देवदूत पुकारता लग रहा था, जो सान्त्वना देने वाला था, सरल हृदय था, और उदात्त आश्वासनों से भरा हुआ था। हर कहीं बुद्ध की अनुश्रुति सुनायी देती थी, भारतवर्ष के हर कोने में नौजवान उसको सुन रहे थे, उसको देखने को लालायित थे, उनके भीतर उम्मीद जाग रही थी, और नगरों तथा गाँवों के ब्राह्मणों के बच्चे उस हर तीर्थयात्री और नवागन्तुक का स्वागत करते थे जो उसका, उस पहुँचे हुए सन्त शाक्यमुनि का समाचार लाकर देते थे।

यह जनश्रुति समणों तक और सिद्धार्थ तथा गोविन्द तक भी पहुँची, धीरे-धीरे, बूँद-बूँद करके, जिसकी हर बूँद उम्मीद से भरी हुई थी, हर बूँद सन्देह से भरी हुई थी। वे इसके बारे में बहुत कम बात करते थे, क्योंकि सबसे बुजुर्ग समण को यह जनश्रुति अच्छी नहीं लगती थी। उसने सुन रखा था कि यह तथाकथित बुद्ध पहले एक संन्यासी हुआ करता था और जंगल में रहता था, लेकिन बाद में वह विलासिता और सांसारिक सुख-भोगों की ओर मुड़ गया। उसके मन में इस गौतम को लेकर कोई अच्छी धारणा नहीं थी।

"सिद्धार्थ," एक दिन गोविन्द अपने दोस्त से बोला। "आज मैं गाँव में था, और एक ब्राह्मण ने मुझे अपने घर पर आमन्त्रित किया, और उसके घर में मगध से आया हुआ एक ब्राह्मण का लड़का था जिसने बुद्ध को अपनी आँखों से देखा है और उनके प्रवचन सुने हैं। सच कहता हूँ, उसकी बातें सुनने के बाद साँस लेते हुए मेरी छाती में हूक-सी उठने लगी और मैं मन ही मन सोचने लगा : काश कि मेरे जीवन में भी, काश कि हम दोनों के, सिद्धार्थ के और मेरे जीवन में भी, वह घड़ी आ सकती जब हम इस अनुपम पुरुष की वाणी में उसके प्रवचन सुन सकते! बोलो मित्र, क्या हमें भी वहाँ चलकर बुद्ध के मुख से उनके उपदेश नहीं सुनना चाहिए?"

सिद्धार्थ ने कहा : "हे गोविन्द, मैं हमेशा सोचा करता था कि गोविन्द समणों के साथ ही रहेगा, मैं हमेशा से यह मानता आया था कि उसका लक्ष्य साठ और सत्तर बरस की आयु प्राप्त करना और उन चमत्कारों तथा साधनाओं में लगे रहने का है जो समणों के योग्य हैं। लेकिन मैंने गोविन्द को उतना ठीक से नहीं समझा था। मैं उसके हृदय के बारे में कम जानता था। तो, मेरे निष्ठावान मित्र, तुम अब एक नया रास्ता चुनना चाहते हो और

वहाँ जाना चाहते हो जहाँ पर बुद्ध अपने उपदेशों का प्रचार कर रहे हैं।"

गोविन्द ने कहा : "तुम मुझ पर कटाक्ष कर रहे हो। ठीक है सिद्धार्थ, अगर तुमको यही ठीक लगता है, तो करो कटाक्ष! लेकिन क्या तुमने भी अपने भीतर इन उपदेशों को सुनने की इच्छा, सुनने की उत्सुकता नहीं पाल रखी है? और क्या तुम्हीं ने एकबार मुझसे नहीं कहा था कि तुम अधिक समय तक समणों के मार्ग पर नहीं चलोगे?"

इस पर सिद्धार्थ अपने उस विशेष ढंग से हँसा, जिसमें उसका स्वर एक हल्का-सा स्पर्श उदासी का और हल्का-सा स्पर्श उपहास का लिये होता था, फिर उसने कहा : "ठीक है, गोविन्द, तुमने अच्छी बात कही है, तुमने एकदम सही याद किया है। लेकिन काश कि तुम्हें वह दूसरी बात भी याद रही होती, जो तुमने मुझसे सुनी थी, जो कि यह है कि सीखने-सिखाने को लेकर मैं अविश्वास और थकान से भर चुका हूँ, और यह कि उन शब्दों में मेरी आस्था बहुत कम है जो हमको हमारे गुरुओं से सुनने को मिलते हैं। लेकिन चलो, मेरे प्रिय मित्र, हम यह भी कर लेते हैं, मैं इन प्रवचनों को सुनने को उत्सुक हूँ - हालाँकि भीतर से मेरा यही विश्वास है कि हम इन शिक्षाओं का श्रेष्ठतम फल पहले ही चख चुके हैं।"

गोविन्द ने कहा : "तुम्हारी उत्सुकता मेरे मन को आनन्दित करने वाली है। लेकिन मुझे ये बताओ कि यह कैसे हो सकता है? यह कैसे सम्भव है कि गौतम की शिक्षाएँ अपने श्रेष्ठ फल हमारे सामने उजागर कर चुकी हों, जबकि हमने अभी उनको सुना भी नहीं है?"

सिद्धार्थ ने कहा : "हे गोविन्द, चलो हम यह फल खाकर देखते हैं और आगे की वस्तुओं की प्रतीक्षा करते हैं। यह फल, जिसके लिए हम गौतम के ऋणी हैं, हमको समणों से दूर ले जाने की उसकी पुकार में निहित है। उसके पास हमको देने के लिए दूसरी और बेहतर वस्तुएँ हैं या नहीं हैं, यह देखने के लिए, मेरे मित्र, हम शांत चित्त से प्रतीक्षा करेंगे।"

ठीक उसी दिन, सिद्धार्थ ने सबसे बुजुर्ग समण को अपने इस निर्णय की सूचना दे दी कि वह उनको छोड़कर जाना चाहता है। उसने यह सूचना बुजुर्ग को उस पूरी विनम्रता और शालीनता के साथ दी जो एक तरुण व्यक्ति और शिष्य को शोभा देती थी। लेकिन समण क्रोधित हो उठा, क्योंकि ये दो नवयुवक उसको छोड़कर जाना चाहते थे, उसने उन पर चिल्लाते हुए

कठोर शब्दों में उनको फटकार लगायी।

गोविन्द तो सकपका गया और दुविधा में पड़ गया, लेकिन सिद्धार्थ अपना मुँह गोविन्द के कानों के पास ले गया और फुसफुसाकर बोला : "अब मैं इस बूढ़े को बताऊँगा कि मैंने उससे कुछ सीखा है।"

एकाग्र चित्त के साथ स्वयं को समण के समक्ष स्थित करते हुए, उसने अपनी दृष्टि से वृद्ध की निगाह को जकड़ लिया, उसको उसकी शक्ति से वंचित कर दिया, उसको गूँगा बना दिया, उससे उसके स्वाधीन संकल्प को छीनकर अपने संकल्प के अधीन कर लिया, और शांत स्वर में उसको आदेश दिया कि वह वैसा ही करे जैसा करने को उसको कहा जाए। वृद्ध गूँगा हो गया, उसकी आँखें निश्चल हो गयीं, उसका संकल्प निष्क्रिय हो गया, उसके हाथ लटककर रह गये; शक्तिहीन होकर वह सिद्धार्थ के सम्मोहन का शिकार बन चुका था। लेकिन सिद्धार्थ के विचारों ने समण को अपने नियन्त्रण में ले लिया, अब उसको उन्हीं के निर्देशों पर चलना था। परिणामतः वृद्ध ने अनेक बार झुककर प्रणाम किया, आशीर्वाद की मुद्राएँ बनायीं, और हकलाते स्वर में यात्रा के लिए शुभकामनाएँ दीं। दोनों युवकों ने पलटकर उसको नमन किया, उसकी शुभकामनाओं के लिए उसको धन्यवाद दिया और प्रणाम कर अपने रास्ते पर चल पड़े।

रास्ते में गोविन्द ने कहा : "सिद्धार्थ, तुमने समणों से उससे कहीं अधिक सीखा है जितना कि मैं जानता था। यह कठिन कार्य है, किसी वृद्ध समण को सम्मोहित करना कठिन कार्य है। सचमुच, अगर तुम वहाँ बने रहते, तो जल्दी ही पानी पर चलना सीख जाते।"

"मुझको पानी पर चलने की कोई लालसा नहीं है," सिद्धार्थ ने कहा। "इस तरह के चमत्कारों से बूढ़े समणों को ही सन्तुष्ट होने दो।"

गौतम

सावती (श्रावस्ती) नगर में बच्चा-बच्चा देवतुल्य बुद्ध के नाम से परिचित था, और हरेक घर गौतम के मौन भिक्षु शिष्यों के भिक्षा-पात्र भरने को तत्पर रहा करता था। नगर के पास ही गौतम का प्रिय निवास-स्थल, जैतवन का कुंजकुटीर, था, जो इस दिव्य पुरुष के एक आज्ञाकारी शिष्य, प्रसिद्ध व्यापारी, अनाथपिण्डक ने उनको और उनके अनुयायियों के लिए भेंट किया था।

गौतम के निवास की खोज करते हुए इन दोनों युवा संन्यासियों को जितने भी कथानक और जवाब सुनने को मिले थे, वे सबके सब इसी क्षेत्र की ओर संकेत करते थे। सावती पहुँचने पर जिस पहले ही भवन के द्वार पर वे भिक्षा माँगने पहुँचे, उसने उनको भोजन प्रदान किया, और उन्होंने भोजन को स्वीकार किया, और जिस स्त्री ने उनको भोजन दिया था उससे सिद्धार्थ ने पूछा : "हे कल्याणी, हम जानना चाहते हैं कि परम श्रद्धेय बुद्ध किस स्थल पर रहते हैं। क्योंकि हम दोनों वनवासी समण हैं, और यहाँ उस सिद्ध पुरुष से भेंट करने, और उनके मुख से उसके प्रवचन सुनने की इच्छा से आये हैं।"

स्त्री ने कहा : “हे वनवासी समणों, आप सचमुच ही ठीक जगह पर पहुँचे हैं। वह सिद्ध पुरुष जैतवन में अनाथपिण्डक के उपवन में निवास करता है। आप तीर्थयात्री वहीं पर रात बिताएँ, क्योंकि वहाँ उन असंख्य लोगों के ठहरने के लिए पर्याप्त जगह उपलब्ध है जो उनके मुख से उपदेश सुनने को आते हैं।”

यह सुनकर गोविन्द प्रसन्न हुआ, और आनन्द से भरकर बोल उठा : “अर्थात, हम अपने गन्तव्य तक पहुँच चुके हैं और हमारी यात्रा समाप्त हुई! लेकिन, हे तीर्थयात्रियों की माता, हमें यह बता कि क्या तू उनको जानती है, बुद्ध को? क्या तूने अपनी आँखों से उनको देखा है?”

स्त्री ने कहा : “कई बार मैंने उनको देखा है, उस दिव्य आत्मा को। कई-कई दिनों तक तो मैंने उनको देखा है नगर की गलियों से मौन गुज़रते हुए, अपना पीला चोगा धारण किये, घरों के द्वारों पर चुपचाप अपना भिक्षा-पात्र बढ़ाते हुए, और भरा हुआ पात्र लेकर वापस जाते हुए।”

मन्त्रमुग्ध होकर गोविन्द ने सुना और वह और भी पूछना, सुनना चाहता था, लेकिन सिद्धार्थ ने उससे चलने को कहा। उन्होंने स्त्री को धन्यवाद दिया और चल पड़े और उनको रास्ता पूछने की कोई विशेष आवश्यकता नहीं पड़ी, क्योंकि गौतम के ही समुदाय के अनेक तीर्थयात्री और भिक्षु जैतवन की ओर जा रहे थे। वे वहाँ रात को पहुँचे, और देखा कि वहाँ लगातार लोगों का आना, शोरशराबा, और उन लोगों की बातचीत ज़ारी थी जिनको टिकने की जगहें मिल चुकी थीं। इन दोनों समणों को, जो वनवासी जीवन के अभ्यस्त थे, जल्दी ही और बिना किसी शोरशराबे के ठहरने की एक जगह मिल गयी और सुबह होने तक उन्होंने वहीं पर विश्राम किया।

सुबह होने पर उन्होंने आश्चर्यचकित होकर देखा कि श्रद्धालुओं और उत्सुक लोगों की किस तरह बड़ी भीड़ ने उस जगह पर रात बितायी थी। उस अतिसुन्दर उपवन के हर मार्ग पर पीले चोगे धारण किये भिक्षु चले जा रहे थे, और बहुत से भिक्षु वृक्षों के नीचे बैठे थे, गहरे ध्यान में लीन - या आध्यात्मिक विषयों पर चर्चाएँ करते हुए। वह छायादार उपवन भ्रमरों की तरह गुंजार करते लोगों से भरे हुए नगर की भाँति प्रतीत होता था। अधिकांश भिक्षु अपने भिक्षा-पात्र लिये, दोपहर का भोजन जुटाने, जो कि उनका प्रतिदिन का एकमात्र आहार होता था, बाहर गये हुए थे। पूर्ण बोध

की पराकाष्ठा पर पहुँचे हुए बुद्ध स्वयं भी सुबह की भिक्षा के लिए की जाने वाली इस पदयात्रा में शामिल हुआ करते थे।

सिद्धार्थ ने उनको देखा, और, जैसे किसी देवता ने इशारा कर उसको बता दिया हो, वह उनको देखते ही पहचान गया। उसने उनको देखा, पीला चोगा पहने, हाथ में भिक्षा-पात्र लिये, चुपचाप चलता हुआ, एक साधारण-सा मनुष्य।

"देखो!" सिद्धार्थ ने धीरे से गोविन्द से कहा, "ये हैं बुद्ध।"

गोविन्द ने पीला चोगा धारण किये इस भिक्षु की ओर स्निग्ध दृष्टि से देखा, जो सैकड़ों अन्य भिक्षुओं से किसी भी तरह से भिन्न दिखायी नहीं देता था। शीघ्र ही गोविन्द को भी समझ में आ गया कि यही हैं वे। वे उसके पीछे चल पड़े, उनको ध्यान से देखते हुए।

बुद्ध अपने रास्ते चलते गये, विनम्र, विचारों में डूबे, शांत चेहरा, जिस पर न प्रसन्नता थी न उदासी। वे मौन और मन ही मन मुस्कराते लग रहे थे। किसी स्वस्थ शिशु की-सी प्रच्छन्न मुस्कान के साथ बुद्ध चले जा रहे थे, चोगा पहने हुए, और विहित विधिपूर्वक उसी प्रकार अपने पग रखते हुए जैसे अन्य सारे भिक्षु रख रहे थे। लेकिन उनका चेहरा और उनकी चाल, उनकी शांत झुकी हुई निगाह, उनका मद्धिम झूलता हुआ हाथ, यहाँ तक कि उस मद्धिम झूलते हाथ की प्रत्येक अँगुली तक प्रशान्ति को व्यक्त करती थी, परिपूर्णता को व्यक्त करती थी, जो खोजती नहीं थी, अभिनय नहीं करती थी, वह एक अटूट प्रशान्ति में धीरे-धीरे साँस लेती हुई, एक स्थिर रोशनी, एक स्पर्शातीत शान्ति थी।

इस प्रकार गौतम नगर की ओर चले, भिक्षा माँगने, और इन दो समणों ने उनको मात्र उनकी परिपूर्ण स्थितप्रज्ञता से, उनकी उस निरुद्वेग उपस्थिति से पहचान लिया, जिसमें न तलाश थी, न लालसा थी, न अभिनय था, न स्वयं को प्रदर्शित करने का कोई प्रयत्न था, केवल प्रकाश था और शान्ति थी।

"आज हम इनके मुख से उपदेश सुनेंगे," गोविन्द ने कहा।

सिद्धार्थ ने उत्तर नहीं दिया। उपदेश को लेकर वह बहुत उत्सुक नहीं था, उसको नहीं लगता था कि वे उसको कोई नयी वस्तु सिखाएँगे, लेकिन उसने, गोविन्द की ही तरह, बुद्ध के उपदेशों की विषय-वस्तु के बारे में

बारबार सुना था, हालाँकि ये जानकारियाँ कई जुबानों से होकर उन तक पहुँची थीं। लेकिन उसने बहुत ध्यानपूर्वक गौतम के मस्तक को, उनके कन्धों को, उनके पैरों को, उनके मद्धिम झूलते हाथ को देखा, और उसको लगा कि उनके हाथ की प्रत्येक अँगुली का एक-एक जोड़ सत्य की सुगन्ध का संचार करते, बोले और जिये गये इन उपदेशों से निर्मित है। बुद्ध नाम का यह मनुष्य सचमुच आमूल-चूल एक महात्मा है। यह मनुष्य महात्मा है। इसके पहले कभी भी सिद्धार्थ ने किसी व्यक्ति के प्रति इस क़दर श्रद्धा अनुभव नहीं की थी जितनी वह इस व्यक्ति के प्रति अनुभव कर रहा था।

वे नगर पहुँचने तक बुद्ध का अनुसरण करते रहे और चुपचाप वापस लौट आये, क्योंकि उन्होंने स्वयं उस दिन का भोजन ग्रहण न करने का मन बनाया हुआ था। उन्होंने गौतम को वापस आते हुए देखा। उन्होंने उतना भोजन किया जितने से किसी पक्षी की भी भूख शांत नहीं हो सकती थी, और फिर उन्होंने उनको आम्र वृक्षों की छाया में विश्राम के लिए जाते देखा।

लेकिन शाम को, जब तपिश कम हो गयी और हर व्यक्ति शिविर से निकलने की हड़बड़ी में था, उन्होंने बुद्ध की आवाज़ सुनी। वह भी परिपूर्ण थी, अपनी निरुद्विग्नता में परिपूर्ण, शान्तिमय। गौतम ने दुःख के बारे में, दुःख के मूल के बारे में, दुःख से मुक्ति के उपाय के बारे में प्रवचन किया। उनके मृदु वचन शांत और प्रांजल ढंग से व्याप्त हो गये। जीवन दुःख था। जगत दुःखमय था, लेकिन दुःख से मुक्ति प्राप्त हो चुकी थी : बुद्ध के मार्ग पर चलने वाला व्यक्ति दुःख से मुक्ति प्राप्त कर सकता था। मृदुल किन्तु दृढ़ स्वर में बोलते हुए, दिव्य पुरुष ने चार सिद्धान्तों की शिक्षा दी, अष्टायामी मार्गों की शिक्षा दी, वह धैर्यपूर्वक अपने प्रवचन की, दृष्टान्तों की, पुनरुक्तियों की राह पर चलता रहा, उसकी वाणी, प्रकाश की भाँति, नक्षत्रों से भरे आकाश की भाँति, उज्ज्वल और शांत, श्रोताओं के ऊपर तिरती रही।

जब बुद्ध ने अपना प्रवचन समाप्त किया तब तक रात हो चुकी थी। अनेक तीर्थयात्री आगे बढ़े और उनसे सम्प्रदाय में शामिल होने की, उनकी शिक्षाओं की शरण लेने की आज्ञा माँगने लगे। गौतम ने उनको स्वीकार करते हुए कहा : "आपने उपदेशों को अच्छे से सुना है, वे आप तक ठीक से पहुँचे हैं। इसलिए हमारे साथ आ जाइए और, दुःखों को समाप्त करने, सन्मार्ग पर चलिए।"

लो, तभी गोविन्द, शर्मीला गोविन्द, भी आगे बढ़ा और बोला : "मैं भी दिव्य पुरुष और उसकी शिक्षाओं की शरण में आता हूँ," और उसने भी उनके शिष्यों के सम्प्रदाय में शामिल होने की आज्ञा माँगी और उसको स्वीकार कर लिया गया।

इसके तुरन्त बाद, जब बुद्ध रात्रि-विश्राम के लिए जा चुके थे, गोविन्द सिद्धार्थ की ओर उन्मुख हुआ और व्यग्र स्वर में बोला : "सिद्धार्थ, मैं तुम्हारी आलोचना करने का अधिकारी नहीं हूँ। हम दोनों ने ही दिव्य पुरुष को सुना है, हम दोनों ने ही उनकी शिक्षाओं को ग्रहण किया है। गोविन्द ने उन उपदेशों को सुना, उसने उनमें शरण ली। लेकिन तुम, मेरे सम्मानित मित्र, क्या तुम भी मुक्ति के मार्ग पर नहीं चलना चाहते? तुम क्यों संकोच करते हो, तुम क्यों और लम्बी प्रतीक्षा करना चाहते हो?"

सिद्धार्थ जागा, जैसे गोविन्द के शब्दों को सुनने से पहले वह सोया हुआ था। देर तक वह गोविन्द के चेहरे को देखता रहा। फिर वह शांत स्वर में, जिसमें उपहास का कोई भाव नहीं था, बोला : "गोविन्द, मेरे मित्र, अब तूने पैर उठा लिया है, यह मार्ग चुन लिया है। हे गोविन्द, तू सदा मेरा मित्र रहा है, तू सदा मुझसे एक डग पीछे चलता रहा है। मैं अक्सर सोचता था : क्या गोविन्द स्वयं कभी कोई उद्यम नहीं करेगा, मेरे बिना, अपने ही अन्तःकरण की आवाज़ पर? और देख, अब तू एक पुरुष में बदल गया है और अपना मार्ग स्वयं चुन रहा है। मैं कामना करता हूँ, मेरे मित्र, कि तू इस मार्ग पर अन्त तक चलता रहे, तुझको मुक्ति प्राप्त हो!"

गोविन्द ने, जो अभी भी पूरी तरह से इस बात को समझ नहीं पाया था, अधीरता से अपने प्रश्न को दोहराया : "बोलो, मैं तुमसे प्रार्थना करता हूँ, मेरे मित्र! मुझे बताओ, क्योंकि इसके अतिरिक्त और दूसरा रास्ता हो ही नहीं सकता, कि तुम भी मेरे ज्ञानी मित्र, दिव्य बुद्ध की शरण में आ जाओ!"

सिद्धार्थ ने गोविन्द के कन्धे पर अपना हाथ रखा :

"हे गोविन्द, तू मेरी शुभकामना को सुन नहीं सका। मैं उसे फिर से दोहराता हूँ : मैं कामना करता हूँ कि तू इस मार्ग पर अन्त तक चलता रहे, कि तुझे मुक्ति प्राप्त हो!"

इस क्षण में गोविन्द समझ गया कि उसका दोस्त उसको तज चुका है,

और वह रोने लगा। "सिद्धार्थ!" वह दुःख से भरकर पुकार उठा।

सिद्धार्थ ने उससे स्नेह भरे स्वर में कहा : "मत भूल गोविन्द कि अब तू बुद्ध का समण है! तू अपने घर और माता-पिता को, अपने कुल और धन-सम्पत्ति को त्याग चुका है, अपने स्वाधीन संकल्प को त्याग चुका है, सारी मित्रताओं का त्याग कर चुका है। ये शिक्षाएँ इसी की माँग करती हैं, वह दिव्य पुरुष यही चाहता है। यही वह वस्तु भी है जो स्वयं तू चाहता था। कल, गोविन्द, मैं तुझको छोड़कर चला जाऊँगा।"

बहुत देर दोनों मित्र उस उपवन में टहलते रहे; बहुत देर तक वे वहाँ लेटे रहे और उनको नींद नहीं आ सकी। बारबार गोविन्द अपने दोस्त से आग्रहपूर्वक यह पूछता रहा कि अंततः वह क्यों गौतम की शिक्षाओं की शरण में नहीं जाना चाहता, उनमें उसको कौन-सा दोष दिखायी देता है। लेकिन सिद्धार्थ हर बार उसको निराश कर देता और कहता : "शांत हो जाओ, गोविन्द! बहुत अच्छे उपदेश हैं दिव्य पुरुष के, मैं उनमें कोई दोष कैसे देख सकता हूँ?"

तड़के, बुद्ध का एक अनुयायी, उनका एक सबसे बुजुर्ग भिक्षु, उस उपवन से गुज़रा और उसने बुद्ध की शिक्षाओं की शरण में आये सभी नवदीक्षित शिष्यों को पीला चोगा धारण करने, उनको प्रथम उपदेशों में दीक्षित करने और उनको उनके योग्य कर्तव्यों के बारे में निर्देश देने के लिए पुकार लगायी। गोविन्द ने विदा ली, अपने बचपन के दोस्त को एकबार फिर से गले लगाया, और नवदीक्षितों के साथ चल पड़ा।

लेकिन सिद्धार्थ उपवन में चहलक़दमी करता रहा, विचारों में खोया हुआ।

तभी सहसा उसकी भेंट उस दिव्य पुरुष, गौतम से हुई, और जैसे ही उसने आदरपूर्वक उनको प्रणाम किया और बुद्ध की अनुग्रहपूर्ण और शांत दृष्टि उस पर पड़ी, इस नवयुवक ने साहस बटोरा और उस श्रद्धेय पुरुष से बात करने की अनुमति माँगी। दिव्य पुरुष ने मौन सिर हिलाते हुए अपनी सहमति दी।

सिद्धार्थ ने कहा : "हे दिव्यात्मा, कल मुझे आपके अद्भुत उपदेशों को सुनने का सौभाग्य प्राप्त हुआ। मैं अपने एक मित्र के साथ बहुत दूर से आपको सुनने आया था। अब मेरा वह मित्र आपके अनुयायियों के साथ

रहने जा रहा है, उसने आपकी शरण ले ली है। लेकिन मैं फिर से अपनी यात्रा जारी रखूँगा।"

"तुम जैसा उचित समझो," श्रद्धेय ने विनम्रतापूर्वक कहा।

"मेरी वाणी बहुत दुस्साहसिक है," सिद्धार्थ ने बात ज़ारी रखते हुए कहा, "लेकिन मैं दिव्यात्मा को सच्चे मन से अपने विचारों से अवगत कराये बिना उनके पास से जाना नहीं चाहता। क्या श्रद्धेय मुझको प्रसन्नतापूर्वक कुछ पल और सुनेंगे?"

बुद्ध ने मौन रहकर सहमति में सिर हिलाया।

सिद्धार्थ ने कहा : "हे परम श्रद्धेय, आपके उपदेशों में एक बात मुझे सबसे अधिक सराहनीय लगी। आपके उपदेशों की हर बात सर्वथा स्पष्ट है, सिद्ध है; आप इस जगत को एक परिपूर्ण शृंखला के रूप में प्रस्तुत करते हैं, एक ऐसी शृंखला जो कभी भी और कहीं से भी टूटती नहीं है, एक शाश्वत शृंखला, जो कार्यों और कारणों की कड़ियों से निर्मित है। इस बात को इतने स्पष्ट ढंग से इससे पहले कभी नहीं समझा गया था; इससे पहले कभी भी इतने अकाट्य ढंग से कभी प्रस्तुत नहीं किया गया था; सचमुच, हर उस ब्राह्मण का हृदय प्रेम की ओर भी तीव्र गति से धड़कने लगेगा, जो एकबारगी संसार को आपके उपदेशों के माध्यम से देख लेगा, ऐसे उपदेश जो पूरी तरह से सुसंगत, नीरन्ध्र, और स्फटिक की भाँति स्पष्ट हैं, जो संयोगों पर निर्भर नहीं हैं, दैवयोग पर निर्भर नहीं हैं। यह अच्छा है या बुरा है, इसके अनुरूप जीवन जीना सुखद होगा या दुखद, इसकी चर्चा मैं नहीं करना चाहता। कदाचित यह महत्त्वपूर्ण भी नहीं है - लेकिन संसार की एकरूपता, यह बात कि घटित होने वाली हर वस्तु आपस में जुड़ी हुई है, कि महान और तुच्छ सभी कुछ काल की समान गति से, कारण-कार्य के समान नियम से, जन्म और मृत्यु के समान क्रम से, बँधा हुआ है, यह सब, हे अनिन्द्य पुरुष, आपके दिव्य प्रवचनों से पूरी स्पष्टता के साथ प्रकाशित होता है। लेकिन स्वयं आपके सिद्धान्तों के अनुसार, यह एकता और समस्त वस्तुओं का यह अनिवार्य क्रम, तब भी, एक जगह पहुँचकर टूट जाता है। एक छोटी-सी दरार के रास्ते प्रवेश कर कोई अपरिचित शक्ति, कोई नूतन शक्ति, कोई ऐसी वस्तु जो पहले कभी देखी नहीं गयी थी, और जिसकी न व्याख्या की जा सकती है न जिसको सिद्ध किया जा सकता है - वह इस

एकत्वपूर्ण संसार को अपने अधीन कर लेती है। जबकि आपके सिद्धान्त संसार से ऊपर उठने के बारे में हैं, मुक्ति के बारे में हैं। लेकिन इस छोटी-सी दरार के साथ, इस छोटे से रन्ध्र के साथ जगत का यह शाश्वत और एकरूप विधान एकबार पुनः भंग हो रहा है और शून्य हुआ जा रहा है। आपके समक्ष यह शंका प्रकट करने के लिए मुझे कृपाकर क्षमा करें।"

गौतम ने शांत चित्त, अविचलित रहते हुए उसकी बात सुनी थी।

अब वे बोले, वे अनिन्द्य, अपने करुणामय, अपने विनम्र और स्पष्ट स्वर में बोले : "हे ब्राह्मण-पुत्र, तुमने प्रवचन सुने, और भला हो तुम्हारा कि तुमने उनके बारे में इतनी गहराई से विचार किया। तुमने उनमें एक दरार को, एक त्रुटि को देखा है। तुमको इसके बारे में और सोचना चाहिए। लेकिन, हे जिज्ञासु, मन्तव्यों के जंजाल से, शाब्दिक तर्कों के जंजाल से, सावधान रहना होगा। मन्तव्यों में कुछ भी नहीं धरा है, वे सुन्दर या असुन्दर हो सकते हैं, चतुराईपूर्ण या मूर्खतापूर्ण हो सकते हैं, हर कोई उनका समर्थन कर सकता है या उनको नकार सकता है। लेकिन मुझसे जो उपदेश तुमने सुने हैं, वे मन्तव्य नहीं हैं, और उनका लक्ष्य संसार के बारे में उन लोगों को समझाना नहीं है जो ज्ञान की खोज में लगे हुए हैं। उनका लक्ष्य कुछ और है; उनका लक्ष्य दुःखों से मुक्ति पाना है। गौतम केवल यही शिक्षा देता है, और कुछ नहीं।"

"हे महामना, मैं कामना करता हूँ कि आप मुझ पर अप्रसन्न नहीं होंगे," नवयुवक ने कहा। "मैंने ये बातें आपसे विवाद करने के लिए, शाब्दिक तर्क करने के लिए नहीं कही हैं। आप सचमुच ठीक कहते हैं, मन्तव्यों में कुछ भी नहीं धरा है। लेकिन मुझे एक और बात कहने की अनुमति दें : मैंने क्षण भर के लिए भी आप पर सन्देह नहीं किया है। मैंने पल भर के लिए भी इस पर सन्देह नहीं किया है कि आप बुद्ध हैं, कि आपने लक्ष्य प्राप्त कर लिया है, वह परम लक्ष्य जिसकी ओर हज़ारों ब्राह्मण और ब्राह्मण-पुत्र बढ़ रहे हैं। आपने मृत्यु से मुक्ति पा ली है। यह मुक्ति आपकी अपनी खोज के दौरान, आपके अपने मार्ग पर, आपके अपने चिन्तन के रास्ते, ध्यान के रास्ते, सिद्धि के रास्ते, प्रबोधन के रास्ते, आप तक पहुँची है। यह आपके पास उपदेशों के रास्ते नहीं पहुँची है! और, हे महामना, मेरा यह सोचना है, कि कोई भी व्यक्ति उपदेशों के माध्यम से मुक्ति नहीं पा सकता! प्रबोधन के क्षणों में आपके साथ क्या घटित हुआ है, इसको, हे वरेण्य, आप शब्दों के

माध्यम से, उपदेशों के माध्यम से, किसी को भी नहीं बता सकते! ज्ञानदीप्त बुद्ध के उपदेशों में बहुत कुछ समाया हुआ है, वे बहुतों को सदाचारी जीवन जीने की, पापों से बचने की सीख देते हैं। लेकिन एक वस्तु है जो इन अत्यन्त स्पष्ट, इन अत्यन्त वरेण्य उपदेशों में समाहित नहीं है : इनमें वह रहस्य समाहित नहीं है जिसको महामना ने स्वयं अनुभव किया है, जिसको हज़ारों-हज़ार लोगों के बीच केवल उन्हीं ने अनुभव किया है। ये वो बात है जिस पर मैंने विचार किया और जिसको अनुभव किया, जब मैंने उन उपदेशों को सुना। यही कारण है कि मैं अपनी यात्रा को विराम नहीं दे रहा हूँ, इसलिए नहीं कि मैं किसी दूसरी, इससे अच्छी शिक्षा की खोज करना चाहता हूँ, क्योंकि मैं जानता हूँ कि ऐसी कोई शिक्षा नहीं है, बल्कि इसलिए कि मैं सारी शिक्षाओं और सारे गुरुओं से विदा ले सकूँ और अपने लक्ष्य तक स्वयं पहुँच सकूँ या फिर मर जाऊँ। लेकिन, हे महामना, मैं सदा इस दिन को, और इस क्षण का याद रखूँगा, जब मेरी आँखों ने एक पवित्र आत्मा के दर्शन किये थे।"

बुद्ध के नेत्र स्थिर होकर भूमि को ताकते रहे; स्थिर, अपनी सम्पूर्ण स्थितप्रज्ञता में उनका अबूझ चेहरा मुस्करा रहा था।

"मैं कामना करता हूँ," श्रद्धेय धीरे-से बोले, "कि तुम्हारे विचार त्रुटिपूर्ण न हों, कि तुम लक्ष्य तक पहुँचो! लेकिन मुझे यह बताओ : क्या तुमने मेरे समणों की भीड़ को देखा है, उन अनेक बन्धुओं को, जिन्होंने इन शिक्षाओं की शरण ली है? और क्या तुम मानते हो, हे अजनबी, हे समण, क्या तुम मानते हो कि उन सबके लिए भी यही उचित होगा कि वे इन शिक्षाओं को तज दें तथा संसार और इच्छाओं के जीवन-व्यापार की ओर वापस लौट जाएँ?"

"ऐसा तो मैं तनिक भी नहीं सोचता," सिद्धार्थ ने विस्मय व्यक्त करते हुए कहा, "मैं कामना करता हूँ कि वे सब इन शिक्षाओं के सान्निध्य में रहें, कि वे अपने लक्ष्य तक पहुँचें! मैं किसी अन्य व्यक्ति के जीवन के बारे में निर्णय देने का अधिकारी नहीं हूँ। केवल अपने लिए, अपने लिए भर, मुझे निर्णय लेना अनिवार्य है, मुझे चुनाव करना अनिवार्य है, मना करना अनिवार्य है। हे महामना, अपने स्वत्व से मुक्ति ही वह वस्तु है जिसकी खोज हम सारे समण करते हैं। अगर मैं आपका एक शिष्य-मात्र होता, तो हे वरेण्य, मुझे

भय है कि मेरे साथ यही होता कि केवल ऊपरी तौर पर, केवल भ्रामक ढंग से, मेरा स्वत्व शांत हो जाता और मुक्ति पा जाता, लेकिन वास्तव में वह जीवित बना रहता और विकसित होता रहता, क्योंकि तब मैंने अपने स्वत्व को इन सिद्धान्तों से विस्थापित कर दिया होता, उसको आपका अनुसरण करने के कर्त्तव्य से, आपके और आपके भिक्षुओं के सम्प्रदाय के प्रति अपने प्रेम से, विस्थापित कर दिया होता!"

एक हल्की-सी मुस्कान के साथ, एक अटल उदारता और करुणा के साथ, गौतम ने इस अजनबी की आँखों में झाँका और लगभग अलक्ष्य संकेत के साथ उसको विदाई दी।

"हे समण, तुम बुद्धिमान हो," श्रद्धेय ने कहा। "तुमको बुद्धिमत्तापूर्वक बात करना आता है, मित्र। बहुत अधिक बुद्धिमत्ता से सावधान रहना!"

बुद्ध मुड़ गये, और उनकी वह दृष्टि और हल्की-सी स्मित सिद्धार्थ की स्मृति में सदा-सदा के लिए उत्कीर्ण होकर रह गयी।

मैंने कभी किसी व्यक्ति को इस तरह देखते और मुस्कराते हुए, बैठते और चलते हुए नहीं देखा, उसने सोचा; सचमुच, काश! मैं भी इस तरह देख और मुस्करा सकता, बैठ और चल सकता, इस तरह मुक्त, इस तरह वरेण्य, इस तरह गूढ़, इस तरह खुले, इस तरह बालसुलभ और रहस्यमय ढंग से। सचमुच, केवल वही व्यक्ति इस ढंग से देख और चल सकता है, जो अपने स्वत्व की अन्तरतम गहराई में पहुँचने में सफल हो चुका है। ठीक है, मैं भी अपने स्वत्व की अन्तरतम गहराई तक पहुँचने का उद्यम करूँगा।

सिद्धार्थ सोच रहा था, मैंने एक ऐसे मनुष्य को देखा है, एकमात्र ऐसे मनुष्य को, जिसके समक्ष मुझे अपनी दृष्टि को झुका लेना पड़ा। मैं किसी अन्य व्यक्ति के समक्ष अपनी दृष्टि को नहीं झुकाना चाहता, किसी भी दूसरे के समक्ष। अब कोई भी उपदेश मुझको लुभायेगा नहीं, क्योंकि इस व्यक्ति का उपदेश मुझको नहीं लुभा सका।

मैं बुद्ध द्वारा ठग लिया गया हूँ, सिद्धार्थ ने सोचा, मैं ठगा गया हूँ, और तब भी उन्होंने मुझको बहुत कुछ दिया है। उन्होंने मुझको मेरे मित्र से वंचित किया है, उससे जो मुझमें आस्था रखता था और अब उनमें आस्था रखता है, जो कभी मेरी छाया हुआ करता था वह अब गौतम की छाया है। लेकिन उन्होंने मुझको सिद्धार्थ प्रदान किया है, मेरा स्वत्व प्रदान किया है।

जागृति

जब सिद्धार्थ ने उस उपवन को पीछे छोड़ दिया, जहाँ वे सिद्ध पुरुष, बुद्ध, रहते थे, जहाँ गोविन्द पीछे छूट गया था, तो उसको लगा कि उसका पिछला जीवन भी उस उपवन में पीछे छूट गया है। चलते हुए उसने इस अनुभूति के बारे में विचार किया, जिसने उसको पूरी तरह से भर दिया था। उसने बहुत गहराई के साथ इस पर विचार किया, जैसे वह गहरे जल के भीतर उतर रहा हो। उसने स्वयं को इस अनुभूति के तल में डूब जाने दिया, उस सतह तक जहाँ कारण मौजूद थे, क्योंकि उसको लगा कि कारणों की पहचान ही चिन्तन का सार है, और केवल इसी तरह अनुभूतियाँ साक्षात्कार में बदलती हैं और न केवल खोने से बच जाती हैं, बल्कि भावरूप होकर अपने आन्तरिक सत्त्व को, प्रकाश की किरणों की भाँति, विकीरित करने लगती हैं।

धीरे-धीरे चलते हुए सिद्धार्थ सोचता रहा। उसने पाया कि अब वह एक नवयुवक नहीं रह गया है, बल्कि एक पुरुष में बदल चुका है। उसने पाया कि जैसे सर्प अपनी पुरानी केंचुल के द्वारा तज दिया जाता है, वैसे ही एक वस्तु उसको छोड़कर चली गयी है कि एक वस्तु थी जिसका अस्तित्व अब उसके भीतर नहीं रह गया है, एक वस्तु जो उसके समूचे यौवन के दौरान उसके

साथ बनी रही थी और जो उसका अंश हुआ करती थी : गुरु को पाने और उपदेशों को सुनने की आकांक्षा। उसने उस अन्तिम गुरु को भी, जो सहसा उसकी राह में प्रकट हो गया था, उस श्रेष्ठतम और प्रबुद्धतम गुरु को, उस सर्वाधिक पवित्रात्मा बुद्ध को भी उसने तज दिया था, उससे भी उसको अलग हो जाना पड़ा था, उसकी शिक्षाओं को भी वह स्वीकार नहीं कर सका था।

वह अपने विचारों में डूबा धीरे-धीरे चलता रहा और उसने स्वयं से प्रश्न किया : "लेकिन वह क्या वस्तु है, क्या वस्तु है वह जो तुम उपदेशों और गुरुओं से सीखना चाहते थे, और जो वे तुमको भरपूर शिक्षा देने के बावजूद सिखा नहीं सके? और उसने पाया : यह स्वत्व था, जिसके उद्देश्य और सारतत्त्व को मैं जानना चाहता था। यह स्वत्व था जिससे मैं ऊपर उठना चाहता था। लेकिन मैं उससे ऊपर उठ नहीं पाया, मैं केवल उसके साथ छल कर सका, उससे केवल भाग सका, उससे छुप सका। सचमुच, दुनिया की किसी भी वस्तु ने मेरे विचारों को इतना व्यस्त नहीं रखा, जितना मेरे अपने ही इस स्वत्व ने रखा है, जितना मेरे जीवित होने के इस रहस्य ने, एकात्म होने और विलग होने ने, और तमाम दूसरों से अलग होने ने रखा है, जितना मेरे सिद्धार्थ होने ने रखा है! तब भी इस दुनिया में कोई भी ऐसी दूसरी वस्तु नहीं है जिसके बारे में मैं उतना कम जानता होऊँगा जितना कम मैं अपने बारे में, सिद्धार्थ के बारे में, जानता हूँ!"

इन विचारों पर चिन्तन करते हुए चलते-चलते, सहसा वह रुक गया क्योंकि इन विचारों ने उसको थाम लिया और उनमें से एक अन्य, एक नया, विचार फूट पड़ा, जो यह था : "अगर मैं अपने बारे में कुछ भी नहीं जानता, अगर सिद्धार्थ मेरे लिए अजनबी और अज्ञात बना रहा है, तो इसका एक ही कारण है, एकमात्र कारण : मैं स्वयं से डरता था, मैं स्वयं से भाग रहा था, मैं आत्मा की खोज कर रहा था, मैं ब्रह्म की खोज कर रहा था, मैं अपने स्वत्व की चीरफाड़ कर, उसकी एक-एक परत उधेड़कर, उसके अज्ञात अन्तरंग में झाँककर तमाम परतों के मर्म को पाना चाहता था, मैं आत्मा को, जीवन को, दिव्य अंश को, अन्तिम अंश को पाना चाहता था। लेकिन इस प्रक्रिया में मैंने स्वयं को खो दिया।"

सिद्धार्थ ने आँखें खोलीं और अपने चारों ओर देखा, एक मुस्कराहट से उसका चेहरा भर उठा और उसकी समूची देह में, सिर से लेकर पैर तक,

लम्बे स्वप्न से जागने की एक अनुभूति तैर गयी। फिर बहुत समय नहीं लगा जब उसने उस आदमी की तरह फिर तेज़ी के साथ चलना शुरू कर दिया, जो जानता है कि उसको क्या करना है।

"ओह," एक गहरी साँस लेते हुए उसने सोचा, "अब मैं दोबारा सिद्धार्थ को स्वयं से भागने नहीं दूँगा! अब मैं फिर से आत्मा और जगत के दुःख पर और सोचविचार शुरू नहीं करना चाहता। अब मैं स्वयं को और अधिक मारकर और अधिक चीर-फाड़कर अपने खण्डहरों में किसी रहस्य की खोज नहीं करना चाहता। मुझको न तो अब योग-शास्त्र से कुछ सीखना है, न *अथर्ववेद* से, और न ही किन्हीं दूसरे सिद्धान्तों से। मैं अब स्वयं से सीखना चाहता हूँ, अपना शिष्य बनना चाहता हूँ, अपने स्वत्व को समझना चाहता हूँ, सिद्धार्थ के रहस्य को समझना चाहता हूँ।"

उसने अपने चारों ओर देखा, कुछ इस तरह जैसे वह संसार को पहली बार देख रहा हो। बहुत सुन्दर था संसार, रंगारंग था संसार, विचित्रताओं और रहस्यों से भरा हुआ था संसार! यहाँ नीला था, तो वहाँ पीला था, आकाश और नदियों में प्रवाह था, जंगल और पर्वत स्थिर थे, सबकुछ नयनाभिराम था, सबकुछ रहस्यमय और जादुई था, और इन सबके बीच था वह था, सिद्धार्थ, जागता हुआ, अपने ही स्वत्व की दिशा में बढ़ता हुआ। यह सबकुछ, यह पीला और नीला, नदी और जंगल, पहली बार सिद्धार्थ की आँखों के रास्ते उसमें प्रवेश कर गया, अब वह मार का सम्मोहन नहीं था, अब वह माया का छद्मावरण नहीं था, प्रतीतियों का अर्थहीन और संयोगपरक वैविध्य नहीं था, जो उन गहन चिन्तनशील ब्राह्मणों के लिए घृणा के योग्य माना जाता है, जो विविधता से दूर भागते हैं, जो अद्वैत की खोज में लगे रहते हैं। नीला नीला था, नदी नदी थी, और यदि नीले में और नदी में, सिद्धार्थ में, अद्वितीय और दिव्य छिपा हुआ था, तो इसके पीछे भी उस दिव्यता का ही अपना विधान और प्रयोजन था, जो कहीं पीला होना चाहती थी तो कहीं नीली, कहीं आकाश होना चाहती थी तो कहीं जंगल, और जो यहाँ पर सिद्धार्थ होना चाहती थी। प्रयोजन और मूलभूत गुणधर्म कहीं वस्तुओं के पीछे छिपे हुए नहीं थे, वे उनमें मौजूद थे, हर वस्तु में।

"मैं कितना बहरा और मूर्ख था!" तेज़ी से चलते हुए उसने सोचा। अगर कोई व्यक्ति किसी लिखे हुए को पढ़ता है, उसका अर्थ ढूँढ़ना चाहता है,

तो वह उस इबारत के संकेतों और अक्षरों का तिरस्कार नहीं करेगा, उनको छल, संयोग और बेकार के छिलके नहीं कहेगा, बल्कि वह उनके एक-एक अक्षर को पढ़ेगा, उनका अध्ययन करेगा, उनसे प्रेम करेगा। लेकिन मैं, जो इस जगत की और स्वयं अपने होने की पुस्तक को पढ़ने निकला था, मैंने उस एक अर्थ के लिए, जिसकी मैंने इस पुस्तक को पढ़ने से पहले ही कल्पना कर ली थी, उस एक अर्थ के लिए मैंने इस पुस्तक के संकेतों और अक्षरों का तिरस्कार किया, इस दृश्यमान जगत को एक छल कहा, अपने नेत्रों और जिह्वा को संयोगपरक और निस्सार तथा व्यर्थ रूपाकार मान लिया। नहीं, अब और नहीं, अब मैं जाग चुका हूँ। हाँ, अब मैं जाग चुका हूँ और आज के इस दिन के पहले मैं असल में जन्मा ही नहीं था।

इन्हीं विचारों में खोया हुआ सिद्धार्थ एकबार फिर ठहर गया, सहसा, जैसे उसने रास्ते में अपने सामने पड़ा कोई साँप देख लिया हो।

क्योंकि सहसा वह इस बात के प्रति भी सजग हो उठा था कि उसको, जो निश्चय ही एक अभी-अभी जागे हुए मनुष्य या एक नवजात शिशु की भाँति ही था, अपना जीवन नये सिरे से आरम्भ करना होगा और एकदम शुरुआत से आरम्भ करना होगा। जब वह आज ही सुबह-सुबह, उस जैतवन के उपवन से, उस दिव्य पुरुष के उपवन से, चला था, पहले ही जागा हुआ, पहले ही अपनी ओर जाते हुए मार्ग पर, तो उसका प्रत्येक संकल्प, जिसको उसने स्वाभाविक मान लिया था और जिस पर उसने कोई विशेष ध्यान नहीं दिया था, यह था कि वह इतने वर्षों बाद एक संन्यासी के रूप में अपने घर और अपने पिता के पास लौटेगा।

लेकिन अब, ठीक इस क्षण में, जब वह चलते-चलते इस तरह ठहर गया था जैसे उसके रास्ते में कोई साँप पड़ा हो, वह इस सचाई के प्रति भी सजग उठा था : "लेकिन अब मैं वह नहीं रह गया हूँ जो हुआ करता था, अब मैं साधु नहीं रह गया, अब मैं ब्राह्मण नहीं रह गया। तब मैं अपने घर जाकर, अपने पिता के पास जाकर क्या करूँगा? अध्ययन? पूजा-पाठ? ध्यान? यह सब तो समाप्त हो चुका है, यह सबकुछ अब मेरे मार्ग में नहीं रह गया है।"

स्थिर हो सिद्धार्थ उस जगह खड़ा रहा, और एक पल और एक साँस भर के लिए उसने अनुभव किया कि उसका हृदय ठण्डा पड़ गया है, उसने

अपनी छाती में वैसा ही ठण्डापन अनुभव किया जैसा कोई छोटा-सा जानवर, या कोई पक्षी या खरगोश उस क्षण अनुभव करता होगा जब वह पाता होगा कि वह कितना अकेला है। कई वर्षों से वह बेघर रहा था और उसने कुछ भी महसूस नहीं किया था। अब वह इसको महसूस कर रहा था। तब भी, गहरे ध्यान की अवस्था में भी, वह अपने पिता का पुत्र हुआ करता था, एक ब्राह्मण हुआ करता था, ऊँची जाति का एक व्यक्ति, एक पुरोहित हुआ करता था। लेकिन अब वह सिवा सिद्धार्थ होने के, सिवा एक जाग्रत व्यक्ति होने के, और कुछ भी नहीं था, और कुछ भी नहीं बचा था। उसने गहरी साँस ली, और पल भर के लिए ठण्ड और कँपकँपी महसूस की। कोई भी उतना अकेला नहीं था जितना वह था। ऐसा कोई कुलीन पुरुष नहीं था जो कुलीन समाज का हिस्सा न हो, ऐसा कोई श्रमिक नहीं था जो श्रमिकों के समुदाय का हिस्सा न हो, जो उनके बीच शरण न पाता हो, जो उनके जीवन में हिस्सा न बँटाता हो, उनकी भाषा न बोलता हो। ऐसा कोई ब्राह्मण नहीं था जिसको ब्राह्मण न माना जाता हो और जो ब्राह्मणों के साथ न रहता हो, कोई संन्यासी नहीं था जिसको समणों के समाज में जगह न मिली हो, यहाँ तक कि जंगल में जीवन बिताने वाला सर्वथा परित्यक्त संन्यासी भी केवल एक और अकेला नहीं था, वह भी उस परिवेश से घिरा हुआ था, जिसमें वह रहता था, उसकी भी एक जाति थी जिसमें वह अपनापन का अनुभव करता था। गोविन्द एक भिक्षु बन गया था, और हज़ारों भिक्षु उसके बन्धु थे, उसी की भाँति चोगे पहनते थे, उसी की आस्था में आस्था रखते थे, उसकी भाषा बोलते थे। लेकिन वह, सिद्धार्थ, किस समाज का हिस्सा था? वह किनके जीवन में साझा करेगा? वह किनकी भाषा में बात करेगा?

इस क्षण के भीतर से, जब उसके चारों ओर की दुनिया कपूर की भाँति उड़ गयी, जब वह आकाश के एक अकेले नक्षत्र की भाँति खड़ा हुआ था, ठण्डी हताशा के इस क्षण के भीतर से, सिद्धार्थ उदित हुआ, पहले से कहीं अधिक स्वत्वमय होकर, कहीं अधिक दृढ़ता के साथ एकाग्र होकर। उसने अनुभव किया : यह जागृति का अन्तिम कम्पन था, इस जन्म का अन्तिम संघर्ष। फिर बहुत देर नहीं लगी जब वह एकबार फिर लम्बे-लम्बे डग भरते हुए चलने लगा, तेज़ गति से, आतुरतापूर्वक आगे बढ़ने लगा, और अब वह घर की दिशा में नहीं बढ़ रहा था, अब वह अपने पिता की ओर नहीं जा रहा था, अब वह वापस नहीं लौट रहा था।

भाग–II

कमला

सिद्धार्थ अपनी राह के हर क़दम पर कुछ नया सीख रहा था, क्योंकि दुनिया बदल चुकी थी, और उसका हृदय मन्त्रमुग्ध था। उसने सूरज को जंगलों से छाये पर्वतों पर उदित होते और ताड़वृक्षों से ढँके सुदूर समुद्र तटों पर अस्त होते देखा। रात में उसने नक्षत्रों को अपनी जगहों पर उगे हुए और द्वितीया के चन्द्रमा को नीले आकाश में नाव की तरह तैरते हुए देखा। उसने वृक्षों को, तारों को, पशुओं को, बादलों को, इन्द्रधनुषों को, चट्टानों को, जड़ीबूटियों को, फूलों को, नदी के प्रपातों को, सुबह-सुबह झाड़ियों में चमकती ओस-बूँदों को, और उन सुदूर पर्वत-शृंखलाओं को देखा जो नीली थीं और विवर्ण थीं। पक्षी कलरव करते थे और भौंरे गुनगुनाते थे, और हवा चावल के खेतों में फुसफुसाती थी। यह सब, अन्तहीन वैविध्य और रंगारंग, हमेशा से मौजूद था, सूर्य और चन्द्रमा हमेशा से चमकते आ रहे थे, हमेशा से नदियाँ कलकल करती आ रही थीं, भौंरे गुंजार करते आ रहे थे, लेकिन इसके पहले तक यह सबकुछ सिद्धार्थ के लिए उसकी आँखों के समक्ष एक अविश्वसनीय, क्षणभंगुर, छद्म आवरण से अधिक कुछ भी नहीं हुआ करता था, जो चिन्तन के द्वारा वेधा जाकर नष्ट हो जाने वाला था, क्योंकि वह सारभूत अस्तित्व नहीं था, क्योंकि वह सारभूत अस्तित्व इन सबसे परे कहीं स्थित था, दृश्यमान

जगत के दूसरी ओर। लेकिन अब, उसकी मुक्त दृष्टि इस ओर टिक रही थी, वह दृश्यमान जगत को देख रहा था और उसके प्रति सजग हो रहा था, इस संसार के साथ आत्मीय होने का प्रयत्न कर रहा था, सच्चे सारभूत तत्त्व के पीछे नहीं भाग रहा था, इस संसार से परे किसी संसार को अपना लक्ष्य नहीं बना रहा था। सुन्दर था यह संसार, इस तरह बिना तथ्यान्वेषण किये देखे जाने पर, इस तरह सरल मन से, इस तरह बालसुलभ दृष्टि से देखे जाने पर। सुन्दर थे चन्द्रमा और तारे, सुन्दर थे झरने और तट, जंगल और चट्टानें, बकरियाँ और भृंग, फूल और तितलियाँ। सुन्दर और प्रीतिकर था इस तरह संसार के बीच से गुज़रना, बच्चे की तरह, जाग्रत मन, जो निकट है उसके प्रति खुले रहकर, बिना अविश्वास किये। सूर्य अलग ढंग से सिर को झुलसाता था, अलग ढंग से जंगल की छाया उसको शीतलता प्रदान करती थी, झरने और प्रपात, कद्दू और केले अलग ढंग से स्वाद देते थे। छोटे हो गये थे दिन और छोटी थीं रातें, हरेक पल समुद्र पर मस्तूल की भाँति तेज़ी से गुज़र जाता था, और उस मस्तूल के नीचे थी नौका, ख़ज़ाने से लदी हुई, आनन्द से भरी हुई। सिद्धार्थ ने जंगल के एक ऊँचे मण्डप से, ऊँची-ऊँची शाखाओं से, वानरों के एक समूह को गुज़रते देखा, और उनके वनैले, लालच-भरे गीत को सुना। सिद्धार्थ ने एक नर भेड़ को एक मादा भेड़ का पीछा करते और उससे सम्भोग करते देखा। सरकण्डों के एक सरोवर में उसने एक मछली को अपनी भूख शांत करने आतुरतापूर्वक अपने शिकार पर झपटते देखा; और फिर छोटी-छोटी भयभीत मछलियों के झुण्ड को, उससे दूर भागने की कोशिश में, लहराते, झिलमिलाते हुए, पानी से ऊपर उछलते देखा; शक्ति और आवेग की एक तीव्र गन्ध उस पानी की चपल तरंगों से उठी, जिसको आतुर शिकारी मछली ने आन्दोलित कर दिया था।

यह सबकुछ पहले से था, और उसने उसको देखा था; वह उसके साथ नहीं रहा था। अब वह उस सबके साथ था, उसका हिस्सा था। प्रकाश और छाया उसकी आँखों में व्याप्त हो गये, नक्षत्र और चन्द्रमा उसके हृदय में व्याप्त हो गये।

रास्ते में, सिद्धार्थ को वे सारी वस्तुएँ भी याद आती रहीं जिनको उसने जैतवन के उद्यान में अनुभव किया था, प्रवचन जो उसने वहाँ सुना था, दिव्य बुद्ध, गोविन्द से विदाई, दिव्य पुरुष के साथ हुआ वार्तालाप। एकबार फिर उसने अपने ही उन शब्दों को याद किया, जो उसने दिव्य पुरुष से कहे थे,

एक-एक शब्द, और वह विस्मय से भर इस तथ्य के प्रति सजग हो उठा कि वहाँ उसने ऐसी बातें कही थीं जिनको वह सचमुच आज तक भी नहीं समझता था। क्या कहा था उसने गौतम से : उनका, यानी बुद्ध का, ख़ज़ाना और रहस्य उनके उपदेश नहीं हैं, बल्कि अभिव्यक्ति और उपदेश से परे वह अनुभव है जो उनको प्रबोधन के क्षणों में हुआ था, और यही तो एकमात्र वह वस्तु थी जिसको अनुभव करने वह निकला हुआ था, जिसके अनुभव की वह शुरुआत कर रहा था। अब उसको अपने स्व को अनुभव करना था। यह सच है कि यह बात वह बहुत पहले से जानता था कि उसका स्व तत्त्वतः आत्मा ही है, वह आत्मा जो अपने में ब्रह्म के शाश्वत गुणधर्म समाहित किये हुए है। लेकिन इस स्व को वह सच्चे अर्थ में कभी पा नहीं सका था, क्योंकि वह उसको चिन्तन के जाल में फाँसना चाहता था। देह तो वह स्वत्व नहीं ही है, और न ही वह इन्द्रियगोचर ही है, लेकिन वह चिन्तन-रूप भी नहीं है, वह तर्कशील मानस भी नहीं है, वह ज्ञान-सम्पन्न बुद्धि भी नहीं है, निष्कर्षों पर पहुँचने और पिछले विचारों को नये विचारों में बदल लेने की विद्वत्तापूर्ण सामर्थ्य भी वह नहीं है। नहीं, चिन्तन की यह दुनिया भी अभी इसी ओर है, और दूसरी ओर, अगर विचारों का असंयत स्वत्व और हासिल किया गया ज्ञान मुटाता जाता है, तो इन्द्रियों के असंयत स्वत्व को मारकर कुछ भी हासिल नहीं किया जा सकता। विचार और इन्द्रियाँ दोनों ही सुन्दर वस्तुएँ हैं, अन्तिम अर्थ दोनों के ही पीछे छिपा हुआ है, दोनों को सुनना होगा, दोनों का आनन्द लेना होगा, दोनों का ही न तो तिरस्कार करना उचित होगा न ही उनको बढ़ाचढ़ाकर देखना उचित होगा, दोनों से ही उभरती अन्तरतम सत्य की आवाज़ पर पूरा-पूरा ध्यान देना होगा। वह किसी भी वस्तु के लिए प्रयत्न नहीं करना चाहता था, सिवा उस वस्तु के जिसके लिए प्रयत्न करने का आदेश यह ध्वनि देती, किसी वस्तु पर नहीं टिकना चाहता था, सिवा उसके जिस पर टिकने की सलाह यह आवाज़ देती। आख़िर क्या कारण था कि गौतम उस समय, उस परम क्षण में, उस वटवृक्ष के तले जा बैठे थे, जहाँ पर उनमें ज्ञानोदय हुआ था? उन्होंने एक स्वर सुना था, अपने ही हृदय में एक स्वर, जिसने उनको आदेश दिया था कि वे इस वृक्ष के नीचे निवृत्ति की तलाश करें, और उन्होंने न तो आत्म-प्रताड़ना का, पूजन-अर्पण का, प्रक्षालन का चुनाव किया, न प्रार्थना का, न ही अन्न का न जल का, न ही निद्रा का न स्वप्न का, उन्होंने केवल उस स्वर के आदेश का पालन किया।

इस तरह आदेश का पालन करना, किसी बाह्य निर्देश का नहीं, बल्कि केवल उस स्वर के आदेश का पालन करना, इस तरह तैयार होना, यही शुभ है, यही आवश्यक है, इसके अतिरिक्त और कुछ भी आवश्यक नहीं।

रात में जब सिद्धार्थ नदी किनारे एक मल्लाह की फूस की झोपड़ी में सोया, तो उसने एक सपना देखा : गोविन्द उसके सामने खड़ा हुआ था, संन्यासी का पीला चोगा पहने हुए। उदास दिख रहा था गोविन्द, उदास स्वर में उसने पूछा : तुमने मुझको क्यों त्याग दिया? इस पर उसने गोविन्द को आलिंगन में भर लिया, उसको अपनी बाँहों में घेर लिया, और जैसे ही उसने उसको अपने पास खींचा और उसका चुम्बन लिया, तो पाया कि वह गोविन्द नहीं बल्कि एक स्त्री थी, और उस स्त्री के वस्त्र से एक समूचा स्तन बाहर आ गया, जिस पर सिर रखकर सिद्धार्थ उस स्तन के मीठे और मादक स्वाद वाले दूध को पीने लगा। उसमें पुरुष और स्त्री का, सूरज और जंगल का, पशु और पुष्प का, हर तरह के फल का, हर तरह की सुखदायी कामना का स्वाद भरा हुआ था। उसने उसको नशे से चूर और बेसुध कर दिया। जब सिद्धार्थ जागा, तो झोपड़ी के द्वार से मटमैली नदी झिलमिलाती दिख रही थी, और जंगल में, शांत और प्रसन्न स्वर में, एक उल्लू की भुतही पुकार गूँज रही थी।

जब दिन की शुरुआत हुई, तो सिद्धार्थ ने अपने मेज़बान मल्लाह से नदी पार करा देने का अनुरोध किया। मल्लाह उसको अपने बाँस के छकड़े में नदी के पार ले गया, जिसका विस्तृत जल सुबह की रोशनी में अपनी ललछौहीं आभा में झिलमिला रहा था।

"यह बहुत सुन्दर नदी है," उसने अपने साथी से कहा।

"हाँ," मल्लाह ने कहा, "बहुत सुन्दर नदी है, इसकी जितनी प्यारी मुझे कोई भी दूसरी वस्तु नहीं लगती। मैंने अक्सर इसको सुना है, अक्सर इसकी आँखों में झाँककर देखा है, और हमेशा इससे सीख ली है। एक नदी से बहुत कुछ सीखा जा सकता है।"

"मैं आपका आभारी हूँ, मेरे शरणदाता," नदी के पार उतरते हुए सिद्धार्थ ने कहा। "प्रिय बन्धु, मेरे पास कुछ भी नहीं है जो मैं आपके आतिथ्य के बदले आपको दे सकता, न ही आपकी इस सेवा के लिए मैं आपको कोई भुगतान कर सकता हूँ। मैं एक बेघर मनुष्य हूँ, एक ब्राह्मण का बेटा और एक समण।"

"मैं यह बात जानता था," मल्लाह ने कहा, "और मैंने आपसे उस भुगतान और उपहार की उम्मीद नहीं की थी जिसका भार अतिथियों को वहन करना होता है, जैसा कि दस्तूर है। आप मुझको किसी और समय पर उपहार देंगे।"

"आपको ऐसा लगता है?" सिद्धार्थ ने विनोदपूर्ण स्वर में पूछा।

"निश्चय ही। यह भी मैंने नदी से ही सीखा है : हर वस्तु लौटकर वापस आती है! आप भी, समण, वापस आएँगे। अब मैं विदा लेता हूँ! आपकी मित्रता ही मेरा पुरस्कार हो। जब आप देवताओं को आहुति दें, तो मुझको याद करें।"

मुस्कराते हुए, उन्होंने विदा ली। सिद्धार्थ मुस्कराया, मल्लाह की मैत्री और दयालुता से प्रसन्न होकर। "वह गोविन्द की तरह है," उसने सोचा। "अपने मार्ग में जिन भी लोगों से मैं मिला हूँ, सभी गोविन्द जैसे ही हैं। सभी कृतज्ञता से भरे हुए हैं, जबकि कृतज्ञता पाने के सच्चे अधिकारी वे ही हैं। सब के सब विनम्र हैं, सभी मित्रता करना चाहेंगे, आज्ञा मानना चाहेंगे, बहुत कम सोचविचार करने वाले। बच्चों की तरह हैं सारे लोग।"

दोपहर के आसपास वह एक गाँव में पहुँचा। मिट्टी की झोपड़ियों के सामने बच्चे कद्दू के बीजों और कौड़ियों से खेलते हुए हँसी से लोटपोट हो रहे थे, चीख़पुकार मचा रहे थे, धक्कामुक्की कर रहे थे, लेकिन वे सबके सब अजनबी समण को देखकर भाग खड़े हुए। गाँव के अन्तिम सिरे पर पहुँचकर रास्ता एक छोटी-सी नदी की ओर जाता था, और नदी के समीप एक नवयुवती घुटनों के बल बैठी कपड़े धो रही थी। जब सिद्धार्थ ने उसका अभिवादन किया, तो उसने सिर उठाया और इस तरह मुस्करायी कि उसको उसकी आँखों में एक सफ़ेदी झिलमिलाती दिखायी दी। जैसा कि यात्रियों का दस्तूर है, उसने उच्च स्वर में युवती को आशीर्वाद दिया, और उससे पूछा कि बड़े नगर तक पहुँचने के लिए उसको अभी कितना और चलना होगा। इस पर वह उठी और उसके पास आ गयी, उसके आर्द्र होंठ उसके युवा चेहरे में सुन्दर ढंग से चमक रहे थे। युवती ने उसके साथ ठिठोली की, उससे पूछा कि क्या वह भोजन कर चुका है, और क्या यह सच है कि समण जंगल में अकेले सोते हैं और उनको अपने साथ स्त्री को रखने की अनुमति नहीं होती। बात करते हुए उसने अपना बायाँ पैर उसके दायें पैर पर रखते हुए

उस तरह की चेष्टा की जैसी वह स्त्री करती है जो पुरुष को उस तरह के रतिकर्म में निमग्न होने का निमन्त्रण देना चाहती है जिसको शास्त्रों में "वृक्ष पर चढ़ना" कहा जाता है। सिद्धार्थ को अपने रक्त में तपिश महसूस हुई, और चूँकि इस समय उसको अपने सपने की फिर से याद हो आयी, वह धीरे से स्त्री पर झुका और अपने होंठों से उसके कत्थई कुचाग्र को चूम लिया। उसने सिर उठाया और काम-वासना से भरकर मुस्कराते उसके चेहरे को, और कुंचित पलकों से युक्त उन आँखों को देखा जो कामना से भरी हुई थीं।

सिद्धार्थ ने भी कामना का अनुभव किया और अपनी काम-वासना के उद्‌गम पर हरक़त महसूस की; लेकिन चूँकि उसने इसके पहले कभी स्त्री का स्पर्श नहीं किया था, वह पल भर के लिए हिचकिचाया, हालाँकि उसके हाथ पहले ही युवती की ओर बढ़ने को तत्पर हो चुके थे। तभी, भय-मिश्रित विस्मय से सिहरते हुए, उसको अपने अन्तरतम स्वत्व की आवाज़ सुनायी दी, और उस आवाज़ ने कहा, "नहीं।" तब युवती के चेहरे से आकर्षण जाता रहा, अब उसको वहाँ एक कामोत्तेजित मादा की आर्द्र दृष्टि के सिवा कुछ भी दिखायी नहीं दे रहा था। शालीनता के साथ उसने उसके गालों को थपथपाया, मुड़ा और उस हताश स्त्री को वहीं छोड़ धीमे-धीमे क़दमों से चलता हुआ, बाँस-वन में लुप्त हो गया।

उसी दिन वह शाम ढलने से पहले बड़े नगर में पहुँच गया, और वह इससे प्रसन्न था, क्योंकि वह लोगों के बीच होना चाहता था। एक लम्बे अरसे से वह जंगल में रहता आया था, और मल्लाह की जिस फूस की कुटिया में वह उस रात सोया था, वह पहला छप्पर था जो अरसे बाद उसको सिर छुपाने को मिला था।

नगर की शुरुआत से पहले, एक सुन्दर अहाताबन्द निकुंज में, इस यात्री की भेंट सेवकों और सेविकाओं के एक छोटे-से झुण्ड से हुई थी, जो सिर पर टोकरियाँ लिये जा रहे थे। उनके बीच, चार सेवकों द्वारा ढोयी जाती एक सुसज्जित पालकी में रंगबिरंगी छतरी के तले लाल तकियों से टिकी हुई, उनकी स्वामिनि, एक भद्र महिला बैठी हुई थी। सिद्धार्थ ने उस आमोद-वन के प्रवेश पर खड़े होकर उस शोभायात्रा को देखा, सेवकों को देखा, परिचारिकाओं को, टोकरियों को देखा, उस पालकी को देखा और उसमें बैठी महिला को देखा। उसके काले बालों के नीचे, जो उसके सिर पर

एक ऊँचे जूड़े में बँधे थे, सिद्धार्थ ने एक अत्यन्त गौरवर्ण, अत्यन्त सुकुमार, अत्यन्त चतुर चेहरे को देखा, किसी ताज़ा कटे अंजीर जैसे, चमकीले रक्ताभ होंठ, भली भाँति सँवारी गयी और उत्तुंग धनुषाकार में रंगी हुई भौंहें, चतुर और चौकन्नी काली आँखें, एक हरे और सुनहरे वस्त्र के ऊपर तनी हुई उज्ज्वल, लम्बी ग्रीवा, और लम्बे, दुबले, स्थिर, गोरे हाथ, जिनकी कलाइयों में सोने के बड़े-बड़े कंगन पड़े हुए थे।

सिद्धार्थ ने देखा कि वह किस क़दर सुन्दर थी, और उसका मन प्रसन्नता से भर उठा। जब पालकी उसके निकट पहुँची, तो उसने बहुत नीचे तक सिर झुकाया, और फिर सीधे खड़े होते हुए उसने उस गौरवर्ण, आकर्षक चेहरे को देखा, पल भर उन चतुर आँखों को पढ़ा जिन पर धनुषाकार भँवें तनी हुई थीं, और उस हल्की-सी सुगन्ध को अपनी साँसों में भर लिया, जो उसके लिए अनजानी थी। उस सुन्दर स्त्री ने मुस्कराते हुए सिर हिलाया और निकुंज में ओझल हो गयी, और उसके पीछे-पीछे उसके अनुचर भी।

इस तरह, सिद्धार्थ ने सोचा, मैं एक मोहक शकुन के साथ, इस नगर में प्रवेश कर रहा हूँ। उसके मन में तत्काल ही उस निकुंज में जाने की प्रबल इच्छा जागी, लेकिन फिर उसने इस पर विचार किया, और केवल तभी उसका ध्यान उन अनुचरों और परिचारिकाओं की ओर गया जिनकी निगाहों में प्रवेश-द्वार से गुज़रते समय उसके प्रति अत्यन्त घृणा का, सन्देह का, तिरस्कार का भाव था।

मैं अभी भी एक समण ही हूँ, उसने सोचा, अभी भी एक संन्यासी और भिक्षुक ही हूँ। मुझको इस तरह नहीं बने रहना चाहिए, इस तरह बने रहकर मैं निकुंज में प्रवेश नहीं कर पाऊँगा। फिर वह हँस पड़ा।

इस रास्ते में उसको जो अगला व्यक्ति मिला, उससे उसने उस निकुंज और उस स्त्री के बारे में पूछताछ की, और उसको बताया गया कि वह निकुंज कमला का है, जो कि एक प्रसिद्ध गणिका है, और यह भी कि इस निकुंज के अलावा नगर में भी उसका एक भवन है।

फिर उसने नगर में प्रवेश किया। अब उसके पास एक लक्ष्य था। इस लक्ष्य का पीछा करते हुए उसने स्वयं को नगर के द्वारा निगल लिये जाने के लिए खुला छोड़ दिया, वह चारों ओर फैली सड़कों पर भटका, कभी इस चौराहे पर खड़ा हुआ, तो कभी नदी-किनारे की पत्थर की सीढ़ियों पर

बैठ गया। जब शाम हुई, तो उसने एक नाई के सहयोगी से दोस्ती कर ली, जिसको एकबार उसने एक भवन की मेहराब के तले काम करते हुए, और दोबारा विष्णु के एक मन्दिर में प्रार्थना करते हुए देखा था। उसको सिद्धार्थ ने विष्णु और लक्ष्मी की कथाएँ सुनायीं। उस रात वह नदी किनारे नौकाओं के बीच सोया। तड़के, इसके पहले कि नाई के उस सहयोगी की दुकान में कोई ग्राहक आता, उसने अपनी दाढ़ी बनवायी, बाल कटवाये, उनमें बढ़िया-सा तेल मलवाया और उनको सँवारा। फिर वह स्नान करने नदी पर गया।

जब काफ़ी दोपहर ढले सुन्दरी कमला अपनी पालकी में सवार होकर निकुंज में पहुँची, तो प्रवेश-द्वार पर खड़े सिद्धार्थ ने झुककर उसका अभिवादन किया और गणिका का अभिवादन स्वीकार किया। जो अनुचर उस शोभायात्रा के सबसे पीछे चल रहा था, सिद्धार्थ उसकी ओर बढ़ा, और उससे उसकी मालकिन को यह सूचित करने का आग्रह किया कि एक युवा ब्राह्मण उससे बात करना चाहता है। थोड़ी देर बाद अनुचर लौटा, उसने प्रतीक्षा करते सिद्धार्थ को अपने पीछे आने का इशारा किया, बिना एक शब्द बोले, अपने पीछे चलते व्यक्ति का मार्गदर्शन करते हुए उसको एक मण्डप में, जहाँ कमला एक शैया पर लेटी थी, ले गया और उसको उसके पास अकेला छोड़कर चला गया।

"क्या तुम कल भी वहीं नहीं खड़े हुए थे, मेरा अभिवादन करते हुए?" कमला ने पूछा।

"यह सही है कि कल मैंने तुम्हें देखा था और तुम्हें नमस्कार किया था।"

"लेकिन कल क्या तुम दाढ़ी और लम्बे बाल नहीं रखे हुए थे, और तुम्हारे बालों में धूल भरी हुई थी?"

"ठीक लक्ष्य किया है तुमने, सबकुछ देख लिया है। तुमने सिद्धार्थ को देखा है, एक ब्राह्मण-पुत्र को, जो अपना घर त्यागकर समण हो गया है, और तीन वर्षों तक समण बना रहा है। लेकिन अब, मैं उस मार्ग को तज चुका हूँ और इस नगर में आया हूँ, और जिस पहले व्यक्ति से, नगर में प्रवेश करने से भी पहले, मेरी भेंट हुई, वह व्यक्ति तुम थीं। मैं यह कहने तुम्हारे पास आया हूँ, कमला कि तुम पहली स्त्री हो जिसको सिद्धार्थ अपनी दृष्टि झुकाये बिना सम्बोधित कर रहा है। मैं नहीं चाहता कि अब के बाद जब भी

कभी मैं किसी सुन्दर स्त्री से मिलूँ, तो मुझको अपनी दृष्टि झुकानी पड़ी।"

कमला मुस्करायी और मोरपंखों से बने अपने पंखे से खेलने लगी। फिर उसने पूछा : "बस, केवल यह कहने सिद्धार्थ मेरे पास आया है?"

"यही कहने और तुम्हें इस बात के लिए धन्यवाद देने कि तुम इतनी सुन्दर हो। अगर यह बात तुम्हें अप्रसन्न न करे, कमला, तो मैं तुमसे मेरी मित्र और गुरु होने का अनुरोध करना चाहूँगा, क्योंकि मैं उस कला के बारे में कुछ भी नहीं जानता जिसमें तुम्हें महारत है।"

इस पर कमला ठठाकर हँस पड़ी।

"इसके पहले मेरे साथ ऐसी कभी नहीं हुआ मेरे मित्र कि कोई समण मेरे पास जंगल से आया हो और उसने मुझसे कुछ सीखने की इच्छा प्रकट की हो! इसके पहले मेरे साथ ऐसा कभी नहीं हुआ कि कोई समण लम्बे केश और कमर में फटा हुआ वस्त्र लपेटे मेरे पास आया हो! मेरे पास बहुत से नवयुवक आते हैं, और उनमें से कई ब्राह्मणों के बेटे भी होते हैं, लेकिन वे सुन्दर वस्त्र पहनकर आते हैं, वे उत्तम जूते पहकर आते हैं, उनके बालों में इत्र होता है और बटुए में सिक्के होते हैं। हे समण, इस तरह के होते हैं वे लोग जो मेरे पास आते हैं।"

सिद्धार्थ ने कहा : "मैंने पहले ही तुमसे सीखना आरम्भ कर दिया है। यहाँ तक कि कल भी मैं सीख ही रहा था। मैंने अपनी दाढ़ी कटा ली है, बालों में कंघी कर ली है, बालों में तेल मल लिया है। हे रूपसी, कुछ ही वस्तुएँ हैं जिनकी मुझमें कमी रह गयी है : अच्छे वस्त्र, अच्छे जूते, बटुए में सिक्के। तुम्हें मालूम होना चाहिए कि सिद्धार्थ ने अपने लिए इन तुच्छ वस्तुओं की तुलना में कहीं अधिक बड़े लक्ष्य निर्धारित किये हैं, और वह उन लक्ष्यों तक पहुँचा है। फिर मैं उस लक्ष्य तक कैसे नहीं पहुँचूँगा जिसको मैंने कल ही निर्धारित किया है : तुम्हें अपना मित्र बनाना और तुमसे प्रेम का आनन्द सीखना! तुम देखोगी कमला कि मैं बहुत जल्दी सीखूँगा, मैं उनसे अधिक मुश्किल वस्तुएँ तो पहले ही सीख चुका हूँ जो तुम मुझको सिखाने वाली हो। अब हम उस पर आते हैं : तुम सिद्धार्थ से सन्तुष्ट नहीं हो क्योंकि उसके बालों में तेल तो है लेकिन उसके पास वस्त्र नहीं हैं, जूते नहीं हैं, पैसे नहीं हैं?"

कमला हँसते हुए ज़ोर से बोली : "नहीं, प्रिय, वह मुझको अभी तक सन्तुष्ट नहीं कर सका है। वस्त्र तो उसके पास होने ही चाहिए, अच्छे वस्त्र, और अच्छे जूते, और उसके बटुए में ढेर सारे सिक्के, और कमला के लिए उपहार। अब समझे तुम वनवासी समण? तुमने मेरे शब्दों पर ध्यान दिया?"

"हाँ, मैंने तुम्हारे शब्दों पर ध्यान दिया," सिद्धार्थ ने ज़ोर से कहा। "ऐसे शब्दों पर भला मैं ध्यान कैसे नहीं दूँगा जो ऐसे अधरों से निकल रहे हों! तुम्हारे अधर अभी-अभी काटे गये अंजीर जैसे हैं, कमला। मेरे होंठ भी उतने ही लाल और ताज़ा हैं, तुम पाओगी कि ये तुम्हारे अधरों के लिए एकदम उपयुक्त बैठेंगे। लेकिन मुझे एक बात बताओ, सुन्दरी कमला, क्या तुमको एक ऐसे वनवासी समण से तनिक भी डर नहीं लगता जो तुमसे रतिकर्म की शिक्षा लेने आया है?"

"मैं क्यों डरने लगी किसी समण से, एक बुद्धू वनवासी समण से, जो लोमड़ियों की दुनिया से आ रहा है, और जो यह तक नहीं जानता कि स्त्री क्या होती है?"

"अरे, वह, समण, बहुत बलशाली है, और वह किसी भी वस्तु से नहीं डरता। वह तुम्हारे साथ बलप्रयोग कर सकता था, सुन्दरी। वह तुम्हारा अपहरण कर सकता था। वह तुमको चोट पहुँचा सकता था।"

"नहीं, समण, मुझको इससे डर नहीं लगता। भला कोई समण या ब्राह्मण कभी इस बात से डरा है कि कोई आकर और उसको बलपूर्वक पकड़कर उससे उसकी विद्या, उसकी धार्मिक आस्था, उसके विचारों की गहराई छीन ले सकता है? नहीं, क्योंकि ये उसकी अपनी अन्दरूनी वस्तुएँ हैं, और वह इनमें से वही वस्तुएँ देगा जो वह देना चाहता है, और जिनके लिए वह देना चाहता है। यह वैसा ही है, कमला के मामले में भी और प्रणय के आनन्द के मामले में भी, बिलकुल वैसा ही। कमला के अधर लाल और सुन्दर हैं, लेकिन तुम इनको कमला की इच्छा के विरुद्ध तनिक चूमकर देखो, तुम इनसे मिठास की एक बूँद भी प्राप्त नहीं कर पाओगे, इनसे, जो कितनी तरह की मिठासें देना जानते हैं! तुम आसानी से सीख ही रहे हो, सिद्धार्थ, तो तुमको यह भी सीख लेना चाहिए : प्रेम को अनेक तरह से पाया जा सकता है, भीख माँगकर, क्रय करके, उपहार के रूप में प्राप्त कर, सड़क पर पड़ा हुआ पाकर, लेकिन इसको छीना नहीं जा सकता। यहाँ तुम चूक कर

रहे हो। नहीं, यदि तुम्हारे जैसा सुन्दर नवयुवक इस मामले को ऐसे अनुचित ढंग से बरतना चाहेगा, तो यह बहुत करुण होगा।"

सिद्धार्थ ने मुस्कराते हुए सिर नवाया। "यह करुण होगा, कमला, तुम्हारा कहना एकदम सही है! यह सचमुच बहुत करुण होगा। नहीं, मैं तुम्हारे मुख की मिठास की एक भी बूँद नहीं गँवाऊँगा, और न ही तुम मेरे मुख की! तो यह निश्चित रहा : सिद्धार्थ एक दिन उन वस्तुओं के साथ लौटेगा जो उसके पास अभी नहीं हैं : कपड़े, जूते, धन। लेकिन ये बताओ, प्यारी कमला, क्या तुम तब भी मुझे एक छोटा-सा परामर्श नहीं दे सकतीं?"

"परामर्श? क्यों नहीं? अरे, ऐसे समण को, ऐसे अनाड़ी समण को, कौन परामर्श नहीं देना चाहेगा जो लोमड़ियों की जंगली दुनिया से आ रहा है?"

"प्रिय कमला, तब तुम मुझे परामर्श दो कि मुझे कहाँ जाना चाहिए जहाँ से मैं ये तीनों वस्तुएँ जल्दी से जल्दी प्राप्त कर सकूँ?"

"मित्रवर, यह बहुत से लोग जानना चाहते हैं। तुमको वही करना चाहिए जो तुमने सीखा है, और बदले में पैसा, वस्त्र और जूता माँगना चाहिए। एक कंगाल के पास पैसा हासिल करने का इसके सिवा और कोई उपाय नहीं है। तुम क्या-क्या कर सकते हो?"

"मैं चिन्तन कर सकता हूँ, प्रतीक्षा कर सकता हूँ, उपवास कर सकता हूँ।"

"और कुछ नहीं?"

"कुछ नहीं। हाँ, मैं कविता भी लिख सकता हूँ। क्या तुम मुझको एक कविता के बदले एक चुम्बन दोगी?"

"दूँगी, अगर मुझे तुम्हारी कविता पसन्द आयी तो। शीर्षक क्या है इसका?"

कुछ पल सोचने के बाद, सिद्धार्थ ने यह छन्द सुनाया :

अपने छायादार उपवन में प्रवेश कर रही थी
सुमुखी कमला,
पवन के द्वार पर खड़ा था भूरा समण।
आतुर, देखते कमल को खिलते,
उस पुरुष ने सिर नवाया,
और मुस्कराती कमला ने धन्यवाद दिया।
कहीं अधिक प्रीतिकर है, उस युवक ने सोचा,
देवताओं के लिए पूजा अर्पित करने से,
कहीं अधिक प्रीतिकर है,
सुमुखी कमला के लिए पूजा अर्पित करना।

कमला ने ज़ोर से तालियाँ बजायीं, इतनी ज़ोर से कि उसके कंगन खनखना उठे।

"सुन्दर है तेरा छन्द, हे भूरे समण, और सचमुच, इसके बदले तुझे चुम्बन देते हुए मैं कुछ भी नहीं गँवाऊँगी।"

कमला ने उसको आँखों के इशारे से बुलाया। सिद्धार्थ ने अपना चेहरा इस तरह आगे कर दिया कि उसका चेहरा कमला के चेहरे को छूने लगा और फिर उसने अपने होंठ उसके उन होंठों पर रख दिये जो ताज़ा कटे अंजीर की भाँति थे। देर तक कमला उसको चूमती रही, और गहरे विस्मय के साथ सिद्धार्थ ने महसूस किया कि वह किस तरह उसको सिखा रही थी, कितनी बुद्धिमान थी वह, किस तरह वह उसको नियन्त्रित करती थी, उसको परे धकेलती थी, उसको ललचाती थी, और किस तरह उस पहले चुम्बन के बाद उन चुम्बनों के एक लम्बे, सुव्यवस्थित, सुस्वादु सिलसिले की शुरुआत हुई थी, जिनमें से हर चुम्बन उन दूसरे चुम्बनों से भिन्न होता था जो उसको मिलने वाले होते थे। गहरी साँसें लेते हुए वह वहीं खड़ा रहा जहाँ था, और इस क्षण में वह एक बच्चे की भाँति उस मूल्यवान ज्ञान और जानने योग्य बातों के विपुल भण्डार से चमत्कृत था, जो स्वयं को उसके समक्ष प्रकट किये जा रहा था।

"बहुत सुन्दर है तेरा छन्द," कमला पुकार उठी, "और अगर मैं धनवान होती, तो मैं उनके बदले तुझको सोने की मुद्राएँ भेंट करती। लेकिन जितने धन की तुझको आवश्यकता है कविता से उतना धन कमाना तेरे लिए

बहुत कठिन होगा। क्योंकि अगर तू कमला का सखा बनना चाहता है, तो तेरे लिए ढेर सारे पैसे की आवश्यकता पड़ेगी।"

"तुम कितनी अच्छी तरह चुम्बन लेना जानती हो, कमला!" सिद्धार्थ हकलाया।

"हाँ, यह करना मैं जानती हूँ, इसीलिए मेरे पास वस्त्रों की, जूतियों की, आभूषणों की, और सुन्दर वस्तुओं की कोई कमी नहीं है। लेकिन तुम्हारा क्या होगा? क्या तुम और कुछ नहीं कर सकते, सिवा चिन्तन, उपवास और कविता रचने के?"

"मैं यज्ञ के श्लोकों का पाठ करना भी जानता हूँ," सिद्धार्थ ने कहा, "लेकिन अब मैंने उनको गाना बन्द कर दिया है। मुझको जादुई मन्त्र भी आते हैं, लेकिन अब मैं उनका उच्चारण दोबारा नहीं करना चाहता। मैंने धर्मग्रन्थों का अध्ययन किया है..."

"ठहरो," कमला ने उसकी बात काटते हुए कहा। "तुम पढ़ तो सकते हो? और लिख भी सकते हो?"

"निश्चय ही, ये मैं कर सकता हूँ। यह काम तो बहुत से लोग कर सकते हैं।"

"अधिकांश लोग नहीं कर सकते। मैं नहीं कर सकती। यह तो बहुत ही अच्छी बात है कि तुम पढ़-लिख सकते हो, बहुत अच्छे। जादुई मन्त्र भी तुम्हारे काम आ सकते हैं।"

तभी, एक परिचारिका भागती हुई आयी और उसने अपनी स्वामिनी के कानों में कोई सन्देश फुसफुसाया। "कोई मुझसे मिलने आया है," कमला ने चौंकते हुए कहा। "जल्दी करो और यहाँ से दूर चले जाओ, सिद्धार्थ, यहाँ किसी की दृष्टि तुम पर नहीं पड़नी चाहिए, यह ध्यान रहे! कल, मैं तुमसे फिर मिलूँगी।"

लेकिन उसने परिचारिका को पवित्र ब्राह्मण के लिए श्वेत ऊपरी परिधान लाकर देने का आदेश दिया। क्या हो रहा था इसे पूरी तरह समझे बिना सिद्धार्थ ने पाया कि परिचारिका उसको घसीटकर दूर, मुख्य रास्ते से बचाकर उपवन-स्थित भवन में ले गयी, उसको उपहार के तौर पर ऊपरी परिधान प्रदान किये, फिर झाड़ियों की ओर ले गयी, और अन्ततः उसको तत्काल

चेतावनी दी कि वह किसी की भी दृष्टि में आये बिना जितना जल्दी सम्भव हो उपवन से बाहर निकल जाए।

सन्तुष्ट मन से उसने वैसा ही किया जैसा करने को उसको कहा गया था। जंगलों का अभ्यस्त होने के नाते वह आसानी से, ज़रा भी आवाज़ किये बिना, झाड़ियों की बाड़ को पार कर, उपवन से बाहर निकल गया। सन्तुष्ट मन से वह, लिपटे हुए परिधान बाजू में दबाये, नगर में लौट आया। सराय में, जहाँ यात्री ठहरा करते थे, उसने स्वयं को द्वार के बाहर स्थित किया, बिना बोले भोजन माँगा, बिना बोले पका हुआ चावल स्वीकार किया। शायद कल के बाद से उसको किसी से भोजन नहीं माँगना पड़ेगा, उसने सोचा।

सहसा, वह अहंकार से भर उठा। मैं अब समण नहीं रहा, अब मुझको भिक्षा माँगना शोभा नहीं देता। उसने वह पका हुआ चावल एक कुत्ते को दे दिया और स्वयं बिना भोजन किये रहा।

"बहुत सरल है जीवन जो इस संसार में लोग जीते हैं," सिद्धार्थ ने सोचा, "यह किसी तरह की कठिनाइयाँ उपस्थित नहीं करता। अभी-अभी तक, जब मैं एक समण था, हर वस्तु कठिनाई से भरी, श्रमसाध्य, और अन्ततः निराशाजनक हुआ करती थी। अब, सबकुछ आसान है, उस चुम्बन के पाठ की तरह सरल, जो मुझको कमला देती है। मुझे वस्त्रों की और पैसों की भर आवश्यकता है, और किसी वस्तु की नहीं; यह छोटा-सा लक्ष्य है, इससे किसी भी व्यक्ति की नींद उड़ जाने वाली नहीं है।"

नगर में कमला के भवन का पता तो वह पहले ही लगा चुका था, अगले दिन वह वहीं जा पहुँचा।

"सबकुछ ठीक-ठाक ढंग से हो रहा है," कमला ने उसको अन्दर बुलाते हुए कहा। "कामास्वामी के घर पर तुम्हारी प्रतीक्षा हो रही है, वह नगर का सबसे धनी व्यापारी है। अगर उसने तुमको पसन्द कर लिया, तो वह तुमको अपने यहाँ चाकरी पर रख लेगा। चपल बनो, भूरे समण। मैंने उसको तुम्हारे बारे में दूसरों से कहलवाया है। उसके प्रति विनम्रता बरतना, वह बहुत शक्तिशाली है। लेकिन बहुत सौम्य होने की भी आवश्यकता नहीं है! मैं तुमको उसका चाकर नहीं बनने देना चाहती, तुमको उसकी बराबरी पर रहना होगा, अन्यथा मैं तुमसे सन्तुष्ट नहीं होऊँगी। कामास्वामी अब बूढ़ा और आलसी होता जा रहा है। अगर उसने तुमको पसन्द कर लिया, तो

वह तुम पर बहुत भरोसा करेगा।"

सिद्धार्थ ने उसको धन्यवाद दिया और हँसा, और जब उसको पता चला कि उसने कल और आज कुछ भी नहीं खाया है, तो उसने रोटियाँ और फल मँगवाये और उसको खिलाया-पिलाया।

"तुम भाग्यशाली रहे," विदा होते समय उसने कहा। "मैं तुम्हारे लिए एक के बाद एक द्वार खोल रही हूँ। यह कैसे हो रहा है? क्या तुमने सम्मोहन का प्रयोग किया है?"

सिद्धार्थ ने कहा : "कल मैंने तुमसे कहा था कि मैं चिन्तन करना, प्रतीक्षा करना, उपवास करना जानता हूँ, लेकिन तुमको लग रहा था कि यह सब किसी उपयोग का नहीं है। लेकिन यह कई तरह से उपयोगी है, कमला। तुम पाओगी कि अनाड़ी समण जंगलों में रहकर बहुत-सी ऐसी अच्छी बातें सीखने और करने में सक्षम होते हैं, जो तुम जैसे लोगों के वश की नहीं हैं। परसों तक, मैं एक जटाजूटधारी भिखारी हुआ करता था, एक ही दिन नहीं बीता कि मैंने कमला का चुम्बन ले लिया, और जल्दी ही मैं एक व्यापारी बन जाने वाला हूँ और मेरे पास पैसा और वे सारी वस्तुएँ होंगी जिन पर तुम्हारा इतना आग्रह है।"

"हाँ, ये तो है," उसने स्वीकार किया। "लेकिन मेरे बिना तुम कहाँ होते? अगर कमला तुम्हारी सहायता न कर रही होती, तो तुम्हारा क्या भविष्य होता?"

"प्रिय कमला," सिद्धार्थ ने कहा और पूरी तरह तनकर खड़ा हो गया, "जब मैं उपवन में तुम्हारे पास पहुँचा था, तो पहला डग मैंने ही भरा था। यह मेरा ही संकल्प था कि इस अत्यन्त सुन्दर स्त्री से प्रेम का पाठ सीखना है। जिस पल मैंने यह संकल्प किया था, उसी पल से मैं जानता था कि मैं इसको पूरा करूँगा। मैं जानता था कि तुम मेरी सहायता करोगी, निकुंज के द्वार पर तुम्हारी पहली ही झलक में मैं इस बात को जान गया था।

"लेकिन अगर मैं इच्छुक ही न होती, तब?"

"तुम इच्छुक थीं। देखो, कमला : अगर तुम पानी पर एक भारी पत्थर फेंकोगी, तो वह तीव्रतम गति से पानी के नीचे की ओर जायेगा। ऐसा ही होता है, जब सिद्धार्थ कोई लक्ष्य निश्चित कर लेता है, कोई संकल्प ले लेता

है। सिद्धार्थ कुछ नहीं करता, वह प्रतीक्षा करता है, वह चिन्तन करता है, वह उपवास करता है, लेकिन वह संसार की वस्तुओं को उसी तरह पार करता है जिस तरह चट्टान पानी को पार करती है, बिना कुछ किये, बिना हलचल पैदा किये : वह खिंचता जाता है, स्वयं को गिरने देता है। उसका लक्ष्य उसको आकर्षित करता है, क्योंकि वह अपनी आत्मा में किसी भी ऐसी वस्तु को प्रविष्ट नहीं होने देता जो उसके लक्ष्य के विपरीत जाती हो। यही है जो सिद्धार्थ ने समणों के बीच रहकर सीखा है। यही है जिसको मूर्ख लोग जादू कहकर पुकारते हैं, और जिसके बारे में वे सोचते हैं कि वह भूतों-प्रेतों का किया-धरा होता है। भूतों-प्रेतों का किया कुछ नहीं होता, भूत-प्रेत होते ही नहीं हैं। हर मनुष्य, अगर उसमें सोचने की सामर्थ्य है, अगर उसमें प्रतीक्षा करने की सामर्थ्य है, अगर उसमें उपवास करने की सामर्थ्य है, तो हर मनुष्य जादू कर सकता है, हर मनुष्य अपने लक्ष्य को प्राप्त कर सकता है।"

कमला ने उसको सुना। वह उसकी आवाज़ पर मोहित थी, उसके देखने के अन्दाज़ पर मोहित थी।

"सम्भवतः ऐसा ही है, जैसा तुम कहते हो, मेरे मित्र।" उसने विनम्र स्वर में कहा, "किन्तु सम्भवतः यह कुछ ऐसा भी है कि सिद्धार्थ एक सुन्दर पुरुष है, कि उसकी चितवन स्त्रियों को आनन्द से भर देती है, इसलिए उसका सौभाग्य उदित हो रहा है।"

एक चुम्बन के साथ सिद्धार्थ ने विदा ली। "हे मेरी आचार्य, मैं कामना करता हूँ कि ऐसा ही हो; कि मेरी झलक तुम्हें आनन्द से भर दे कि सदा तुम्हारे मार्गदर्शन से मेरा सौभाग्य उदित हो!"

सरल हृदय लोगों के बीच

सिद्धार्थ कामास्वामी व्यापारी से मिलने गया। उसको एक वैभवशाली भवन में ले जाया गया, नौकर उसको मूल्यवान क़ालीनों के रास्ते एक कक्ष तक ले गये, जहाँ पर उसने उस भवन के मालिक की प्रतीक्षा की।

कामास्वामी अन्दर आया। चपल, सहज गति से चलता हुआ, अत्यन्त श्वेत बालों वाला, बेहद सचेत, चौकन्नी आँखों और कामुक मुखाकृति वाला इंसान। मेज़बान और मेहमान दोनों ने विनम्रतापूर्वक एक दूसरे को नमस्कार किया।

"मुझको बताया गया है," व्यापारी ने कहा, "कि तुम एक ब्राह्मण, एक पण्डित रहे हो, लेकिन तुम अब किसी व्यापारी को अपनी सेवाएँ देना चाहते हो। कहीं तुम अभाव में तो नहीं हो, ब्राह्मण, जिस कारण तुम आजीविका खोज रहे हो?"

"नहीं," सिद्धार्थ ने कहा, "मैं अभाव में नहीं हूँ और न ही कभी अभाव में रहा हूँ। आपको मालूम होना चाहिए कि मैं समणों के यहाँ से आया हूँ, जिनके साथ मैं लम्बे समय तक रहा हूँ।"

"अगर तुम समणों के यहाँ से आ रहे हो, तो फिर तुम कंगाल होने के अलावा और क्या हो सकते हो? क्या समण पूरी तरह से सम्पत्ति से वंचित नहीं होते?"

"मैं सम्पत्ति से रहित हूँ," सिद्धार्थ ने कहा, "अगर आपका यही आशय है तो। निश्चय ही, मैं सम्पत्ति से रहित हूँ। लेकिन ऐसा मैं स्वेच्छापूर्वक हूँ, और इसलिए मैं कंगाल नहीं हूँ।"

"लेकिन तब फिर बिना सम्पत्ति के तुम अपना जीवन-यापन किस तरह करोगे?"

"इस बारे में मैंने अभी तक सोचा नहीं है, श्रीमान्। तीन वर्षों से अधिक समय तक मैं बिना सम्पत्ति के रहा हूँ, और मैंने अपने जीवन-यापन के साधन के बारे में कभी विचार नहीं किया है।"

"अर्थात तुम दूसरों की सम्पत्ति पर निर्भर रहे हो।"

"कदाचित ऐसा ही है। अन्ततः, एक व्यापारी भी तो परायी सम्पत्ति पर निर्भर करता है।"

"ठीक कहते हो। लेकिन वह दूसरे को बिना कुछ दिये उससे कुछ नहीं लेता; वह बदले में उसको अपनी कोई विक्रय-योग्य वस्तु देता भी तो है।"

"लगता तो ऐसा ही है। हर कोई लेता है, हर कोई देता है, जीवन ऐसा ही है।"

"लेकिन अगर तुमको बुरा न लगे, तो मैं एक बात पूछूँ : सम्पत्ति-हीन होकर तुम क्या दे सकेगो?"

"हर व्यक्ति वही देता है जो उसके पास होता है। योद्धा शक्ति देता है, व्यापारी विक्रय-योग्य वस्तु देता है, गुरु ज्ञान देता है, किसान चावल देता है, मछुआरा मछली देता है।"

"निस्सन्देह। अब वह कौन सी वस्तु है जो तुम्हारे पास देने को है? क्या सीखा है तुमने, तुम क्या दे सकते हो?"

"मैं सोच सकता हूँ, मैं प्रतीक्षा कर सकता हूँ, मैं उपवास कर सकता हूँ।"

"बस, इतना ही?"

"मैं समझता हूँ यही सबकुछ है!"

"और इसका उपयोग क्या है? जैसे कि, उपवास, इससे कौन-सा हित सधता है?"

"यह बहुत अच्छा होता है, श्रीमान्। जब किसी व्यक्ति के पास खाने के लिए कुछ भी नहीं होता, तो उपवास ही वह सबसे चतुराई-भरा कर्म है जो वह कर सकता है। अगर, उदाहरण के लिए, सिद्धार्थ ने उपवास करना नहीं सीखा होता, तो अब तक वह किसी भी तरह का काम स्वीकार करने को विवश हो गया होता, चाहे आपके लिए या किसी और के लिए, क्योंकि भूख उसको वैसा करने को विवश कर देती। लेकिन इस तरह, सिद्धार्थ शांत चित्त से प्रतीक्षा कर सकता है, वह अधैर्य का अनुभव नहीं करता, वह विपत्ति अनुभव नहीं करता, वह लम्बे समय तक भूख को सह सकता है और उस पर हँस सकता है। यही वह हित है, श्रीमान् जो उपवास से सधता है।"

"तुम्हारा कहना सही है, समण। ठहरो।" कामास्वामी कक्ष से गया और एक पट्टा लेकर आया, जो उसने अपने अतिथि को देते हुए कहा : "क्या तुम इसको पढ़ सकते हो?"

सिद्धार्थ ने पट्टे पर दृष्टि डाली जिस पर एक विक्रय-अनुबन्ध अंकित था, और उसको पढ़ना शुरू कर दिया।

"बहुत अच्छे," कामास्वामी ने कहा। "क्या तुम इस भुर्जपत्र पर मेरे लिए कुछ लिख सकोगे?"

उसने उसको भुर्जपत्र का एक टुकड़ा और लेखनी थमायी, और सिद्धार्थ ने लिखकर भुर्जपत्र लौटा दिया।

कामास्वामी ने पढ़ा : "लिखना उत्तम है, चिन्तन करना उससे भी उत्तम है। चतुर होना उत्तम है, धैर्यवान होना उससे भी उत्तम है।"

"यह बहुत ही प्रशंसनीय है कि तुम इस तरह लिख सकते हो।" व्यापारी ने उसकी प्रशंसा की।

"हमें एक-दूसरे से अभी बहुत-सी बातों पर चर्चा करनी होगी। अभी इतना ही कहूँगा कि तुम मेरे अतिथि होकर इस घर में रहो।"

सिद्धार्थ ने धन्यवाद दिया और स्वीकार कर लिया, और उसके बाद

से वह व्यापारी के घर में रहने लगा। उसके लिए वस्त्र और जूते लाये गये, और हर दिन एक नौकर उसके लिए स्नान की व्यवस्था करने लगा। दिन में दो बार भरपूर भोजन परोसा जाता था, लेकिन सिद्धार्थ दिन में एक ही बार भोजन करता था, और न तो मांस खाता न मदिरा पीता। कामास्वामी ने उसको अपने व्यापार के बारे में बताया, उसको अपने उत्पाद और भण्डार-कक्ष दिखाये, अपना हिसाब-किताब दिखाया। सिद्धार्थ को बहुत-सी वस्तुएँ जानने को मिलीं, उसने सुना बहुत और बोला बहुत कम। कमला के शब्दों का स्मरण करते हुए, वह कभी भी उस व्यापारी के मातहत की तरह व्यवहार नहीं करता था, उसको विवश करता था कि वह उसके साथ बराबरी का, बल्कि उससे भी ऊँचे दर्ज़े पर रखकर कर, व्यवहार करे। कामास्वामी अपना व्यापार मन लगाकर और अक्सर गहरे लगाव के साथ करता था, लेकिन सिद्धार्थ उसको इस तरह देखता था मानो वह कोई खेल हो, जिसके नियमों को वह बारीक़ी के साथ सीखने की भरपूर कोशिश करता था, लेकिन जिसका सार उसके हृदय को नहीं छूता था।

कामास्वामी के घर में रहते हुए उसको बहुत समय नहीं लगा जब उसने अपने मालिक के व्यापार में हाथ बटाना शुरू कर दिया। लेकिन वह प्रतिदिन सुन्दरी कमला द्वारा निर्धारित समय पर, उत्तम वस्त्र और अच्छे जूते पहनकर उससे मिलने जाता था, और जल्दी वह उसको उपहार भी लेकर जाने लगा। उसने उसके रक्तिम, चंचल होंठों से बहुत कुछ सीखा। बहुत कुछ सीखा उसने उसके कोमल, सुकुमार हाथों से। वह, जो अभी तक एक बच्चा ही था प्रेम के मामले में, और जो वासना में इस तरह आतुरता तथा लोलुपता के साथ डूब जाया करता था जैसे किसी अतल गर्त में डूबता चला रहा हो, उसको कमला ने ज्ञान की उस पाठशाला में, उसकी बुनियाद से शुरू कर सिलसिलेवार ढंग से, विस्तारपूर्वक दीक्षित किया, जिस पाठशाला में इस बात की शिक्षा दी जाती है कि आनन्द प्रदान किये बिना आनन्द पाया नहीं जा सकता, और यह कि प्रत्येक चेष्टा, दुलार-भरी प्रत्येक थपकी, प्रत्येक छुअन, प्रत्येक चितवन, और देह का मामूली से मामूली निशान भी अपने में एक रहस्य समाये होता है, जो उस व्यक्ति को सुख देता है जो उसके बारे में जानता है और जो उस रहस्य को खोलता है। उसने उसको सीख दी कि प्रेमियों को प्रेम का उत्सव मना लेने के बाद, एक दूसरे को सराहे बिना, जितने वे विजयी हुए हैं उतने ही पराजित हुए बिना, एक दूसरे से अलग

नहीं होना चाहिए, ताकि उनमें से कोई भी त्रस्त या ऊबा हुआ महसूस न करे और शोषक या शोषण का शिकार होने के पापपूर्ण अहसास से न भर उठे। अद्भुत क्षण थे वे जो उसने उस सुन्दर और चतुर कलाकार के साथ बिताये, जिनमें वह उसका शिष्य, उसका प्रेमी, उसका दोस्त बना। यहाँ कमला के साथ होने में ही उसके वर्तमान जीवन का मूल्य और अर्थ निहित था, न कि कामास्वामी के कारोबार के साथ होने में।

व्यापारी ने महत्त्वपूर्ण पत्र और अनुबन्ध लिखने का काम उसे सौंप दिया था और उसके साथ तमाम महत्त्वपूर्ण मसलों पर चर्चा करने का वह आदी हो गया था। उसने जल्दी ही यह समझ लिया था कि सिद्धार्थ को चावल और ऊन के बारे में, माल की निकासी और क्रय-विक्रय के बारे में बहुत कम समझ थी, लेकिन उसने यह भी समझ लिया था कि वह बहुत ही लाभप्रद विधि से काम करता था, और यह भी कि सिद्धार्थ गम्भीरतापूर्वक और ठण्डे दिमाग़ से काम लेने के मामले में, और दूसरे को सुनने तथा सर्वथा अनजान व्यक्तियों को भी गहराई से समझने के मामले में, उससे, यानी व्यापारी से, कहीं आगे था।

उसने अपने एक मित्र से कहा, "यह ब्राह्मण वास्तविक व्यापारी नहीं है, और न कभी बन सकेगा, लेनदेन करते समय उसके अन्दर कभी भी किसी तरह का उत्साह नहीं होता। लेकिन उसमें उस तरह के लोगों में पाया जाने वाला रहस्यपूर्ण गुण है जिनके पास सफलता स्वयं ही चली आती है, अब यह किसी शुभ नक्षत्र में उसके जन्मे होने का फल है, कोई जादू है, या फिर कोई ऐसी वस्तु है जो उसने समणों के साथ रहकर सीखी है, कहना कठिन है। वह सदा हमारे व्यापारिक मामलों के साथ केवल खेलता प्रतीत होता है, ये मामले कभी भी पूरी तरह उसका अंग नहीं बन पाते, वे कभी उस पर शासन नहीं कर पाते, वह कभी विफलता से डरता नहीं है, घाटा होने पर वह कभी विचलित नहीं होता।"

उस दोस्त ने व्यापारी को सलाह दी : "वह तुम्हारे लिए जितना भी व्यवसाय करता है, उसके लाभ का एक तिहाई हिस्सा तुम उसको दो, और जब घाटा हो, तो, इसी अनुपात में उसको उस घाटे के लिए भी उत्तरदायी बनाओ। तब वह कहीं अधिक उत्साह से काम करेगा।"

कामास्वामी ने सलाह मान ली। लेकिन सिद्धार्थ ने इसकी कोई विशेष

परवाह नहीं की। जब वह लाभ कमाता, तो वह उसको निरुद्विग्न भाव से स्वीकार कर लेता; जब वह घाटा उठाता, तो हँस पड़ता और कहता : "अब इसको लीजिए, ये गड़बड़ हो गया।"

लगता असल में यही था कि जैसे व्यापार की उसको कोई विशेष परवाह नहीं थी। एकबार वह चावल की एक बड़ी फ़सल ख़रीदने एक गाँव की यात्रा पर गया। लेकिन उसके वहाँ पहुँचने से पहले ही वह चावल किसी दूसरे व्यापारी को बेचा जा चुका था। तब भी, सिद्धार्थ उस गाँव में कई दिनों तक पड़ा रहा, उसने किसानों का मदिरा आदि से स्वागत किया, उनके बच्चों को ताँबे के सिक्के दिये, उनकी एक शादी के जश्न में शामिल हुआ, और बहुत ही सन्तुष्ट भाव से उस यात्रा से लौटा। कामास्वामी ने उस पर इस बात के लिए नाराज़गी ज़ाहिर की कि वह तुरन्त ही वापस क्यों नहीं आया, कि उसने व्यर्थ ही समय और पैसा बरबाद किया है। सिद्धार्थ ने जवाब दिया : "मुझे डपटना बन्द करो, प्रिय मित्र! डपटने से कभी कुछ भी हासिल नहीं हुआ है। अगर घाटा हुआ है, तो वह घाटा मुझको सहने दो। मैं इस यात्रा से बहुत सन्तुष्ट हूँ। मुझको कई तरह के लोगों को जानने-समझने का अवसर मिला, एक ब्राह्मण मेरा मित्र बन गया, बच्चे मेरे घुटनों पर सवार हुए, किसानों ने मुझे अपने खेत दिखाये, किसी को पता ही नहीं चला कि मैं एक व्यापारी हूँ।"

"ये सब तो ठीक है," कामास्वामी रुष्ट होकर चिल्लाया, "लेकिन तथ्य यही है कि तुम अन्ततः एक व्यापारी हो, ये बात तुमको ध्यान में रखनी चाहिए थी। तुम अपने मनोरंजन के लिए तो यात्रा पर नहीं गये थे?"

"निश्चय ही," सिद्धार्थ हँस दिया, "मैं अपने मनोरंजन के लिए ही यात्रा पर गया था। और किस वस्तु के लिए? मुझको लोगों और जगहों को जानने-समझने का अवसर मिला, मुझको लोगों का सौहार्द और विश्वास प्राप्त हुआ। देखो, मित्र, अगर मैं कामास्वामी होता, तो जैसे ही मैं यह पाता कि मेरा क्रय असम्भव हो चुका है, और निश्चय ही अब समय और पैसे की हानि ही होनी है, मैं तुरन्त, खीझकर जल्दी से जल्दी वापस लौट आता। लेकिन इस तरह से मैंने कुछ अच्छे दिन बिताये, मैंने सीखा, मैंने आनन्द लिया, मैंने अपनी खीझ और हड़बड़ी से न तो स्वयं को और न ही किसी और को हानि पहुँचायी। अगर मैं दोबारा कभी वहाँ जाता हूँ, हो सकता है आने वाली फसल को क्रय करने के लिए, या किसी जिस किसी भी दूसरे

प्रयोजन से, तो वे आत्मीय लोग मित्रतापूर्वक और हर्षपूर्वक मेरा स्वागत करेंगे, और मैं इस बात के लिए अपनी सराहना करूँगा कि ठीक ही हुआ जो पिछली बार मैंने हड़बड़ी और अप्रसन्नता का परिचय नहीं दिया। इसलिए, जो हुआ उसको बिसारिये, मेरे मित्र, और मुझ पर क्रोधित होकर स्वयं को हानि मत पहुँचाइए! अगर आने वाले दिनों में आप पायें कि सिद्धार्थ आपको हानि पहुँचा रहा है, तो आपको कहने भर की आवश्यकता होगी और सिद्धार्थ अपना मार्ग पकड़ लेगा। लेकिन तब तक के लिए हम एक दूसरे से सन्तुष्ट रहें, यही उचित होगा।"

व्यापारी के इन तर्कों का भी सिद्धार्थ पर कोई असर नहीं हुआ कि सिद्धार्थ उसकी रोटियों पर पल रहा है। उसका मानना तो यह था कि वह अपनी ही कमायी रोटी पर पल रहा है, बल्कि यह कि वे दोनों ही परायी रोटियों पर पल रहे हैं, तमाम दूसरे लोगों की रोटियों पर। सिद्धार्थ कामास्वामी की चिन्ताओं पर तनिक भी ध्यान नहीं देता था, और कामास्वामी था कि उसको ढेरों चिन्ताएँ सताया करती थीं। चाहे किसी सौदे के नाकामयाब होने की आशंका हो, या किसी माल की खेप लुप्त होती लग रह रही हो, या चाहे कोई देनदार भुगतान करने में असमर्थ प्रतीत हो रहा हो, कैसी भी परिस्थिति क्यों न हो, कामास्वामी अपने इस साझेदार को कभी भी इस बात पर सहमत करने में कामयाब नहीं हो पाता था कि चिन्ता या क्षोभ-भरे उसके कुछ शब्द, उसके माथे पर परेशानी की कुछ लकीरें, या उसकी नींद में बाधा, किसी उपयोग के हो सकते हैं। जब एकबार कामास्वामी ने उसको यह कहकर नीचा दिखाने की कोशिश की कि वह जो कुछ भी जानता है वह सब उसने उसी से सीखा है, तो उसने जवाब दिया :

"कृपया आप इस तरह के उपहास मत किया कीजिए! मैंने आपसे जो कुछ सीखा है वह यह है कि एक टोकरी भर मछलियों का मूल्य कितना होता है और उधार दिये गये धन पर कितना सूद लिया जा सकता है। ये आपकी विशेषज्ञता के क्षेत्र हैं। प्रिय कामास्वामी, मैंने आपसे सोचना-विचारना नहीं सीखा है, ये तो आप हैं जिसको यह मुझसे सीखना चाहिए।"

वास्तव में वह अपनी आत्मा से उस व्यवसाय के साथ नहीं था। वह कारोबार उसको इतने भर के लिए पर्याप्त था कि वह उससे कमला के लिए धन कमा लेता था, और वह कमाई उससे अधिक हो जाती थी जितने की

उसको आवश्यकता थी। इसके अतिरिक्त, सिद्धार्थ की रुचि और जिज्ञासा केवल लोगों में थी, उन लोगों में जिनके कारोबार, कौशल, चिन्ताएँ, सुख और मूर्खताएँ उसके लिए उतनी अनजानी और दूर की वस्तुएँ थीं जितना कि चन्द्रमा था। भले ही वह उन सबसे बातचीत करने में, उन सबके साथ रहने में, उन सबसे सीखने में, आसानी से कामयाब हो गया था, लेकिन तब भी वह इस बात के प्रति सजग था कि कोई ऐसी वस्तु थी जो उसको उन सबसे अलगाती थी, और यह अलगाने वाला तथ्य उसका समण होना था। वह लोगों को बच्चों या पशुओं की तरह जीवन बिताते देखता था, जो उसको एक ही साथ प्रीतिकर भी लगता था और घृणित भी लगता था। वह उनको खटते देखता था, दुःख भोगते देखता था, और उन वस्तुओं के लिए धूसर होते देखता था जो उसको कहीं से भी इतना बड़ा मूल्य चुकाने योग्य नहीं लगती थीं। वह देखता कि वे पैसे की ख़ातिर, छोटे-मोटे सुख की ख़ातिर, थोड़े से सम्मान की ख़ातिर एक दूसरे को गालियाँ दे रहे हैं, एक दूसरे का अपमान कर रहे हैं, ऐसे कष्टों को लेकर शिकायतें कर रहे हैं जिन पर एक समण केवल हँस ही सकता था, और ऐसी वंचनाओं के कारण दुःखी हो रहे हैं जिनको एक समण महसूस तक नहीं करता।

वह उस सबकुछ के प्रति खुला हुआ था जो इन लोगों के कारण उसकी राह में आती थीं। स्वागत था उस व्यापारी का जिसने उसके सामने रेशमी वस्त्र बेचने का प्रस्ताव रखा था, स्वागत था उस ऋणी का जो एक और ऋण चाहता था, स्वागत था उस भिखारी का जिसने उसको घण्टे भर तक अपनी निर्धनता की गाथा सुनाई थी और जो किसी भी समण की तुलना में आधा भी निर्धन नहीं था। वह विदेशी व्यापारियों के साथ उससे भिन्न व्यवहार नहीं करता था जैसा वह उस नौकर के साथ करता था जो उसकी हज़ामत बनाता था या जैसा उस फेरीवाले के साथ करता था जिसको उसने उससे केले ख़रीदते समय मामूली-सी रेज़गारी के लिए अपने साथ धोखाधड़ी करने दी थी। जब कामास्वामी उसके पास अपनी परेशानियों की शिकायतें लेकर आता या अपने कारोबार को लेकर उस पर कोई लांछन लगाता, तो वह बड़ी उत्सुकता के साथ और मज़े-मज़े में उसकी बात सुनता, उसको लेकर परेशान होता, उसको समझने की कोशिश करता, उससे सहमत होता कि उसका कहना किसी हद तक ठीक है, केवल उतना ही जितना वह अपरिहार्य समझता है, और फिर उसकी ओर से ध्यान हटाकर उस अगले व्यक्ति

की ओर मुड़ जाता था जो उससे बात करने को इच्छुक होता। ऐसे लोगों की संख्या बहुत थी जो उसके पास आते थे, बहुत से थे जो उसके साथ व्यवसाय करना चाहते थे, बहुत से थे जो उसका शोषण करना चाहते थे, बहुत से थे जो उससे कोई गुप्त जानकारी हासिल करना चाहते थे, बहुत से थे जो उसकी सहानुभूति बटोरना चाहते थे, बहुत से थे जो उससे परामर्श लेना चाहते थे। वह परामर्श देता, वह सहानुभूति जताता, वह उनको अपना थोड़ा-बहुत शोषण कर लेने देता, और यह सारा खेल और वह जोश, जिसके साथ वे सब यह खेल खेलते थे, उसका उतना ही ध्यान खींचते थे जितना किसी समय में देवता और ब्राह्मण खींचा करते थे।

कभी-कभी वह, अपने हृदय की गहराई में, एक बुझती हुई, बैचेनी रहित ध्वनि सुना करता था, जो उसको आहिस्ता-आहिस्ता आगाह करती, आहिस्ता-आहिस्ता अफ़सोस प्रकट करती; वह शायद ही कभी उसका आशय समझ पाता। फिर सहसा ऐसे पल आते जब वह सचेत हो उठता उस विचित्र जीवन के प्रति जो वह जी रहा था, अपने उन ढेरों कृत्यों के प्रति जो केवल कौतुक थे, उस वास्तविक जीवन के प्रति जो अभी भी, बावजूद इसके कि वह प्रसन्न था और जब-तब गहरा आनन्द अनुभव करता था, उसको बिना छुए बीतता जाता था। जैसे कोई गेंद खेलने वाला व्यक्ति गेंद से खेलता है, वह अपने व्यापारिक सौदों के साथ खेलता था, अपने आसपास के लोगों के साथ खेलता था, उनको ध्यान से देखता था, उनमें रस लेता था; हृदय से, अपने अस्तित्व के स्रोत के स्तर पर, वह उनके साथ नहीं होता था। स्रोत तो किसी और दिशा में, उससे कहीं दूर, बहता था और अदृश्य रूप में बहता था, उसके वर्तमान जीवन के साथ उसका कोई सम्बन्ध नहीं रह गया था। कई बार वह सहसा अपने सोच-विचार को लेकर भयभीत हो उठता था और कामना करता कि काश! उसमें भी वह प्रतिभा होती कि वह भी प्रतिदिन की इन बालसुलभ, मासूम गतिविधियों में उत्साहपूर्वक और सच्चे दिल से शामिल हो पाता ताकि वह एक मूक दर्शक की तरह खड़े-खड़े देखते रहने की बजाय सच्चे अर्थों में जीवन जी पाता, सच्चे अर्थों में क्रियाशील हो पाता, सच्चे अर्थों में आनन्द लेते हुए जी पाता। लेकिन बारबार वह सुन्दरी कमला के पास लौट आता, प्रेम की कला सीखता, वासना की भक्ति करता, जिसमें देना और लेना अद्वितीय ढंग से एक हो जाते हैं, उसके साथ बतियाता, उससे सीखता, उसको मशविरा देता, उससे मशविरा लेता। वह उसको उससे बेहतर

विधि से समझती थी जितना उसको गोविन्द समझा करता था, उसमें और कमला में कहीं अधिक समानता थी।

एकबार उसने उससे कहा : "तुम मेरे जैसी हो, तुम अधिकांश लोगों से भिन्न हो। तुम कमला हो, और कुछ नहीं, और तुम्हारे भीतर शान्ति और वह आश्रय है, जहाँ तुम दिन के किसी भी पल में जा सकती हो और अपने साथ सहज हो सकती हो, जैसा कि मैं भी कर सकता हूँ। यह गुण बहुत कम लोगों में पाया जाता है, जबकि वह सभी में हो सकता था।"

"सभी लोग चतुर-सुजान नहीं होते," कमला ने कहा।

"नहीं," सिद्धार्थ ने कहा, "इसका कारण यह नहीं है। कामास्वामी उतना ही चतुर-सुजान है जितना मैं हूँ, लेकिन तब भी उसके अन्दर कोई आश्रय नहीं है। दूसरों में वह पाया जाता है, जो मानसिक स्तर पर बच्चे होते हैं। अधिकांश लोग, कमला, एक झरते हुए पत्ते जैसे होते हैं, जो हवा में चक्कर काटता हुआ भूमि पर जा गिरता है। लेकिन कुछ लोग, बहुत थोड़े-से, नक्षत्रों की तरह होते हैं, वे एक निश्चित पथ पर बढ़ते जाते हैं, उन तक कोई हवा नहीं पहुँचती, उनका अपना नियम और पथ होता है। सारे ज्ञानी पुरुषों और समणों के बीच, जिनमें से कईयों को मैं जानता हूँ, ऐसा एक व्यक्ति था, सर्वांगपूर्ण, आदर्श पुरुष, मैं उसको कभी भूल नहीं पाऊँगा। यह वही दिव्य पुरुष गौतम है, जो अपनी शिक्षाओं का प्रसार कर रहा है। उसके सहस्रों अनुयायी हर दिन उसके प्रवचन सुनते हैं, हर घड़ी उसके निर्देशों का पालन करते हैं, लेकिन वे सब झरती हुई पत्तियाँ हैं, वे अपने भीतर न तो उन शिक्षाओं को धारण करते हैं और न किसी नियम को।"

कमला ने मुस्कराते हुए उसकी ओर देखा। "तुम फिर उनके बारे में बात कर रहे हो," उसने कहा, "फिर तुम्हारे मन में समणों जैसे विचार पैदा हो रहे हैं।"

सिद्धार्थ ने कुछ नहीं कहा, और उन्होंने रतिक्रीड़ा की, उन तीस-चालीस क्रीड़ाओं में से एक जो कमला जानती थी। उसकी देह किसी चीते की भाँति, शिकारी के धनुष की भाँति लचीली थी; जिस किसी ने भी उससे रतिकर्म सीखा था, उसको वासना के कई रूपों का, कई रहस्यों का ज्ञान हो जाता था। देर तक वह सिद्धार्थ के साथ खेलती रही, उसको उकसाती रही, परे धकेलती रही, उसके साथ बलप्रयोग करती रही, उसका आलिंगन करती

रही : उसके दक्षतापूर्ण कौशलों का तब तक आनन्द लेती रही जब तक कि वह निढाल होकर उसके बाजू में ढेर नहीं हो गया।

गणिका उस पर झुकी, देर तक निहारती रही उसके चेहरे को, उसकी आँखों को, जो थक चुकी थीं।

"तुम उन सबमें श्रेष्ठ प्रेमी हो, जिनसे मैं अब तक मिली हूँ।" उसने विचारों में खोते हुए से कहा। "तुम दूसरों की तुलना में अधिक बलिष्ठ हो, अधिक ऊर्जावान, अधिक कामनामय। तुमने मेरी कला को बहुत उत्तम ढंग से सीखा है, सिद्धार्थ। एक दिन, जब मेरी आयु कुछ और ढल चुकेगी, तब मैं तुमसे गर्भ धारण करना चाहूँगी। तब भी, हे मेरे प्रिय, तुम समण ही बने रहे, तब भी तुम मुझे प्रेम नहीं करते, तुम किसी को भी प्रेम नहीं करते। क्या यह बात सच नहीं है?"

"कदाचित," सिद्धार्थ ने क्लान्त स्वर में कहा। "मैं तुम्हारे जैसा ही हूँ। तुम भी तो प्रेम नहीं करतीं - अगर करती होतीं, तो प्रेम को एक कौशल के रूप में अपनी वृत्ति कैसे बना पातीं? कदाचित हमारी तरह के लोग प्रेम कर ही नहीं सकते; प्रेम वही लोग कर सकते हैं जो बच्चों की तरह सरल होते हैं; यही उनका रहस्य है।"

संसार

लम्बे अरसे तक सिद्धार्थ सांसारिक और वासनामय जीवन जीता रहा, हालाँकि उसका हिस्सा बने बिना। उसकी इन्द्रियाँ, जिनको उसने एक समण के रूप में वर्षों की साधना के दौरान कुचल दिया था, एकबार फिर जाग उठी थीं। उसने समृद्धि का स्वाद चखा, वासना का स्वाद चखा, सत्ता का स्वाद चखा; फिर भी, लम्बे अरसे तक वह एक समण ही बना रहा था; कमला ने, जो कि चतुर-सुजान थी, इस बात को एकदम ठीक ही पहचान लिया था। अभी भी यह चिन्तन की, प्रतीक्षा की, उपवास की ही कला थी जो उसके जीवन का मार्गदर्शन करती थी; अभी भी सांसारिक लोग, बच्चों जैसे लोग उसके लिए उतने ही अजनबी बने हुए थे जितना अजनबी वह उन लोगों के लिए था।

कई बरस बीतते गये। सुखमय जीवन के बीच रहते हुए सिद्धार्थ ने इन वर्षों को बीतते हुए लगभग महसूस ही नहीं किया। वह समृद्ध हो चुका था, बहुत दिनों तक उसके पास अपना एक मकान और नौकर-चाकर भी थे, और नगर के बाहर, नदी किनारे एक उसका अपना एक उपवन भी था। लोग उसको पसन्द करते थे, जब कभी उनको पैसों की या परामर्श की

आवश्यकता होती, वे उसके पास आते थे, लेकिन उनमें से कोई भी उसका निकट नहीं था, सिवा कमला के।

जागृति की वह उच्च और उज्ज्वल अवस्था, जिसको उसने अपने यौवन के उत्कर्ष पर एक बार अनुभव किया था, उन दिनों में जब उसने, गोविन्द से अलग हो चुकने के बाद, गौतम का प्रवचन सुना था, वह रोमांचक उम्मीद, उपदेशों और गुरुओं के बिना अकेले तनकर खड़े होने की वह गर्वोन्नत अवस्था, अपने ही अन्तःकरण की दिव्य आवाज़ सुनने की वह जीवन्त चाह, ये सब वस्तुएँ धीरे-धीरे स्मृति बन चुकी थीं, क्षणभंगुर साबित हुई थीं; वह पवित्र स्रोत, जो कभी बहुत समीप हुआ करता था, जो कभी स्वयं उसके भीतर कलकल किया करता था, अब कहीं दूर और धीमी आवाज़ में मर्मर करता था। फिर भी, वे बहुत-सी वस्तुएँ जो उसने समणों से सीखी थीं, जो उसने गौतम से सीखी थीं, जो उसने अपने ब्राह्मण पिता से सीखी थीं, वे बाद के दिनों में लम्बे अरसे तक उसके भीतर बनी रही थीं : सादगी भरा जीवन, चिन्तन का आनन्द, घण्टों ध्यान करना, अपने उस स्वत्व का, अपनी उस शाश्वत सत्ता का रहस्यमय बोध, जो न देह है न चेतना है। इसके बहुत-से अंश तब भी उसमें शेष थे, लेकिन एक के बाद एक वे अंश दबते चले गये थे, उन पर धूल जमा होती गयी थी। जिस तरह किसी कुम्हार का चाक एकबार पूरी गति से घुमा दिये जाने के बाद देर तक घूमता रहता है और धीमे-धीमे अपने आवेग को खोता हुआ एक समय पर आकर ठहर जाता है, उसी तरह सिद्धार्थ की आत्मा ने वैराग्य के चाक को, चिन्तन के चाक को, तत्त्वज्ञान के चाक को, लम्बे समय तक गतिशील बनाकर रखा था, वह चाक अभी भी घूम रहा था, लेकिन अब वह धीमे-धीमे, रुक-रुककर घूम रहा था और पूरी तरह ठहर जाने के कगार पर था। धीमे-धीमे, जिस तरह किसी वृक्ष के मरते हुए तने के भीतर नमी प्रवेश करती है, उसको व्याप्त करती हुई सड़ाने लगती है, उसी तरह संसार और थकान सिद्धार्थ की आत्मा में पैठ चुके थे, धीमे-धीमे वे उसकी आत्मा को व्याप्त करते गये थे, उसको बोझिल बनाते गये थे, थकाते गये थे, सुलाते गये थे। दूसरी ओर, उसकी इन्द्रियाँ जीवित हो उठी थीं, बहुत कुछ था जो उन्होंने सीखा था, बहुत कुछ था जो उन्होंने अनुभव किया था।

सिद्धार्थ ने व्यापार करना, लोगों पर अपनी सत्ता का प्रयोग करना, स्त्री का सुख भोगना सीख लिया था, उसने सुन्दर कपड़े पहनना, नौकरों को

आदेश देना, सुगन्धित जल में स्नान करना सीख लिया था। उसने नज़ाकत के साथ और सावधानीपूर्वक पकाया गया भोजन करना, यहाँ तक कि मछली, गोश्त और मुर्गा, मसाले और मिष्ठान्न खाना, और वह शराब पीना तक सीख लिया था, जो तन्द्रा और स्मृतिभ्रंश का कारण बनती है।

उसने चौपड़ और शतरंज खेलना, स्त्रियों को नाचते देखना, स्वयं को पालकी में ढुलवाना, रेशमी मुलायम बिस्तर पर सोना सीख लिया था। लेकिन तब भी वह स्वयं को दूसरों से अलग और श्रेष्ठ महसूस करता था; हमेशा वह उनको किंचित उपहासपूर्ण दृष्टि से, किंचित तिरस्कार के भाव से देखता था, वैसे ही तिरस्कार के भाव से जैसा एक समण सांसारिक लोगों के प्रति निरन्तर महसूस करता है। जब-जब कामास्वामी बीमार पड़ा, जब-जब वह खीझा, जब-जब उसने अपमानित महसूस किया, जब-जब वह अपनी व्यापारिक चिन्ताओं को लेकर परेशान हुआ, तब-तब सिद्धार्थ ने उसको उपहासपूर्ण दृष्टि से देखा था। जैसे : फ़सल-कटाई और बरसात के मौसम धीरे-धीरे और चुपचाप बीत जाते हैं, ठीक वैसे ही उसका उपहास-भाव थकता गया, उसका श्रेष्ठता-भाव शांत पड़ता गया। बिलकुल उसी तरह धीरे-धीरे, जैसे कि अपनी बढ़ती हुई समृद्धि के बीच, सिद्धार्थ अपने जीवन में सरल-हृदय लोगों के कुछ-कुछ रंगढंग, उनकी बालसुलभता और भीरुता के कुछ अंश, अपनाता गया था। तब भी वह उनसे ईर्ष्या करता था, जितना वह उनके जैसा होता गया था, उनसे उतनी ईर्ष्या करता गया था। वह उनसे उस एक वस्तु के लिए ईर्ष्या करता था जो उसमें नहीं थी और जो उनमें थी, उस महत्त्व के लिए जो वे अपने जीवन को देते थे, उस उत्कटता के लिए जो उनके आनन्द में और भय में उपस्थित होती थी, वह उनसे ईर्ष्या करता था निरन्तर प्रेम में बने रहने के उनके संकटापन्न किन्तु मीठे सुख के लिए। ये सारे के सारे लोग हर समय अपने आप से, स्त्रियों से, अपने बच्चों से, सम्मान या धन से, मंसूबों या उम्मीदों से प्रेम करते थे। लेकिन उसने उनसे यह नहीं सीखा था, तमाम वस्तुओं में यही एक वस्तु थी जो उसने उनसे नहीं सीखी थी, यह बालसुलभ आनन्द और बालसुलभ मूर्खता; उसने उनसे तमाम वस्तुओं में से सबसे अधिक अप्रिय चीज़ें सीखी थीं, जिनसे वह स्वयं ही घृणा करता था। ऐसा अक्सर उत्तरोत्तर होता गया था कि रात के संसर्ग के बाद की अगली सुबह, वह देर तक बिस्तर पर पड़ा रहता, सोचने-विचारने में अक्षम महसूस करता हुआ, थका हुआ। ऐसा होता कि

जब कभी कामास्वामी अपनी परेशानियों को लेकर उसको उबाने लगता, तो वह क्रोधित हो उठता, धीरज खो बैठता। ऐसा होता कि जब कभी वह चौपड़ की अपनी बाज़ी हार जाता, तो बहुत तीव्रता से हँसने लगता। उसका चेहरा दूसरे लोगों के चेहरों की तुलना में अभी भी कहीं अधिक बुद्धिमत्तापूर्ण, कहीं अधिक आध्यात्मिक था, लेकिन वह चेहरा बहुत कम हँसता था, और एक के बाद एक उन भंगिमाओं को ओढ़ता रहता था जो अक्सर सम्पन्न लोगों के चेहरों पर देखी जाती हैं, असन्तोष की, रुग्णता की, अप्रसन्नता की, थकान की, प्रेम के अभाव की भंगिमाएँ। धीरे-धीरे आत्मा की उस बीमारी ने, जो सम्पन्न लोगों को घेरे रहती है, उसको भी जकड़ लिया।

किसी झीने आवरण की तरह, हल्की-सी धुन्ध की तरह, थकान सिद्धार्थ पर छाती गयी, धीरे-धीरे, हर प्रतिदिन कुछ और गाढ़ी होती हुई, हर महीने कुछ और मलिन पड़ती हुई, हर वर्ष कुछ और भारी होती हुई। जैसे कोई नयी पोशाक समय के साथ पुरानी पड़ जाती है, समय के साथ अपनी रंगत खो देती है, उस पर सलवटें पड़ने लगती हैं, उसकी सिलाइयाँ उधड़ने लगती हैं, और वह जहाँ-तहाँ से जर्जर दिखायी देने लगती है, उसी तरह से सिद्धार्थ का नया जीवन, जो उसने गोविन्द से अलग हो जाने के बाद शुरू किया, पुराना पड़ता गया, जैसे-जैसे बरस बीतते गये, वह अपनी रंगत और चमक खोता गया, उस पर सलवटें और धब्बे उभरने लगे, और उसके तल में छिपी निराशा और वितृष्णा, जो पहले ही जहाँ-तहाँ से अपनी कुरूपता दर्शाने लगी थीं, अब पूरी तरह सामने आ जाने की प्रतीक्षा कर रही थीं। सिद्धार्थ ने इसको लक्ष्य नहीं किया था। उसने इतना भर लक्ष्य किया था कि उसके अन्तःकरण की वह तेजस्वी और विश्वसनीय आवाज़, जो किसी समय उसके भीतर जागी थी और जो उसके श्रेष्ठतम दिनों में हमेशा उसको राह दिखाती रही थी, अब शांत हो चुकी थी।

वह संसार के चंगुल में आ चुका था, वासना की, परिग्रह की, उन्माद की पकड़ में, और अन्ततः उस स्वर के भी चंगुल में जिसे वह सबसे अधिक मूर्खतापूर्ण मानकर उससे सबसे अधिक घृणा करता था, उसका उपहास उड़ाता था : लालच का स्वर। सम्पत्ति, असबाब और समृद्धियों ने भी अन्ततः उसको जकड़ लिया था; अब वे उसके लिए केवल खेल-खिलौने नहीं रह गये थे, वे उसके लिए बेड़ियाँ और बोझ बन गये थे। एक अजीब और रहस्यपूर्ण से ढंग से, सिद्धार्थ चौपड़ के खेल के माध्यम से इस अंतिम

और निकृष्टतम पराधीनता का शिकार हुआ था। इसकी शुरुआत तभी से हुई थी जब सिद्धार्थ ने अपने हृदय से समण होना बन्द कर दिया था और तभी उसने पैसे और मूल्यवान वस्तुओं के लिए यह खेल उत्तरोत्तर आवेश और उत्साह के साथ खेलना शुरू किया, जिसमें इसके पहले तक वह सांसारिक बालसुलभ लोगों के दस्तूर के तौर पर, मुस्कराते हुए और कभी-कभार ही शामिल हुआ करता था। वह एक विकराल खिलाड़ी था, उसके दाँव इतने भारी और दुस्साहसिक होते थे कि बहुत थोड़े से लोग ही उससे मुक़ाबला करते थे। यह खेल वह अपने हृदय की पीड़ा के कारण खेलता था, इस खेल के माध्यम से अपने दुःखदायी पैसे को हारने और बर्बाद करने में उसको आक्रामक आनन्द प्राप्त होता था। कोई और विधि नहीं थी जिसके सहारे वह इससे अधिक स्पष्ट ढंग से और इससे अधिक उपहासपूर्वक उस दौलत के प्रति, व्यापारी के उस छद्म देवता के प्रति, अपने तिरस्कार-भाव का प्रदर्शन कर पाता। इस प्रकार वह भारीभरकम दाँव लगाते हुए, पूरी निर्ममता के साथ जुआ खेला, स्वयं से घृणा करते हुए, स्वयं का उपहास उड़ाते हुए। उसने हज़ारों जीते, हज़ारों लुटाये, पैसे हारे, आभूषण हारे, गाँव का एक मकान गँवाया, फिर से जीता, फिर से हारा। वह भय, वह भीषण और दिल दहला देने वाला भय, जो वह उस समय महसूस करता था जब वह पाँसे फेंक रहा होता था, जब वह भारी-भरकम दाँव हारने को लेकर उद्विग्न होता था, वह भय उसको प्रिय लगता था और वह उस भय को हर बार नये सिरे से महसूस करने की, हमेशा उसमें वृद्धि करने की कोशिश करता था, हमेशा उसको किंचित ऊँचे स्तर पर पाना चाहता था, क्योंकि केवल इसी अहसास में वह अब भी सुख जैसी किसी वस्तु का, नशे जैसी किसी वस्तु का, अनुभव कर पाता था, केवल इसी अहसास में वह अपनी संलिप्त, उत्साहहीन, नीरस ज़िन्दगी के बीच एक समुन्नत जीवन जीने जैसी किसी वस्तु का अनुभव कर पाता था।

हर बड़े घाटे के बाद, उसका मस्तिष्क नयी समृद्धियों पर टिक जाता, और अधिक व्यग्रता के साथ कारोबार में लग जाता, ऋणियों पर भुगतान के लिए और अधिक कड़ाई के साथ दबाव डालने लगता, क्योंकि वह जुए को ज़ारी रखना चाहता था, वह विलासिता को ज़ारी रखना चाहता था, सम्पत्ति के प्रति अपने तिरस्कार-भाव को ज़ारी रखना चाहता था। सिद्धार्थ उस समय अपनी चैन गँवा देता था जब वह हारता था। जब उसको समय पर भुगतान

नहीं मिलता था, तो वह अपना धीरज गँवा बैठता था, भिखरियों के प्रति अपनी दयालुता खो बैठता था, याचना करने वालों को पैसे बाँटने और उधार देने की अपनी उदार प्रवृत्ति खो बैठता था। वह, जो कि चौपड़ की एक ही बाज़ी में हज़ारों का दाँव लगा देता था, अपने व्यापार के मामले में बहुत कठोर और बदमिजाज़ हो गया था, उसको जब-तब पैसे के बारे में सपने आने लगे थे! जब कभी वह अपने इस घिनौने प्रभाव से बाहर आता, जब कभी वह अपने शयन-कक्ष की दीवार के आईने में अपने बूढ़े और कुरूप होते चेहरे को देखता, जब कभी वह शर्म और वितृष्णा से भर उठता, वह अपना पलायन ज़ारी रखता, पलायन एक नयी बाज़ी में, पलायन रतिकर्म और शराब से मिलने वाली मानसिक जड़ता में, और फिर वह वहाँ से वह वापस भाग आता सम्पदाओं को हासिल करने और उनका अम्बार लगाने की अपनी तृष्णा की शरण में। इस अर्थहीन वृत्त में वह उत्तरोत्तर थकता हुआ, उत्तरोत्तर बूढ़ा होता हुआ, उत्तरोत्तर बीमार होता हुआ चक्कर लगाता रहता।

तब वह समय आया जब एक स्वप्न ने उसको चेतावनी दी।

उसने वह शाम कमला के साथ, उसके रमणीय आमोद-वन में बितायी थी। वे वृक्षों के नीचे बैठकर बतियाते रहे थे, और कमला ने उससे कुछ गम्भीर शब्द कहे थे, ऐसे शब्द जिनके पीछे एक उदासी और थकान छिपी हुई थी। उसने उससे गौतम के बारे में पूछा था, उसका कहना था कि वह उनके बारे में पर्याप्त नहीं जान सकी थी, जानना चाहती थी कि उनके नेत्र कितने पारदर्शी थे, उनका मुख किस तरह दृढ़ और सुन्दर था, उनकी मुस्कराहट कितनी वात्सल्यपूर्ण थी, उनकी चाल में कितनी प्रशान्ति थी। उसे बहुत देर तक उसको दिव्यात्मा बुद्ध के बारे में बताना पड़ा था, और कमला ने गहरी साँस लेकर कहा था : "एक दिन, कदाचित शीघ्र ही, मैं भी बुद्ध का अनुसरण करूँगी। मैं अपना आमोद-वन उनको दान कर दूँगी और उनकी शिक्षाओं की शरण में चली जाऊँगी।" लेकिन इसके बाद, कमला ने उसको उत्तेजित किया, और सम्भोग-कर्म में अपने साथ जकड़ लिया, दर्दनाक आतुरता के साथ, उसकी देह पर अपने दाँत गड़ाते हुए, आँसुओं से भीगी आँखों के साथ, मानो एकबार फिर से वह उस निस्सार, भंगुर सुख की अन्तिम मधुर बूँद को निचोड़ लेना चाहती हो। इसके पहले कभी भी, इतनी आश्चर्यजनक स्पष्टता के साथ सिद्धार्थ को इस बात का बोध नहीं हुआ था कि वासना किस क़दर मृत्यु की हमशक्ल होती है। इसके बाद वह उसके पास में लेटा

रहा था, कमला का चेहरा उसके पास था, और उसने उसकी आँखों के नीचे, उसके मुँह के कोनों पर, एक दहशतभरी लिखावट को पहली बार पूरी स्पष्टता के साथ पढ़ा था, छोटी-छोटी लकीरों में, हल्की-हल्की झुर्रियों में उकेरी हुई लिखावट, एक ऐसी लिखावट जो पतझड़ और बुढ़ापे की याद दिलाती थी, ठीक वैसी ही जैसी स्वयं सिद्धार्थ, जो अभी चालीस और पचास के बीच ही था, अपने काले बालों के बीच जहाँ-तहाँ उग आये श्वेत बालों में लक्ष्य कर चुका था। थकान कमला के सुन्दर चेहरे पर स्पष्ट अंकित थी, एक ऐसा लम्बा रास्ता पार करके आने के बाद की थकान, जिसका कोई सुखदायी गन्तव्य नहीं था, थकान और मुरझाने की शुरुआत, और दबी हुई, अब तक अनकही, और शायद अवचेतन उद्विग्नता : बूढ़े होने के भय की, जर्जरता की, मृत्यु की। एक गहरी साँस लेते हुए उसने उससे विदा ली थी, अनिच्छा और अन्दरूनी बेचैनी से भरे हुए हृदय के साथ।

इसके बाद सिद्धार्थ ने वह रात नर्तकियों और मदिरा के साथ अपने भवन में बितायी, अपनी जाति के लोगों के सामने उनसे श्रेष्ठ होने का दिखावा करते हुए, हालाँकि वह स्थिति अब रह नहीं गयी थी। वह बहुत थका हुआ और अब तक उत्तेजित, लगभग रोने-रोने को और हताश था, उसने बहुत-सी मदिरा पी और आधी रात के बाद बिस्तर पर ढेर हो गया, देर तक सोने की विफल कोशिश करता, हृदय में वह विषाद लिये जिसको उसे लगता था कि वह अब और नहीं सह सकता, वह गहरी जुगुप्सा लिये जो लगता था गुनगुनी बेस्वाद मदिरा की तरह, कुछ अधिक ही मधुर और उबाऊ संगीत की तरह, नर्तकियों की कुछ अधिक मीठी मुस्कराहट की तरह, उनके केशों और स्तनों की कुछ अधिक ही मीठी सुगन्ध की तरह, उसकी समूची देह में फैलती जा रही है। लेकिन किसी भी दूसरी वस्तु की तुलना में सबसे अधिक जुगुप्सा उसको स्वयं से हो रही थी, अपने सुगन्धित केशों से, अपने मुँह से आती शराब की गन्ध से, पिलपिली थकान और अपनी चमड़ी की शिथिलता से। जिस तरह कोई व्यक्ति, जिसने बहुत सारा खा लिया होता है और बहुत सारी पी ली होती है, यातनादायी दर्द से छटपटाता हुआ उल्टियाँ करता है और फिर भी उससे मिलने वाली राहत से प्रसन्न नहीं हो पाता, उसी तरह यह नींद गँवा चुका इंसान, जुगुप्सा के तीव्र आवेग के उन क्षणों में, स्वयं को इन सुखों से, इन लतों और इस समूचे निरर्थक जीवन से और स्वयं से मुक्त कर लेने की कामना करने लगा। सुबह की पहली रोशनी

फैलने और नगर-स्थित उसके भवन से लगी गली में पहली चहल-पहल की शुरुआत होने के बाद ही उसकी हल्की-सी आँख लगी, उसको अर्ध-अचेतना के कुछ पल मिले, नींद का एक हल्का-सा संकेत मिला। उन्हीं पलों में उसने एक सपना देखा : कमला के घर में सोने के एक पिंजरे में एक दुर्लभ प्रजाति का गायक परिन्दा था। इस परिन्दे को उसने सपने में देखा। उसने सपना देखा : यह परिन्दा, जो इसके पहले तक सुबह-सुबह गाया करता था, गूँगा हो गया है, और चूँकि इस बात ने उसकी उत्सुकता जगा दी, वह पिंजरे के सामने गया और उसके अन्दर झाँककर देखने लगा; उसने पाया कि वह परिन्दा मर चुका है और अकड़ा हुआ पिंजरे में पड़ा है। उसने उसको बाहर निकाला, कुछ पल अपने हाथों में तौला, और फिर सड़क पर फेंक दिया, और उसी पल में उसने भीषण आघात का अनुभव किया, और उसके हृदय में पीड़ा जागी, मानो इस परिन्दे को फेंकते हुए उसने अपने अन्दर से सारे मूल्यों और हरेक शुभ वस्तु को निकालकर फेंक दिया हो।

इस सपने से चौंककर जागते हुए उसने स्वयं को गहरी उदासी से घिरा हुआ महसूस किया। निस्सार, उसको लगा, निस्सार और अर्थहीन है वह राह जिस पर चलते हुए वह जिये जा रहा है; कुछ भी नहीं है जिसमें जीवन बचा हो, कुछ भी नहीं बचा है उसके हाथों में जिसमें रस हो या जो बचाकर रखने योग्य हो। वह खड़ा रह गया अकेला और रिक्त, समुद्र-तट पर खड़े उस इंसान की भाँति जिसका पोत डूब चुका होता है।

मन में अवसाद लिये वह अपने आमोद-वन में गया, उसका द्वार बन्द किया, और आम के एक वृक्ष-तले बैठ गया, हृदय में मृत्यु और सीने में दहशत का अहसास लिये। बैठे-बैठे उसने महसूस किया कि किस तरह उसके अन्दर की हर वस्तु मर चुकी है, जर्जर हो चुकी है, उसके भीतर अन्त को प्राप्त हो चुकी है। बहुत समय नहीं लगा जब एकाग्र होकर सोचते हुए उसने अपने अब तक के समूचे जीवन का पुनरावलोकन किया, उस पहले दिन से शुरुआत करते हुए जिसकी उसको याद थी। क्या ऐसा भी कभी कोई समय था जब उसने सुख का अनुभव किया हो, आनन्द का अनुभव किया हो? हाँ, कई बार हुआ था ऐसा। अपने बचपन के वर्षों में उसने इसका स्वाद चखा था, जब उसने ब्राह्मणों की सराहना हासिल की थी, तब उसने उसको अपने हृदय में महसूस किया था : "इसके सामने एक मार्ग प्रशस्त है जिसने पवित्र

श्लोकों के पाठ में, यज्ञ के एक सहयोगी की हैसियत से ज्ञानियों के साथ शास्त्रार्थ में, अपनी एक पहचान बना ली है।" तब, इसे उसने अपने हृदय में महसूस किया था : "तेरे सामने एक मार्ग है, जिस पर तुझको चलना है, देवता तेरी प्रतीक्षा कर रहे हैं।" फिर, एक नवयुवक के रूप में तब, जब उसको उस सदा उदीयमान, ऊर्ध्वमुख अनुभूति ने, समस्त चिन्तन के उस लक्ष्य ने, उसी लक्ष्य की तलाश में लगे अन्तहीन लोगों की भीड़ से काटकर उनसे ऊपर उठा दिया था, जब वह ब्राह्मण होने के प्रयोजन को जानने का पीड़ादायी संघर्ष कर रहा था, जब अर्जित किया गया प्रत्येक ज्ञान उसमें केवल नये ज्ञान की प्यास जगाता था, तब एकबार फिर, इसी प्यास के मध्य, इसी पीड़ा के मध्य उसने उसी वस्तु को महसूस किया था : "चलते रहो! चलते रहो! तुमको पुकारा गया है!" यह स्वर उसने तब सुना था जब उसने अपने घर का त्याग कर एक समण के जीवन का चुनाव किया था, और एकबार फिर से तब जब वह समणों को तजकर उस परिपूर्ण पुरुष के पास गया था, और तब भी जब वह उनसे दूर अज्ञात की ओर चल पड़ा था। कितने अरसे से यह स्वर उसको सुनायी देना बन्द हो चुका है, कितने अरसे से वह किसी ऊँचाई पर नहीं पहुँचा है, कितना सपाट और उबाऊ रहा है वह ढंग जिससे उसका रास्ता जीवन से होकर गुज़रा है, वर्षों से, बिना किसी महत् लक्ष्य के, बिना प्यास के, बिना आरोहण के, तुच्छ वासनामय सुखों से सन्तुष्ट और फिर भी सदा भूखा का भूखा! इन तमाम वर्षों के दौरान, स्वयं इस बात को जाने बिना, उसने उन बहुत से लोगों जैसा बनने की, उन बच्चों जैसा बनने की, भरसक कोशिश और आकांक्षा की, और इन कोशिशों में, उसका जीवन उन लोगों के जीवन से कहीं अधिक दयनीय और दरिद्र होता गया, क्योंकि उनके लक्ष्य उसके नहीं थे, न उनकी चिन्ताएँ उसकी चिन्ताएँ थीं; अन्ततः कामास्वामी जैसे लोगों की पूरी दुनिया उसके लिए केवल एक कौतुक ही तो थी, एक नाच जिसको वह देखता था, एक प्रहसन। केवल कमला ही थी जो उसके लिए प्रिय बनी रही, मूल्यवान बनी रही - लेकिन क्या वह अब भी वैसी ही है? क्या मुझको अब भी उसकी आवश्यकता है, या उसको मेरी? क्या वे लगातार एक ऐसा खेल ही नहीं खेलते रहे हैं जिसका कोई अन्त नहीं है? क्या इस खेल के लिए जीवित रहना आवश्यक था? नहीं, यह आवश्यक नहीं था! इस खेल का नाम संसार था, बच्चों का खेल, एक ऐसा खेल जिसको एक बार, दो बार, दस बार खेलकर ही आनन्द लिया जा

सकता था - लेकिन निरन्तर और बारबार खेलते हुए?

अब सिद्धार्थ समझ गया था कि खेल समाप्त हो चुका है, कि वह उसको और नहीं खेल सकता। उसकी देह सिहर उठी, उसके भीतर, उसको लगा, कोई वस्तु मर गयी है।

पूरे दिन वह आम के उस वृक्ष के नीचे बैठा रहा, अपने पिता के बारे में सोचता हुआ, गोविन्द के बारे में सोचता हुआ, गौतम के बारे में सोचता हुआ। क्या उसने एक कामास्वामी बनने के लिए इन सबको त्यागा था? रात घिर चुकी थी और वह अभी भी वहीं बैठा था। जब ऊपर देखने पर सितारों पर उसकी दृष्टि पड़ी, तो उसने सोचा : "मैं यहाँ बैठा हुआ हूँ, अपने आम के वृक्ष के नीचे, अपने आमोद-वन में।" वह हल्का-सा मुस्कराया - क्या यह सचमुच आवश्यक था, क्या यह उचित था, क्या यह एक मूर्खतापूर्ण कौतुक भर नहीं था, कि उसके पास एक आम का वृक्ष था कि उसके पास एक उपवन था?

उसने इसका भी अन्त कर दिया, यह भी उसके भीतर मर गया।

वह उठ खड़ा हुआ, उसने आम के वृक्ष को अलविदा कहा, आमोद-वन को अलविदा कहा। चूँकि उसने दिनभर से कुछ भी नहीं खाया था, उसको ज़बरदस्त भूख महसूस हुई, और उसने नगर-स्थित अपने भवन के बारे में, अपने कक्ष और बिस्तर के बारे में, भोजन की थाली से युक्त अपनी मेज़ के बारे में सोचा। उसके होंठों पर एक थकी-सी मुस्कराहट उभरी, उसने स्वयं को झकझोरा, और इन वस्तुओं को भी अलविदा कह दिया।

रात के उसी पहर में, सिद्धार्थ अपने उपवन से निकला, नगर से निकला, और फिर कभी वापस नहीं लौटा। लम्बे समय तक कामास्वामी ने अपने आदमियों से उसकी खोजबीन करायी, उसको लगा कि शायद वह लुटेरों के हाथ लग गया है। कमला के पास कोई नहीं था जिससे वह उसकी तलाश करवाती। जब उसको बताया गया कि सिद्धार्थ लुप्त हो गया है, तो उसको आश्चर्य नहीं हुआ। क्या वह हमेशा ही इसकी अपेक्षा नहीं करती रही थी? क्या वह एक समण ही नहीं था, एक ऐसा आदमी जो कहीं का भी होकर नहीं रहता, एक तीर्थयात्री? सबसे महत्त्वपूर्ण बात यह थी कि इस वस्तु को उसने तभी महसूस कर लिया था जब वे अंतिम बार मिले थे, और इस आघात की समूची पीड़ा के बावजूद, वह प्रसन्न थी कि उसने अंतिम

बार उसको इतने अनुराग के साथ अपने हृदय से लगाया था कि वह एकबार फिर उसकी आसक्ति के हाथों स्वयं को पूरी तरह समर्पित कर सकी, उसके द्वारा वेधी जा सकी।

जब उसको सिद्धार्थ के लुप्त हो जाने की पहली बार सूचना मिली, तो वह खिड़की के पास गयी, जहाँ पर उसने सोने के पिंजरे में एक दुर्लभ गायक परिन्दा पाल रखा था। उसने पिंजरे का द्वार खोल दिया, परिन्दे को बाहर निकाला और उड़ा दिया। इस दिन के बाद से उसने आगन्तुकों से मिलना बन्द कर दिया और स्वयं को अपने घर के अन्दर बन्द कर लिया। लेकिन कुछ समय बाद उसको पता लगा कि वह सिद्धार्थ के साथ उस अंतिम संसर्ग के बाद गर्भवती हो चुकी है।

नदी किनारे

सिद्धार्थ चलता हुआ जंगल में पहुँच गया, वह शहर से बहुत दूर निकल आया था, और कुछ भी नहीं जानता था सिवा इसके कि अब उसके लिए वापसी सम्भव नहीं है, कि यह जीवन, जिस रूप में वह उसको आज तक वर्षों से जीता आया था, अब बीत चुका है और समाप्त हो चुका है, और यह कि वह उसका पूरा स्वाद ले चुका था, उसके अन्दर की एक-एक वस्तु को उस सीमा तक चूस चुका था जब तक कि उसको उससे जुगुप्सा नहीं होने लगी थी। वह गाने वाला पक्षी मर चुका था, जिसको उसने सपने में देखा था। मर चुका था वह पक्षी जो उसके हृदय में बसता था। संसार में वह गहरे तक डूब चुका था, उसकी देह के तमाम हिस्सों ने जुगुप्सा और मृत्यु को सोख लिया था, उसी तरह जिस तरह कोई स्पंज उस समय तक पानी को सोखता जाता है जब तक कि वह पूरी तरह सराबोर नहीं हो जाता। वह पूरी तरह से भर चुका था, उससे पूरी तरह त्रस्त हो जाने के अहसास से, सम्पूर्ण विषाद से, सम्पूर्ण मृत्यु से; कुछ भी नहीं बचा था इस दुनिया में जो उसको आकर्षित कर सकता, उसको आनन्द दे सकता, राहत दे सकता।

वह बहुत गंभीरता के साथ कामना कर रहा था कि वह अपने बारे

अब कुछ भी और न जाने, कि उसको चैन मिल जाए, कि वह मर जाए। काश कि उसके ऊपर बिजली गिर जाती और वह मर जाता! काश कि कोई बाघ उसको निगल जाता! काश कि कोई ऐसी मदिरा, कोई ऐसा विष होता जो उसकी इन्द्रियों को सुन्न कर देता, उसको विस्मृति के हवाले कर देता, उसको सुला देता, और फिर जागना न होता! क्या कोई ऐसी गन्दगी बची रह गयी थी जिसमें उसने स्वयं को लिप्त नहीं किया था, ऐसा कोई पाप या मूर्खतापूर्ण कृत्य जो उसने कर नहीं लिया था, आत्मा की ऐसी कोई श्रीहीनता जिसका उसने वरण नहीं कर लिया था? क्या इसके बाद भी जीवित बने रहना तनिक भी सम्भव रह गया था? क्या सम्भव रह गया था बारबार साँस लेना, बारबार साँस छोड़ना, भूख का अनुभव करना, फिर से खाना, फिर से सोना, फिर से किसी स्त्री के साथ सोना? क्या उसके लिए यह चक्र निःशेष होकर अपने अन्त पर नहीं पहुँच चुका था?

सिद्धार्थ जंगल में उस विशाल नदी पर जा पहुँचा जिसे उसको कभी एक मल्लाह ने पार कराया था, बहुत पहले, जब वह एक नवयुवक ही था और गौतम के नगर से आया था। इस नदी पर पहुँचकर वह रुका, हिचकिचाता हुआ उसके तट पर खड़ा हो गया। थकान और भूख ने उसको शक्तिहीन कर दिया था, और अब बचा भी क्या था जिसके लिए वह चलता रहता, कहाँ तक, किस लक्ष्य की ओर? नहीं, अब कोई लक्ष्य शेष नहीं थे, अब कुछ भी नहीं बचा था, सिवा इस श्रीहीन, बंजर स्वप्न को झटक देने के, इस दुर्गन्धपूर्ण मदिरा को थूक देने के, इस दयनीय और लज्जास्पद जीवन का अन्त कर देने के।

नदी के तट पर नारियल का एक वृक्ष झुका हुआ था, जिसके तने से अपना कन्धा टिकाकर खड़े होते हुए सिद्धार्थ ने एक हाथ से तने को थामा और उस हरे जल में झुककर देखा, जो उसके नीचे बह रहा था, झुककर देखा और पाया कि वह स्वयं को उस पानी में डुबा देने की इच्छा से पूरी तरह से भर उठा है। एक ज़बरदस्त रिक्तता प्रतिबिम्बित हुई उस पानी में, उसकी आत्मा की भयभीत करने वाली रिक्तता को प्रतिध्वनित करता हुई। हाँ, वह अन्त पर आ पहुँचा है। अब कुछ नहीं बचा था उसके लिए, सिवा स्वयं को पूरी तरह नष्ट कर देने के, सिवा उस पराजय को चकनाचूर कर देने के, जिसमें उसने अपने जीवन को ढाला था, उसको उठाकर उन

देवताओं के पैरों में फेंक देने के जो उस पर हँस रहे थे। यह सबसे बड़ा वमन था जिसकी वह कामना कर रहा था : मृत्यु की कामना, उस रूप को चकनाचूर कर देने की कामना जिससे उसको घृणा हो चुकी थी! बनने दो इसको मछलियों का आहार, इस कुत्ते सिद्धार्थ को, इस पागल को, इस दुराचारी और सड़ी हुई देह को, इस दुर्बल और भ्रष्ट कर दी गयी आत्मा को! बनने दो इसको मछलियों और मगरमच्छों का आहार, पिशाचों के हाथों टुकड़े-टुकड़े हो जाने दो इसको!

विकृत चेहरे के साथ उसने पानी में झाँका, अपने चेहरे का प्रतिबिम्ब देखा और उस पर थूक दिया। गहरी थकान में डूबे हुए उसने तने पर से अपना हाथ हटाया और हल्का-सा मुड़ा, ताकि वह सीधा नीचे गिर सके, ताकि वह अन्तिम रूप से डूब सके। अपनी आँखें बन्द कर, वह मृत्यु की ओर फिसलने लगा।

तभी, उसकी आत्मा के किसी सुदूर क्षेत्र से, उसके थक चुके जीवन के अतीत के भीतर से, एक ध्वनि उभरी। वह एक शब्द था, एक शब्दांश, जिसका उसने, बिना विचारे, अस्फुट स्वर में स्वगत उच्चारण किया, उस प्राचीन, पवित्र शब्द ओ३म् का उच्चारण जिसके साथ ब्राह्मणों की प्रार्थनाओं का शुभारम्भ और समापन होता है, जिसका मोटे तौर पर मतलब होता है, "पूर्ण" या "परिपूर्णता।" जिस पल "ओ३म्" की ध्वनि ने सिद्धार्थ के कानों का स्पर्श किया, उसकी प्रसुप्त संज्ञा सहसा जाग उठी और उसको अपने मूर्खतापूर्ण कृत्यों का अहसास हुआ।

सिद्धार्थ को गहरा झटका लगा था। तो स्थिति यहाँ तक आ पहुँची थी, तो वह पतन की इस पराकाष्ठा पर पहुँच चुका था, इस सीमा तक अपने रास्ते से भटक चुका था और सारे ज्ञान द्वारा इस सीमा तक तज दिया गया था, कि वह मृत्यु की कामना कर सका, कि इस इच्छा को, इस बचकानी इच्छा को, उसके भीतर बलवती होने की छूट मिल गयी थी कि अपनी देह का त्याग कर विश्रान्ति पा ली जाए! जो काम इन हाल के दिनों की समूची यन्त्रणा नहीं कर सकी थी, उद्वेगमुक्त करने वाले सारे बोध, सारी हताशाएँ नहीं कर सकी थीं, वह इस क्षण में घटित हो गया, जब ओ३म् ने उसकी चेतना में प्रवेश किया : वह स्वयं को, अपने विषाद और भूल को लेकर सजग हो उठा।

ओ३म्! उसने मन-ही-मन उच्चारण किया : ओ३म्! और एकबार फिर उसको ब्रह्म का बोध हुआ, जीवन की अनश्वरता का बोध हुआ, उस सबकुछ का बोध हुआ जो दैवीय है, जिसको वह भूल चुका था।

लेकिन यह केवल एक क्षण था, एक कौंध-मात्र। सिद्धार्थ नारियल के पेड़ की जड़ों पर ढह गया, थकान से टूटकर, ओ३म् को बुदबुदाता हुआ, पेड़ की जड़ पर सिर रख गहरी नींद में डूब गया।

बहुत गहरी थी उसकी नींद और स्वप्न-विहीन, अरसा हो चुका था उसको ऐसी नींद को हासिल किए हुए। जब कई घण्टों बाद वह जागा, तो उसको लगा जैसे दस बरस बीत चुके हैं। उसने धीमे-धीमे बहते जल की कलकल सुनी; उसको इसकी सुध नहीं थी कि वह कहाँ पर है और कौन उसको वहाँ पर लाया है, उसने आँखें खोलीं, विस्मय के साथ देखा कि वहाँ वृक्ष थे और उसके ऊपर आकाश तना था, और उसको याद आया कि वह कहाँ पर था और वहाँ कैसे पहुँचा था। लेकिन इसमें उसको बहुत समय लगा, और अतीत उसको ऐसा प्रतीत हुआ मानो वह किसी आवरण से ढँका हुआ, अन्तहीन दूरी पर स्थित हो, अन्तहीन रूप से कहीं दूर, अन्तहीन रूप से अर्थहीन। वह केवल इतना जानता था - उस पहले क्षण में जब उसने अपने उस पिछले जीवन के बारे में सोचा था जो उसको वह बहुत प्राचीन, पिछले अवतार जैसा, उसके वर्तमान स्वत्व के पिछले जन्म जैसा, प्रतीत हुआ था - तो वह केवल इतना जानता था कि उसका पिछला जीवन उसके द्वारा तज दिया गया था, यहाँ तक कि उसने, जुगुप्सा और विषाद से भरकर, इस जीवन को उठाकर फेंक तक देने का मन बना लिया लिया था, लेकिन यह कि एक नदी के तट पर, नारियल के एक वृक्ष के नीचे, उसकी चेतना जागी थी, उसके होंठों से ओ३म् का पवित्र शब्द फूटा था, कि इसके बाद उसकी नींद लग गयी थी और अब वह जाग चुका है और नये मनुष्य की तरह संसार को देख रहा है। शांत चित्त से उसने उसी ओ३म् शब्द का मन ही मन उच्चारण किया, जिसका उच्चारण करते-करते उसकी नींद लग गयी थी, और उसको ऐसा प्रतीत हुआ कि उसकी यह समूची प्रदीर्घ निद्रा गहरे ध्यान में डूबकर किये गये ओ३म् के सुदीर्घ जाप के सिवा, ओम के चिन्तन के सिवा, और कुछ नहीं थी, ओम में, इस नामहीन और सम्पूर्ण में, विलय और पूर्ण तादात्म्य के सिवा और कुछ नहीं थी।

क्या ही अद्भुत नींद रही यह! इसके पहले कभी भी उसने सोकर उठने के बाद इतना तरो-ताज़ा, इतना नया, इतना स्वस्थ अनुभव नहीं किया था! कहीं ऐसा तो नहीं कि वह सचमुच ही मर चुका था, डूब चुका था, और अब एक नयी काया के साथ उसका पुनर्जन्म हुआ हो? लेकिन नहीं, वह स्वयं को पहचानता था, वह अपने हाथों और पैरों को पहचानता था, उस जगह को पहचानता था जहाँ पर वह पड़ा हुआ था, अपनी छाती में धड़कते अपने स्वत्व को पहचानता था, इस सिद्धार्थ को, इस बावले, सनकी व्यक्ति को; लेकिन इस सिद्धार्थ का तब भी कायाकल्प तो चुका था, वह नया हो गया था, विचित्र ढंग से भरपूर विश्रान्ति पा चुका था, विचित्र ढंग से जाग चुका था, आनन्दमग्न और उत्सुक।

सिद्धार्थ तनकर खड़ा हो गया, तभी उसने अपने सामने एक व्यक्ति को बैठे देखा, एक अज्ञात मनुष्य, पीला चोगा धारण किये, मुँडे हुए सिर वाला एक भिक्षु, ध्यान की मुद्रा में बैठा हुआ। उसने उस आदमी को ध्यान से देखा, जिसके न सिर पर बाल थे, न दाढ़ी थी, और उसे बहुत देर तक लक्ष्य करने की आवश्यकता नहीं पड़ी जब उसने उस भिक्षु को पहचाना कि वह गोविन्द था, उसके बचपन का दोस्त, वही गोविन्द जो दिव्य पुरुष बुद्ध की शरण में चला गया था। गोविन्द की भी उम्र ढल चुकी थी, लेकिन तब भी उसके चेहरे पर वही पुराने भाव मौजूद थे, धार्मिक ओज, आस्था, जिज्ञासा, संकोच। लेकिन अब जबकि गोविन्द ने, उसकी ताकती दृष्टि को महसूस करते हुए, अपनी आँखें खोलकर उसकी ओर देखा, तो सिद्धार्थ ने पाया कि वह उसको पहचानता नहीं है। गोविन्द उसको जागा हुआ देखकर प्रसन्न था; स्पष्ट ही, वह वहाँ पर लम्बे समय से बैठा हुआ था और उसके जागने की प्रतीक्षा कर रहा था, हालाँकि वह उसको जानता नहीं था।

"मैं सोया हुआ था," सिद्धार्थ ने कहा। "आप यहाँ कैसे आ पहुँचे?"

"आप सोये हुए थे," गोविन्द ने उत्तर दिया। "इस तरह की जगह पर सोना ठीक नहीं है, जहाँ अक्सर साँप होते हैं और जो जंगली जानवरों का रास्ता है। मैं, हे भद्र, दिव्य पुरुष गौतम का अनुयायी हूँ, शाक्यमुनि बुद्ध का अनुयायी, और अपने अनेक बन्धुओं के साथ इस मार्ग से तीर्थयात्रा पर जा रहा था, जब मैंने आपको इस स्थान पर लेटे और सोते हुए देखा जो सोने की दृष्टि से एक अनिष्टकर जगह है। इसलिए, हे भद्र, मैंने आपको जगाना

चाहा, लेकिन जब मैंने पाया कि आपकी नींद बहुत गहरी है, तो मैं अपने साथ के लोगों को छोड़ रुक गया, और आपके पास बैठ गया। इसके बाद, लगता है, मेरी भी नींद लग गयी। मेरे निद्रा मग्न रहने के उपरांत भी आप मेरी रखवाली करना चाहते थे। मैं आपकी ठीक से सेवा नहीं कर पाया, थकान मुझ पर भारी पड़ गयी। लेकिन अब चूँकि आप जाग चुके हैं, मुझको आज्ञा दीजिए ताकि मैं अपने बन्धुओं के साथ हो सकूँ।"

"मैं आपका धन्यवाद करता हूँ समण कि आपने मुझ सोते हुए की रखवाली की," सिद्धार्थ ने कहा। "आप बहुत अनुग्रहपूर्ण हैं, दिव्य पुरुष के आप सब अनुयायी। अब आप जा सकते हैं।"

"मैं चलता हूँ, भद्र। आप सदा स्वस्थ रहें।"

"मैं आपका आभारी हूँ, समण।"

गोविन्द ने प्रणाम की मुद्रा बनायी और कहा :

"आज्ञा चाहता हूँ।"

"जाओ, गोविन्द," सिद्धार्थ ने कहा।

भिक्षु ठिठक गया।

"मुझको पूछने की अनुमति दें, भद्र, कि आप मेरा नाम कहाँ से जानते हैं?"

अब सिद्धार्थ मुस्कराया।

"मैं तुम्हें जानता हूँ, हे गोविन्द, तब से जब तुम अपने पिता की कुटिया में रहते थे, और ब्राह्मणों की पाठशाला में पढ़ते थे, और यज्ञों में भाग लेते थे, और जब हम साथ-साथ समणों के पास गये थे, और उस क्षण से जब तुम जैतवन के उपवन में दिव्य पुरुष की शरण में चले गये थे।"

"तुम सिद्धार्थ हो," गोविन्द विस्मय से चीख़ उठा। "अब मैं तुमको पहचान गया, और अब मेरी समझ में नहीं आता कि मैं तुमको तत्काल ही क्यों नहीं पहचान सका। स्वागत है, सिद्धार्थ, तुमको फिर से देखकर मुझको अपार आनन्द मिल रहा है।"

"मुझको भी आनन्द मिल रहा है, तुमको फिर से देखकर। तुम सोते में मेरे रक्षक बने, इसके लिए लिए मैं तुम्हें पुनः धन्यवाद देता हूँ, हालाँकि

मुझको किसी रक्षक की आवश्यकता न थी। तुम जा कहाँ रहे हो, मित्र?"

"मैं कहीं भी नहीं जा रहा हूँ। हम भिक्षु सदा विचरते ही रहते हैं, वर्षा भर न हो रही हो, तो हम सदा एक स्थल से दूसरे स्थल तक चलते ही रहते हैं, जिन नियमों की शिक्षाएँ हमें दी गयी हैं उनका पालन करते हुए, भिक्षाएँ स्वीकार करते हुए, चलते रहते हैं। सदा का यही क्रम है। लेकिन सिद्धार्थ, तुम कहाँ जा रहे हो?"

सिद्धार्थ ने कहा : "मेरे साथ भी वैसा ही है मित्र, जैसा तुम्हारे साथ है। मैं कहीं नहीं जा रहा हूँ। मैं केवल यात्रा में हूँ। मैं तीर्थाटन पर निकला हूँ।"

गोविन्द बोला : "तुम्हारा कहना है कि तुम तीर्थाटन पर निकले हो, और मैं तुम्हारी बात पर विश्वास करता हूँ। लेकिन, मुझे क्षमा करना, सिद्धार्थ, तुम तीर्थयात्री जैसे लगते नहीं हो। तुम एक सम्पन्न मनुष्य के योग्य परिधान धारण किये हो, किसी विशिष्ट भद्रपुरुष के योग्य पादुकाएँ पहने हुए हो, और सुगन्धित तैल से युक्त तुम्हारे केश किसी तीर्थयात्री के केश तो नहीं लगते, न ही किसी समण के।"

"ठीक कहते हो, मित्र, तुमने ठीक लक्ष्य किया, तुम्हारी सचेत आँखों ने सबकुछ देख लिया है। लेकिन मैंने तुमसे यह नहीं कहा कि मैं समण हूँ। मैंने कहा : मैं तीर्थाटन पर निकला हूँ। ऐसा ही है : मैं तीर्थाटन पर निकला हूँ।"

"तुम तीर्थाटन पर निकले हो," गोविन्द ने कहा। "किन्तु कुछ ही होंगे जो इस प्रकार के वस्त्रों में, इस प्रकार की पादुकाओं में, इस प्रकार के केशों में तीर्थाटन करते होंगे। चूँकि मैं स्वयं भी वर्षों से तीर्थयात्री हूँ, इस तरह के तीर्थयात्री से कभी मिला नहीं हूँ।"

"मैं तुम्हारी बात मानता हूँ, प्रिय गोविन्द। लेकिन, अभी, आज, तुम ठीक इस तरह के एक तीर्थयात्री से मिले हो, जो इस तरह की पादुकाएँ पहने हुए है, इस तरह के वस्त्र पहने हुए है। याद रखो, प्रिय : शाश्वत नहीं है आभासों का जगत, शाश्वत नहीं हैं हमारे वस्त्र और हमारी केश-सज्जा, और स्वयं हमारी कायाएँ और केश भी, और चाहे जो हों, शाश्वत भर नहीं हैं। मैं एक सम्पन्न मनुष्य के योग्य वस्त्र पहने हुए हूँ, तुमने सर्वथा ठीक लक्ष्य किया है। मैं इन्हें पहने हुए हूँ, क्योंकि मैं एक सम्पन्न मनुष्य रहा हूँ, और मैंने सांसारिक और वासनामय लोगों जैसे केश धारण कर रखे हैं, क्योंकि मैं उन्हीं में से एक रहा हूँ।"

"और अब, सिद्धार्थ, अब तुम क्या हो?"

"मैं नहीं जानता, मैं उसी तरह नहीं जानता जिस तरह तुम नहीं जानते। मैं यात्रा कर रहा हूँ। मैं एक समृद्ध मनुष्य था और अब मैं समृद्ध मनुष्य नहीं रह गया हूँ, और कल मैं क्या होऊँगा, मैं नहीं जानता।"

"क्या तुमने अपनी धन-सम्पत्ति गँवा दी है?"

"मैंने अपनी धन-सम्पत्ति गँवा दी है या उसने मुझको गँवा दिया है। वह किसी तरह मुझसे फिसलकर दूर चली गयी है। भौतिक प्रकटनों का चक्र द्रुत गति से घूम रहा है, गोविन्द। कहाँ है वह ब्राह्मण सिद्धार्थ? कहाँ है वह सिद्धार्थ जो समण हुआ करता था? कहाँ है वह सिद्धार्थ जो धनवान हुआ करता था? नश्वर वस्तुएँ बहुत द्रुत गति से बदलती हैं, गोविन्द, यह तुम जानते हो।"

गोविन्द अपने बचपन के इस दोस्त को सन्देह-भरी दृष्टि से देर तक देखता रहा। इसके बाद, उसने उसको उस तरह नमस्कार किया जिस तरह कोई भद्रपुरुषों को करता है, और अपने रास्ते पर चल पड़ा।

चेहरे पर मुस्कराहट लिये सिद्धार्थ उसको जाता हुआ देखता रहा। वह उसको अब भी प्यार करता था, इस निष्ठावान, इस चिन्तित इंसान को। यह सम्भव भी कैसे था कि इस क्षण में, अपनी अद्भुत निद्रा के बाद के इस महिमामय क्षण में, जब वह ओ३म् से परिपूर्ण था, वह हर किसी को और हर वस्तु को प्रेम न करता! जो जादू, उसकी निद्रा के दौरान और ओ३म् के माध्यम से, उसके भीतर घटित हुआ था, वही तो वह वस्तु थी कि उसको हर वस्तु प्रिय लग रही थी, कि वह जिस किसी भी वस्तु को देखता था उसके प्रति उल्लासमय प्रेम से भर उठता था। यही वह वस्तु थी, जैसा कि उसको इस समय लग रहा था, जो इसके पहले तक उसकी बीमारी बनी हुई थी, कि वह हर किसी को या हर वस्तु को प्रेम नहीं कर पाता था।

चेहरे पर मुस्कराहट लिये सिद्धार्थ उस जाते हुए भिक्षु को देखता रहा। नींद से उसको बहुत बल मिला था लेकिन भूख उसको बहुत कष्ट दे रही थी, क्योंकि अब तब उसको भोजन किये बिना दो दिन हो चुके थे, और वे दिन बहुत पहले बीत चुके थे जब वह भूख पर कड़ा नियन्त्रण करना जानता था। उदास मन से, और तब भी मुस्कराते हुए, उसने उन दिनों को याद किया।

उन दिनों, उसे याद आया, उसने कमला के सामने तीन वस्तुओं को लेकर डींग हाँकी थी, तीन उदात्त और अजेय साहसिक कृत्यों को लेकर जिनमें वह सक्षम था : उपवास-प्रतीक्षा-चिन्तन। यही उसकी सम्पदा थी, उसकी शक्ति और सामर्थ्य, उसका ठोस सहारा; अपने यौवन के व्यस्त और परिश्रम से भरे वर्षों में उसने यही तीन साहसिक कृत्य सीखे थे, और कुछ नहीं।

आज, इन कृत्यों ने उसको तज दिया है, अब इनमें से कोई भी उसका अपना नहीं रहा, न उपवास, न प्रतीक्षा, न ही चिन्तन। सबसे अधिक करुणाजनक बात यह थी कि उसने उनको तिलांजलि दे दी थी, उन वस्तुओं के लिए जो सबसे अधिक तीव्रता से फीकी पड़ जाने वाली हैं, ऐन्द्रिक वासना के लिए, सुखद जीवन के लिए, समृद्धि के लिए! सचमुच ही उसका जीवन विचित्र-सा रहा है। अब लगता है, वह एकबार फिर से एक बच्चे जैसा साधारण मनुष्य बन गया है।

सिद्धार्थ ने इस परिस्थिति के बारे में सोचा। सोचना उसके लिए भारी पड़ रहा था, सचमुच ही सोचने को उसका मन नहीं कर रहा था, लेकिन उसने अपने को अनिच्छापूर्वक इस काम में लगाया।

अब, उसने सोचा, चूँकि ये आसानी से नष्ट हो जाने वाली सारी वस्तुएँ मेरे हाथ से निकल चुकी हैं, अब मैं सूरज के तले खड़ा हूँ, उसी तरह जैसे तब खड़ा था जब मैं एक बालक था, मेरा कुछ भी नहीं है, मुझमें कोई योग्यताएँ नहीं है, ऐसा कुछ भी नहीं है जो मैं रच सकूँ, मैं कुछ भी नहीं जानता। कितना अद्भुत है यह! अब, जबकि मैं युवा नहीं रह गया हूँ, मेरे बाल पहले ही आधे श्वेत हो चुके हैं, मेरा सामर्थ्य छीज रहा है, अब मैं एकबार फिर नये सिरे से और एक बच्चे की तरह शुरुआत कर रहा हूँ! एकबार फिर से उसको मुस्कराना पड़ा। हाँ, उसकी नियति विचित्र रही है! वह नीचे की ओर जा रहा था, और अब वह फिर से संसार का सामना कर रहा है, कोरा और नंगा और अज्ञानी। लेकिन वह इसको लेकर दुखी नहीं हो सका, नहीं, उल्टे उसकी स्वयं पर, इस विचित्र परिस्थिति पर, इस मूर्खतापूर्ण संसार पर तीव्रता से हँसने की इच्छा हुई।

"तू नीचे की ओर जा रहा है!" उसने स्वयं से कहा, और इस बात पर हँस पड़ा, और जब वह यह कह रहा था, उसकी निगाह नदी पर पड़ी, जो स्वयं भी नीचे की ओर ही जा रही थी, जो हमेशा नीचे की ओर ही जाती

है, और इस पूरे दौरान गाती रहती है और सुखी बनी रहती है। उसको यह बहुत अच्छा लगा; वह नदी की तरफ़ कोमल भाव से देखकर मुस्कराया। क्या यही वह नदी नहीं थी जिसमें वह स्वयं को डुबाने जा रहा था, कभी अतीत के दिनों में, सौ बरस पहले, या फिर उसने इसका सपना देखा था?

उसने सोचा, सचमुच ही मेरा जीवन विचित्रताओं से भरा रहा है, इसने विचित्र मोड़ लिये हैं। जब मैं एक बालक था, मेरा सम्बन्ध केवल देवताओं और आहुतियों से हुआ करता था। जब मैं एक नवयुवक था, मेरा सम्बन्ध केवल इन्द्रियनिग्रह, चिन्तन और ध्यान से था, मैं ब्रह्म की खोज में लगा रहता था और शाश्वत आत्मा की उपासना करता था। लेकिन वयस्क होने पर मैंने तपस्वियों का अनुसरण किया, जंगलों में निवास किया, भीषण गर्मी और ठिठुरन को सहा, भूखे रहना सीखा, अपनी देह को मर जाना सिखाया। इसके तुरन्त बाद ही महान बुद्ध के उपदेशों के रूप में मुझको अन्तर्दृष्टि प्राप्त हुई, मैंने अपने भीतर अपने ही रक्त की भाँति अपने चारों ओर चक्कर काटते जगत के एकत्व के ज्ञान का अनुभव किया। लेकिन मुझे बुद्ध का और उनकी महान प्रज्ञा का त्याग भी करना पड़ा। मैं कमला के पास गया और उससे प्रेम की कला सीखी, कामास्वामी से व्यापार की शिक्षा ली, धन का अम्बार लगाया, धन का अपव्यय किया, अपने उदर से प्रेम करना सीखा, अपनी इन्द्रियों को आनन्दित करना सीखा। मुझको अपनी ऊर्जा को खोने में, अपने चिन्तन को भुलाने में, वस्तुओं के एकत्व को विस्मृत करने में, कई वर्ष व्यय करने पड़े। क्या यह कुछ ऐसा ही नहीं है मानो मैंने एक पुरुष से एक बालक बनने के लिए, एक मननशील व्यक्ति से एक बचकाना व्यक्ति बनने के लिए धीमी गति से मुड़ते हुए एक लम्बा चक्कर काटा हो? और तब भी, यह मार्ग बहुत अच्छा रहा है; और तब भी, मेरी छाती के अन्दर का पक्षी मरा नहीं है। लेकिन क्या ही अद्भुत रहा है यह मार्ग भी! मुझको, एकबार फिर बालक बनने और नये सिरे से शुरुआत करने के लिए, कितनी मूर्खताओं से गुज़रकर, कितनी वासनाओं से गुज़रकर, कितनी भूलों से गुज़रकर, कितनी जुगुप्सा और मोहभंग और विपदाओं से गुज़रकर इस रास्ते को पार करना पड़ा। लेकिन यह उचित था, इसलिए मेरा हृदय इसको "हाँ" कहता है, मेरी आँखें इसको देखकर मुस्कराती हैं। दैवीय अनुकम्पा का अनुभव करने में सक्षम हो पाने के लिए, ओ३म् की ध्वनि को एकबार फिर से सुन सकने के लिए, एकबार पुनः ठीक ढंग से सो सकने और एकबार पुनः ठीक ढंग से

जाग सकने के लिए, मुझको विषाद का अनुभव करना आवश्यक था, मुझको सबसे मूर्खतापूर्ण विचार के स्तर पर गिरना, आत्मघात के बारे में सोचना, आवश्यक था। एकबार पुनः अपने भीतर आत्मा की खोज के लिए मुझे मूर्ख बनना आवश्यक था। एकबार फिर से जीवन जीने के लिए मुझको पाप करना आवश्यक था। मेरा मार्ग मुझको और किस दिशा में ले जा सकता था? यह मूर्खतापूर्ण है, यह मार्ग, यह घुमावदार है, कदाचित यह एक वृत्त में घूमता है। ठीक है, इसको अपने ढंग से चलने दो, मैं इस पर चलना चाहता हूँ।

उसने अपने सीने में विलक्षण आनन्द का उछाह महसूस किया। कहाँ से, उसने अपने हृदय से सवाल किया, यह सुख तूने कहाँ से पाया है? क्या यह उस लम्बी, अविकल निद्रा से आया हो सकता है, जिसने मेरा भला किया है? या उस ओ३म् शब्द से जिसका मैंने उच्चारण किया था? या फिर इस तथ्य से कि मैं बच निकला हूँ, कि मैं पूरी तरह से भाग खड़ा हुआ हूँ, कि मैं एकबार फिर से स्वतन्त्र हूँ और आकाश के तले एक बच्चे की भाँति खड़ा हूँ? आह कितना अच्छा रहा यह भाग निकलना, स्वतन्त्र हो जाना! कितनी स्वच्छ और सुन्दर वायु है यहाँ, कितना सुखद है यहाँ साँस लेना! वहाँ, जहाँ से मैं भाग खड़ा हुआ था, वहाँ हर वस्तु से लेपों की, मसालों की, मदिरा की, भोगविलास की, मादकता की गन्ध आती थी। कितनी घृणा थी मुझको धनाढ्यों की उस दुनिया से, उन लोगों की दुनिया से जो सुस्वादु व्यंजनों में रस लेते थे, जुआरियों की उस दुनिया से! कितनी घृणा हो गयी थी मुझको अपने आप से उस घिनौनी दुनिया में इतने लम्बे समय तक बने रहने को लेकर! किस तरह मैंने स्वयं से घृणा की, स्वयं को वंचित किया, विष दिया, यातना दी, अपने आपको बूढ़ा और पापी बना डाला! नहीं, अब मैं यह सोचकर, जैसा सोचकर मुझको बहुत अच्छा लगा करता था, कि सिद्धार्थ बुद्धिमान था, दोबारा अपने आपको धोखा नहीं दूँगा! लेकिन यह मैंने ठीक किया, यह मुझे अच्छा लगा, इसकी मुझे प्रशंसा करनी चाहिए, कि अब अपने आप से मेरी उस घृणा का अन्त हो चुका है, उस मूर्खतापूर्ण और आकर्षण रहित जीवन का अन्त हो चुका है! मैं सराहना करता हूँ तेरी, सिद्धार्थ, कि अज्ञान से भरे इतने सारे वर्षों के बाद, तेरे मन में एकबार फिर से एक विचार उत्पन्न हुआ है, तूने कुछ किया है, अपने हृदय में बैठे हुए पक्षी की मधुर पुकार को सुना है, और उसका अनुसरण किया है!

इस तरह उसने अपनी सराहना की, अपने भीतर आनन्द का अनुभव किया, उत्सुकतापूर्वक अपने उस पेट की आवाज़ को सुना, जो भूख से गुड़गुड़ा रहा था। उसको लगा, उसने अब तक, इन हाल के वर्षों और दिनों में, दुःख के एक टुकड़े को, यातना के एक टुकड़े को, उसका पूरी तरह से स्वाद लेकर थूका है, विषाद और मृत्यु की सीमा तक उसको निगला है। यह अच्छा था। सम्भव था कि वह कामास्वामी के साथ और भी लम्बे समय तक बना रहता, धन कमाता, धन का अपव्यय करता, अपना पेट भरता, और आपनी आत्मा को प्यास से मर जाने देता; सम्भव था कि वह इस चिकने-चुपड़े, अच्छी तरह से ढँके हुए नर्क में और अधिक समय तक बना रहता, अगर सम्पूर्ण हताशा और विषाद का यह क्षण, यह पराकाष्ठा का क्षण, न आया होता, जब वह इस उफनती हुई नदी के ऊपर झुका हुआ था और स्वयं को नष्ट कर देने के लिए तैयार हो गया था। अगर उसको आनन्द मिल रहा था, अगर वह हँस रहा था, अगर उसके धवल केशों के तले उसके चेहरे पर मुस्कराहट खिली हुई थी, तो केवल इसलिए कि उसने वह हताशा, वह गहरी जुगुप्सा अनुभव कर ली थी, और यह कि वह उसका सामना कर सका था, और यह कि सबकुछ होते हुए भी उसके भीतर का वह पक्षी, वह आनन्दमय स्रोत और पुकार, तब भी जीवित बने हुए थे।

"यह अच्छा है," उसने सोचा, "कि व्यक्ति उस हर वस्तु का स्वाद स्वयं ही चख ले, जिसको उसे जानना आवश्यक है। संसार और समृद्धि के प्रति वासना शुभ नहीं होती, यह बात तो मैं अपने बचपन में ही सीख चुका था। यह बात तो मैं लम्बे समय से जानता आया था, लेकिन इसका अनुभव मैंने अब जाकर किया है। अब मैं इसे जानता हूँ, केवल अपनी स्मृति में नहीं, बल्कि अपनी आँखों में, अपने हृदय में, अपने उदर में जानता हूँ। इसको जान लेना मेरे लिए शुभ ही है!"

बहुत देर तक वह अपने रूपान्तरण के बारे में सोचता रहा, उस पक्षी की पुकार को सुनता रहा जो आनन्दित होकर गा रहा था। क्या यह पक्षी मर नहीं गया था उसके भीतर, उसने अपनी मृत्यु को महसूस नहीं कर लिया था? नहीं, कोई और वस्तु थी जो उसके भीतर मर गयी थी, कोई और वस्तु जो अरसे से मरने की कामना करती रही थी। क्या वह यही वस्तु नहीं थी जिसको वह इन्द्रियनिग्रह के अपने उत्साहपूर्ण वर्षों में मारना चाहता था? क्या यह उसका स्वत्व ही नहीं था, उसका छोटा-सा, डरा हुआ, गर्वीला स्वत्व,

जिसके साथ वह वर्षों संघर्ष करता रहा था, जो उसको बारबार पराजित करता रहा था, जो मार दिये जाने के बाद हर बार वापस उठ खड़ा होता था, उसको आनन्द से वंचित कर भयभीत करता हुआ? क्या वह यही नहीं था, जो आज अन्ततः मृत्यु को प्राप्त हुआ है, यहाँ जंगल में, इस सुन्दर नदी के तट पर? क्या इसी मृत्यु के चलते यह सम्भव नहीं हुआ है कि अब वह एक बालक के समान है, विश्वास से भरा हुआ, पूरी तरह निर्भय, आनन्द से परिपूर्ण?

अब सिद्धार्थ को यह बात भी कुछ हद तक समझ में आ गयी कि क्यों वह एक ब्राह्मण के रूप में, एक तपस्वी के रूप में, इस स्वत्व से व्यर्थ ही लड़ता रहा था। यह ज्ञान का अतिरेक ही था जो उसको आगे बढ़ने से रोक रहा था, उस लक्ष्य की प्राप्ति के लिए आवश्यकता से अधिक पवित्र श्लोक, आवश्यकता से अधिक यज्ञ के नियम, आवश्यकता से अधिक आत्मभर्त्सना, आवश्यकता से अधिक कर्म और साधना!! वह अहंकार से भरा हुआ था, हमेशा सबसे अधिक चतुर, हमेशा कठोर परिश्रमी, हमेशा दूसरों से एक क़दम आगे, हमेशा प्रबुद्ध और आध्यात्मिक, हमेशा पुरोहित या पण्डित। उसका स्वत्व इस पाण्डित्य में, इस अहंकार में, इस आध्यात्मिकता में, पलायन कर गया, वहाँ पर दृढ़तापूर्वक जम गया और विकसित होता रहा, जबकि उसका विचार था कि वह उसको उपवास और इन्द्रियनिग्रह के सहारे नष्ट कर देगा। अब उसने इसे समझ लिया था और समझ लिया था कि वह गुप्त पुकार सही थी, कि कोई भी गुरु इस मुक्ति को सम्भव कर पाने में सक्षम नहीं हो सकता था। इसीलिए, उसके भीतर बैठे उपासक और समण के मरने तक उसका संसार में उतरना अनिवार्य था, स्त्रियों और धन के पास जाना अनिवार्य था, एक व्यापारी, जुआरी, शराबी, लालची मनुष्य बनना अनिवार्य था। इसीलिए, उसको इन अप्रिय वर्षों को सहते रहना, जुगुप्सा को, रिक्ति को सहते रहना आवश्यक था, एक नीरस और क्षयग्रस्त जीवन की निरर्थकता को उसके अन्त तक, कड़वी हताशा के क्षण तक, सहते रहना आवश्यक था, उस समय तक जब तक कि वासना में लिप्त सिद्धार्थ भी, लालच में डूबा सिद्धार्थ भी मर नहीं जाता। वह मर चुका था, यह एक नया सिद्धार्थ था जो नींद से जागा था। वह भी बूढ़ा होगा, उसको भी अन्ततः मरना होगा, सिद्धार्थ मरणशील है, हर भौतिक रूप मरणशील है। लेकिन आज वह युवा था, एक बालक था, नया सिद्धार्थ था, और आनन्द से परिपूर्ण था।

वह इन्हीं विचारों में डूबा रहा, मुस्कराते हुए अपने पेट की गुड़गुड़ को सुनता रहा, कृतज्ञ भाव से भौंरों की गुंजार को सुनता रहा। प्रसन्न मन से उसने भागती हुई नदी को देखा, इसके पहले कभी भी पानी उसको इतना अच्छा नहीं लगा था जितना आज लग रहा था, इससे पहले कभी भी उसने बहते हुए पानी की आवाज़ और रहस्य को इतने प्रबल और सुन्दर ढंग से अनुभव नहीं किया था। उसको लगा, मानो नदी उससे कुछ विशेष बात कहना चाहती है, कोई ऐसी बात जो वह अब तक नहीं जानता, जो अभी भी उसकी प्रतीक्षा कर रही है। यही थी वह नदी जिसमें सिद्धार्थ ने स्वयं को डुबा देना चाहा था। इसी में, पुराना, थका हुआ, निराशोन्मत्त सिद्धार्थ आज डूब गया होता। लेकिन नये सिद्धार्थ ने इस भागते हुए जल के प्रति गहरा अनुराग महसूस किया, और मन ही मन निश्चय किया कि वह उससे दूर होने की शीघ्रता नहीं करेगा।

मल्लाह

मैं इस नदी के तट पर रहूँगा, सिद्धार्थ ने सोचा, यह वही नदी है जिसको मैंने वर्षों पहले तब पार किया था जब मैं बच्चों जैसे सीधे-सरल लोगों की दुनिया की ओर जा रहा था, एक मित्रवत् मल्लाह ने तब मेरा मार्गदर्शन किया था, उसी के पास मैं जाना चाहता हूँ। उसकी कुटिया से आरम्भ होकर मेरा मार्ग मुझको उस समय एक नये जीवन की ओर ले गया था, जो अब पुराना पड़ चुका है, मर चुका है - मेरे नया मार्ग, मेरा वर्तमान नया जीवन, भी वहीं से शुरू होगा!

उसने स्नेहपूर्वक उस भागते हुए जल में झाँककर देखा, अत्यन्त समृद्ध रहस्यों से भरी उसकी पारदर्शी हरीतिमा में, उसकी बनावट की स्फटिक धारियों में। उसने उन चमकीले मोतियों को देखा, जो आकाश की नीलिमा को प्रतिबिम्बित करते, सतह पर तैरते गहरे शांत बुलबुलों में से उभर रहे थे। नदी अपनी हज़ार आँखों से उसको निहार रही थी, हरी, श्वेत, स्फटिक, आसमानी-नीली आँखों से। उसको कितना अनुराग हो गया था इस पानी से, वह कितना आनन्दित कर रहा था उसको, कितना कृतज्ञ था वह उसके प्रति! अपने हृदय में उसने एक ध्वनि सुनी, जो अभी-अभी जाग रही थी, और उसने उससे कहा : इस जल से प्रेम कर! इसके निकट ठहर! इसे सुन! हाँ,

वह उससे सीखना चाहता था, वह उसको सुनना चाहता था। उसको लगा, जो भी इस पानी को, इसके रहस्य को समझ लेगा, वह दूसरी अनेक वस्तुओं को भी समझ लेगा, अनेक रहस्यों को, सारे रहस्यों को।

लेकिन नदी के इन सारे रहस्यों में से उसने आज एक ही रहस्य को जाना था, जिसने उसकी आत्मा को छू लिया था। उसने देखा : यह पानी भागता रहा था, भागता रहा था, अविराम भागता रहा था, और तब भी वह हमेशा वहीं का वहीं बना रहा था, हमेशा और हर समय जस का तस, और तब भी हर पल नवीन! कितना महान होगा वह जो इस बात को पकड़ सकेगा, समझ सकेगा! उसने इसको समझा और पकड़ा नहीं था, केवल उसकी हल्की-सी कौंध के स्पन्दन को महसूस किया था, एक सुदूर स्मृति को, अलौकिक स्वरों को।

सिद्धार्थ उठ खड़ा हुआ, भूख की हलचलें उसके शरीर में असहनीय हो गयी थीं। अवसन्न-सा वह चलने लगा, तट के रास्ते पर, नदी के ऊपर की ओर, प्रवाह के स्वर को सुनता हुआ, अपने शरीर में भूख की गुड़गुड़ को सुनता हुआ।

जब वह घाट पर पहुँचा, तो नाव पहले से ही तैयार थी, और वही मल्लाह जो एकबार युवा समण को नदी के पार ले ले गया था, नाव में खड़ा था। सिद्धार्थ ने उसको पहचान लिया, उसकी उम्र भी बहुत ढल चुकी थी।

"क्या आप मुझको उस पार ले जाएँगे?" उसने पूछा।

ऐसे वैभवशाली आदमी को अकेले और पैदल चलते देखकर हैरान मल्लाह ने, उसको अपनी नाव में बैठाया और नाव को तट से खींचने लगा।

"बहुत सुन्दर जीवन का चुनाव किया है आपने अपने लिए," यात्री ने कहा। "बहुत आनन्ददायी होता होगा हर दिन इस पानी के पड़ोस में रहना और इस पर यात्रा करना।"

पतवार चलाते आदमी ने दायें-बायें हिलना ज़ारी रखते हुए कहा : "बहुत सुन्दर है, श्रीमान, वैसा ही है जैसा आप कह रहे हैं। लेकिन सुन्दर क्या हरेक जीवन, हरेक काम नहीं होता?"

"हो सकता है। लेकिन मुझे आपके काम से ईर्ष्या होती है।"

"आह, आप जल्दी ही इसका आनंद लेना बन्द कर देंगे। यह सुन्दर वस्त्र पहनने वाले लोगों के योग्य कार्य नहीं है।"

सिद्धार्थ हँसा। "एकबार पहले भी आज मैं अपने वस्त्रों के कारण आँका जा चुका हूँ, मुझको अविश्वास की दृष्टि से देखा गया है। मल्लाह, क्या आप मेरे ये कपड़े स्वीकार नहीं कर सकते, जो मेरे लिए उलझन का कारण बने हुए हैं? क्योंकि आपको मालूम होना चाहिए कि मेरे पास आपका भाड़ा चुकाने को पैसे नहीं हैं।"

"आप परिहास कर रहे हैं श्रीमान्," मल्लाह हँसा।

"मैं परिहास नहीं कर रहा हूँ, मित्र। ध्यान रहे, एकबार पहले भी आप एक भले काम के बदले बिना कुछ प्राप्त किये मुझको अपनी नाव में नदी पार करा चुके हैं। इसलिए, आज भी वैसा ही करिये, और बदले में मेरे वस्त्र ले लीजिए।"

"और आप, श्रीमान, क्या आपका इरादा बिना वस्त्रों के यात्रा करने का है?"

"आह, सबसे पहले तो यही कि मैं शायद यात्रा निरन्तर ही न रखना चाहूँ। इससे भी अधिक मैं चाहता हूँ कि आप मुझको कमर में लपेटने योग्य भर वस्त्र दे दें और मुझको अपने सहायक के रूप में, बल्कि एक प्रशिक्षार्थी के रूप में, अपने साथ रख लें, क्योंकि सबसे पहले तो मुझको यही सीखना होगा कि नौका को सँभाला कैसे जाता है।"

बहुत देर तक मल्लाह इस अजनबी को खोजी निगाहों से देखता रहा।

"अब मैं अपको पहचान गया," उसने अन्ततः कहा। "एकबार, आप मेरी झोपड़ी में सोये थे, यह बहुत पुरानी बात है, शायद बीस से भी अधिक बरस पहले की, और फिर मैं आपको नदी के पार ले गया था, और हमने अच्छे मित्रों की तरह एक दूसरे से विदा ली थी। क्या आप तब समण नहीं हुआ करते थे? मैं आपका नाम अब याद नहीं कर पा रहा हूँ।"

"मेरा नाम सिद्धार्थ है, और मैं एक समण ही था जब पिछली बार आपने मुझको देखा था।"

"स्वागत है, सिद्धार्थ। मेरा नाम वासुदेव है। आप, मुझे उम्मीद है, आज

भी मेरे मेहमान बनेंगे और मेरी कुटिया में सोएँगे, और मुझको बताएँगे कि आप कहाँ से पधार रहे हैं और ये इतने सुन्दर वस्त्र आपके लिए उलझन क्यों बने हुए हैं।"

वे नदी के बीचोंबीच पहुँच चुके थे, और वासुदेव तीव्र धार की वजह से और भी शक्ति लगाकर चप्पू को धकेल रहा था। वह अपने बलिष्ठ हाथों को शांत भाव से चला रहा था, उसकी आँखें नौका के सामने के हिस्से पर जमी हुई थीं। सिद्धार्थ बैठा हुआ उसको देख रहा था, और याद कर रहा था कि कैसे एकबार पहले, समण के रूप में उसके जीवन के अंतिम दिन, इस आदमी के प्रति उसके हृदय में प्रेम उमड़ा था। कृतज्ञतापूर्वक उसने वासुदेव के निमन्त्रण को स्वीकार कर लिया था। जब वे तट पर पहुँच गये, तो उसने नाव को खूँटे से बाँधने में उसकी मदद की; इसके बाद मल्लाह ने उससे कुटी में चलने का अनुरोध किया, उसको रोटी और पानी परोसा, जिसे सिद्धार्थ ने उतावले आनन्द के साथ खाया, और उतावले आनन्द के साथ ही उसने वासुदेव द्वारा प्रदान किये गये आम भी खाये।

बाद में, जब लगभग शाम का समय हो चुका था, वे तट पर पड़े पेड़ के एक तने पर जा बैठे, और सिद्धार्थ ने मल्लाह को वह पूरा वृतांत सुनाया कि वह मूलतः कहाँ से आ रहा था, और अपने उस जीवन के बारे में भी, जिसका उसने उस दिन, हताशा के उन क्षणों में, पुनरावलोकन किया था। उसका वृतांत देर तक चलता रहा।

वासुदेव ने बहुत ध्यानपूर्वक सुना। ध्यान से सुनते हुए उसने हर बात को अपने मस्तिष्क में दर्ज़ होने दिया, जन्म-स्थान और बचपन, वह सारी शिक्षा-दीक्षा, वह सारी खोज, सारा आनन्द, सारा दुःख। यह मल्लाह का सबसे बड़ा सद्गुण था : वह उन बहुत थोड़े-से लोगों में था जो जानते थे कि सुना कैसे जाता है। वह एक शब्द भी नहीं बोला था और बोलने वाले ने महसूस कर लिया कि किस तरह वासुदेव ने उसके शब्दों को अपने मन में बिठा लिया था, चुपचाप, खुले मन से, प्रतीक्षा करते हुए; वह एक भी शब्द सुनने से नहीं चूका था, उसने किसी भी शब्द की प्रतीक्षा करते हुए उतावलापन नहीं दिखाया था, उन पर अपनी ओर से प्रशंसा या निन्दा की कोई टिप्पणी नहीं की थी, वह केवल सुनता रहा था। सिद्धार्थ को लगा, क्या ही सुखद सौभाग्य है, ऐसे एक श्रोता के समक्ष अपने हृदय को खोलकर

रख देना, उसके हृदय में अपने जीवन को, अपनी खोज को, अपने दुःख को दफ़ना देना।

लेकिन सिद्धार्थ की कहानी के अन्त में, जब वह नदी तट के वृक्ष के बारे में, और अपने गहरे पतन के बारे में बता रहा था, जब वह पवित्र ओ३म् के बारे में, और अपनी लम्बी नींद के बाद नदी के प्रति उमड़े अपने प्रेम के बारे में बता रहा था, तो मल्लाह ने उसकी बात को दोहरा ध्यान देकर, आँखें बन्द किये हुए, पूरे मनोयोग से और उसमें स्वयं को पूरी तरह डुबाकर सुना।

लेकिन जब सिद्धार्थ चुप हो गया, और लम्बी चुप्पी छा गयी, तब वासुदेव ने कहा : "यह वैसा ही है जैसा मैंने सोचा था। नदी ने तुमसे बात की है। वह तुम्हारी भी मित्र है, वह तुमसे भी बात करती है। ये अच्छा हुआ, ये बहुत ही अच्छा हुआ। मेरे साथ रहो, सिद्धार्थ, मेरे मित्र। मेरी एक पत्नी हुआ करती थी, मेरे बिस्तर के समीप उसका बिस्तर हुआ करता था, लेकिन बहुत पहले उसकी मृत्यु हो गयी थी। लम्बे समय से मैं अकेला हूँ। अब तुम मेरे साथ रहो, यहाँ हम दोनों के लिए पर्याप्त जगह और भोजन है।"

"मैं तुम्हारा आभारी हूँ," सिद्धार्थ ने कहा, "मैं तुम्हारा आभारी हूँ और स्वीकार करता हूँ। मैं इस बात के लिए भी तुम्हें धन्यवाद देता हूँ, वासुदेव, कि तुमने इतने अच्छे से मुझे सुना! ऐसे लोग दुर्लभ हैं जो सुनना जानते हैं। मुझे एक भी ऐसा व्यक्ति नहीं मिला जो इसे इतनी अच्छी तरह से जानता हो जितना आप जानते हैं। मैं तुमसे यह कला भी सीखूँगा।"

"तुम ज़रूर सीखोगे," वासुदेव ने कहा, "लेकिन मुझसे नहीं। सुनना मुझे नदी ने सिखाया है, उसी से तुम भी सीखोगे। देखो, यह भी तो तुमने पानी से सीख ही लिया है कि नीचे की ओर जाने का, डूबने का, गहराई की टोह लेने का प्रयास करना अच्छा होता है। धनी और ऐश्वर्यशाली सिद्धार्थ एक चप्पू धकेलने वाले आदमी का चाकर बन जाए, ब्राह्मण पण्डित सिद्धार्थ एक मल्लाह बन जाए : यह भी तुमसे नदी ने ही कहा है। तुम वह दूसरी वस्तु भी नदी से ही सीखोगे।"

देर तक चुप रहने के बाद सिद्धार्थ ने कहा : "दूसरी वस्तु कौन-सी, वासुदेव?"

वासुदेव खड़ा हो गया। "देर हो गयी है," उसने कहा, "अब सोना चाहिए। वह दूसरी वस्तु मैं तुमको नहीं बता सकता, मेरे दोस्त। तुम उसे सीख जाओगे, या हो सकता है तुम्हें वह पहले से ही पता हो। देखो, मैं पढ़ा-लिखा नहीं हूँ, मैं ठीक से यह भी नहीं जानता कि बोलना कैसे चाहिए, न ही मुझमें सोचने-विचारने की भी विशेष सामर्थ्य है। जो मैं कर सकता हूँ वह इतना ही है कि मैं सुन सकता हूँ, और उसमें श्रद्धा रख सकता हूँ। इसके अलावा मैंने और कुछ भी नहीं सीखा है। अगर मुझमें बोलने और सिखाने की योग्यता होती, तो मैं एक पण्डित होता, लेकिन इस रूप में तो मैं केवल एक मल्लाह ही हूँ, और मेरा काम लोगों को नदी के पार ले जाना भर है। मैंने बहुत से लोगों को पार उतारा है, हज़ारों को; और उन सभी के लिए मेरी नदी यात्रा में आयी एक रुकावट के अलावा और कुछ भी नहीं रही है। वे धन और व्यापार की खोज में, और विवाहों में शामिल होने या तीर्थों पर जाने के लिए यात्राएँ कर रहे होते थे, और नदी उनका रास्ता रोकती थी, और मल्लाह का काम था कि वह जल्दी से जल्दी उस बाधा को पार करा दे। लेकिन हज़ारों में से कुछ के लिए, थोड़े से, चार या पाँच लोगों के लिए, नदी बाधा नहीं रह गयी है, उन्होंने उसकी आवाज़ सुन ली है, उन्होंने उसको ध्यान से सुना है, और नदी उनके लिए पवित्र बन चुकी है, जैसे कि वह मेरे लिए पवित्र बन चुकी है। चलो अब आराम करते हैं, सिद्धार्थ।"

सिद्धार्थ मल्लाह के साथ रहने लगा और नाव चलाना सीखने लगा, और जब नौकायन से सम्बन्धित कोई काम न होता, तो वह वासुदेव के साथ चावल के खेत में काम करता, लकड़ियाँ इकट्ठी करता, केले के पेड़ों से फल तोड़ता। उसने पतवार बनाना सीखा, और नाव की मरम्मत करना सीखा, और टोकरी बुनना सीखा, और हर वस्तु को सीखकर वह आनन्दित होता, और इस तरह दिन और महीने तेजी से बीतते गये। लेकिन उसको जितना वासुदेव सिखा सका उससे कहीं अधिक उसने नदी से सीखा। वह उससे लगातार सीखता रहा। सबसे महत्त्वपूर्ण वस्तु जो उसने उससे सीखी वह थी सुनना, शांत चित्त से एकाग्र होकर, प्रतीक्षा करते हुए, खुले मन से, बिना किसी आवेग के, बिना किसी इच्छा के, किसी तरह का निर्णय दिये बिना, बिना कोई धारणा बनाये।

वह दोस्ताना विधि से वासुदेव के निकट रहता, और गाहे-ब-गाहे उनके बीच कुछ शब्दों का आदान-प्रदान होता, बहुत थोड़े-से और बहुत

देर तक सोचे-विचारे गये शब्दों का। वासुदेव शब्दों से दोस्ती नहीं रखता था; कभी-कभार ही सिद्धार्थ उसको बोलने पर सहमत करने में कामयाब हो पाता था।

"क्या तुमने," एकबार उसने उससे पूछा, "क्या तुमने यह रहस्य नदी से ही सीखा था कि समय नाम की वस्तु नहीं है?"

वासुदेव का चेहरा एक उज्ज्वल मुस्कराहट से भर उठा।

"हाँ, सिद्धार्थ," वह बोला। "तुम्हारा आशय यही है न कि नदी एक ही समय में हर कहीं होती है, उद्गम पर और मुहाने पर, प्रपात पर, घाट पर, प्रवाहों पर, समुद्र में, पर्वतों पर, एक ही समय में हर कहीं, और उसके लिए केवल वर्तमान समय ही सबकुछ है, अतीत की छाया नहीं, भविष्य की छाया नहीं?"

"हाँ," सिद्धार्थ ने कहा। "जब मैंने यह सीखा, तो मैंने अपने जीवन की ओर देखा, और वह भी एक नदी ही था, और केवल एक छाया ही थी जिसने बालक सिद्धार्थ को पुरुष सिद्धार्थ से और वृद्ध सिद्धार्थ से अलग कर रखा था, किसी वास्तविक वस्तु ने नहीं। यह भी कि सिद्धार्थ के पिछले जन्म अतीत में नहीं हुए थे, और उसकी मृत्यु और ब्रह्म में उसकी वापसी भविष्य में नहीं है। कुछ भी नहीं था, कुछ भी नहीं होगा; सबकुछ है, हर वस्तु अस्तित्व में है और वर्तमान है।"

सिद्धार्थ आनन्द के अतिरेक से भरकर बोला था; इस प्रबोधन ने उसको बहुत गहरे आनन्द से भर दिया था। आह, क्या सारा का सारा दुःख समय ही नहीं है, क्या स्वयं को यातना देने और भयभीत बने रहने के सारे के सारे रूप समय ही नहीं हैं, क्या संसार की हर कठोर वस्तु, हर अहितकारी वस्तु उसी पल विदा नहीं ले लेती, उसी पल जीत नहीं ली जाती जिस पल में समय पर विजय पा ली जाती है, जिस पल में हमारे विचारों द्वारा समय को उसके अस्तित्व से उठाकर बाहर फेंक दिया गया होता है? वह आनन्दातिरेक से भरकर बोला था, लेकिन वासुदेव ने उसकी ओर उज्ज्वल मुस्कराहट से भरकर देखा और स्वीकृति के भाव से सिर हिला दिया; चुपचाप उसने सिर हिलाया, सिद्धार्थ के कन्धे पर हाथ फेरा, और मुड़कर अपने काम में लग गया।

और एकबार फिर, जब बरसात के मौसम में नदी में बाढ़ आयी हुई थी और वह ज़बरदस्त शोर मचाने लगी थी, तब सिद्धार्थ ने कहा : “क्या ऐसा नहीं है, मित्र, कि नदी के अनेक स्वर हैं, कई-कई स्वर? क्या उसके पास राजा का, और योद्धा का, और बैल का, और रात के पक्षी का, और किसी जन्म देती स्त्री का, और आहें भरते हुए पुरुष का स्वर नहीं है, और इसी तरह के हज़ारों दूसरे स्वर?”

“बिलकुल,” वासुदेव ने सिर हिलाया। “उसके स्वर में सारे जीवों के स्वर हैं।”

“और जानते हो,” सिद्धार्थ ने बात को ज़ारी रखते हुए कहा, “जब तुम एक ही बार में इसके सभी हज़ार स्वरों को सुनने में सफल हो जाते हो, तब वह कौन-सा शब्द बोल रही होती है?”

वासुदेव का चेहरा प्रसन्नता से भरकर मुस्करा रहा था। उसने सिद्धार्थ की ओर झुककर उसके कान में पवित्र शब्द ओ३म् का उच्चारण किया। ठीक यही वह शब्द था जो सिद्धार्थ को भी सुनायी देता रहा था।

एक समय आया जब उसकी मुस्कराहट मल्लाह की मुस्कराहट जैसी हो गयी, उतनी ही उज्ज्वल, आनन्द की दीप्ति से लगभग पूरी तरह भरी हुई, उसी तरह हज़ारों छोटी-छोटी झुर्रियों के भीतर से अपनी चमक बिखेरती हुई, बिलकुल वैसी ही जैसी एक बच्चे की होती है, जैसी एक बूढ़े की होती है। बहुत से यात्री इन दोनों मल्लाहों को देखकर सोचते कि वे भाई हैं। अक्सर, वे शाम को तट पर पेड़ के तने पर बैठ जाया करते, कुछ भी न कहते और दोनों पानी के स्वर को सुनते रहते, जो उनके लिए पानी का नहीं था, बल्कि जीवन का स्वर था, उस सबकुछ का स्वर जिसका अस्तित्व था, जो हमेशा से निरन्तर आकार ले रहा था। अक्सर ऐसा होता कि जब दोनों नदी को सुन रहे होते, तो वे किसी एक ही वस्तु के बारे में सोच रहे होते, दो दिन पहले की किसी बातचीत के बारे में, अपने किसी यात्री के बारे में, जिसके चेहरे और नियति ने उनके विचारों पर प्रभाव डाला होता, मृत्यु के बारे में, अपने बचपन के बारे में, और यह कि एक ही क्षण में, जब नदी उनसे कोई अच्छी बात कह रही होती, वे दोनों किसी समान वस्तु के बारे में सोचते हुए, समान प्रश्न का समान जवाब पाकर आनन्दित होते हुए, एक दूसरे की ओर देखते।

कोई बात थी इस नौका में और इन दोनों मल्लाहों में, जो दूसरों तक पहुँच गयी थी, जिसको बहुत से यात्रियों ने महसूस किया था। कभी-कभी ऐसा होता था कि कोई यात्री दोनों में से किसी एक का चेहरा देखने के बाद उसको अपने जीवन की गाथा सुनाता, अपने कष्टों के बारे में बताता, उनके सामने अपने किन्हीं पापों को स्वीकार करता, और सान्त्वना तथा सलाह माँगता। अक्सर ऐसा भी होता कि कोई नदी को सुनने के लिए उनसे रात में रुकने की अनुमति माँगता। यह भी होने लगा कि ऐसे कौतुहल रखने वाले लोग आने लगे जिनको यह बताया गया होता था कि उस घाट पर कोई दो ज्ञानी लोग या ओझा या सन्त रहते हैं। ये जिज्ञासु कई तरह के सवाल पूछते, लेकिन उनको कोई जवाब न मिलता, और वे पाते कि वहाँ न तो कोई ज्ञानी हैं न ओझा हैं, केवल दो छोटे-से आत्मीय बूढ़े भर हैं जो कुछ गूँगे-से, विचित्र और कुछ-कुछ पागल से लगते हैं। ये कौतुहल रखने वाले लोग हँसते और आपस में बतियाते कि लोग किस तरह मूर्खतापूर्ण ढंग से धोखे में आकर इस तरह की खोखली अफ़वाहें फैलाते रहते हैं।

वर्षों बीत गये और किसी ने उन पर ध्यान नहीं दिया।

तभी, एक दिन, कुछ भिक्षु तीर्थयात्रा पर आये, गौतम बुद्ध के अनुयायी, जो नदी पार उतारे जाने का आग्रह कर रहे थे, और मल्लाहों को उनके द्वारा बताया गया था कि वे अपने महान गुरु के पास वापस पहुँचने की जल्दी में हैं, क्योंकि ऐसी ख़बर फैली हुई थी कि महात्मा बहुत बुरी तरह बीमार हैं और जल्दी ही वे निर्वाण में लीन होने के लिए मनुष्य के रूप में अपनी मृत्यु को प्राप्त होने वाले हैं। बहुत समय नहीं लगा जब तीर्थयात्री भिक्षुओं एक नया झुण्ड वहाँ से निकला, और फिर एक के बाद एक कई झुण्ड वहाँ से गुज़रने लगे, और भिक्षुओं तथा अधिकतर दूसरे यात्रियों और अन्य लोगों के मुँह से गौतम और उनकी आसन्न मृत्यु के अलावा और कोई बात सुनायी न देती। जिस तरह लोग युद्ध पर जाने के लिए या किसी सम्राट के राज्याभिषेक में शामिल होने के लिए हर कहीं से, हर दिशा से झुण्ड के झुण्ड निकल पड़ते हैं, और चींटियों के झुण्ड की तरह एकत्र होने लगते हैं, उसी तरह लोग, किसी जादुई शक्ति से खिंचे हुए से, झुण्ड के झुण्ड उस स्थल की ओर चले जा रहे थे, जहाँ महात्मा बुद्ध अपनी मृत्यु की प्रतीक्षा कर रहे थे, जहाँ पर वह विराट घटना घटित होने वाली थी और परिपूर्णता पर पहुँचा हुआ उस युग का महापुरुष दिव्य ज्योति के साथ एकात्म होने जा रहा था।

अक्सर, सिद्धार्थ उन दिनों इस मरणासन्न प्रज्ञा-पुरुष के बारे में सोचा करता था, इस महान उपदेशक के बारे में, जिसकी वाणी ने राष्ट्रों को झिझोड़ कर रख दिया था और हज़ारों लोगों को जगा दिया था, जिसकी वाणी को उसने भी एकबार सुना था, जिसके पवित्र मुख को उसने भी एकबार आदरपूर्वक देखा था। करुणा से भरकर उसने उसके बारे में सोचा, परिपूर्णता की ओर ले जाते उसके मार्ग को अपने समक्ष देखा, और मुस्कराते हुए उन शब्दों का स्मरण किया जो उसने एक समय में, अपनी युवावस्था में, उनसे, उस महापुरुष से, कहे थे। उसको लगा, वे अहंकार से भरे हुए और असामयिक शब्द थे; मुस्कराते हुए उसने उन शब्दों को याद किया। बहुत दिनों से उसको इस बात का अहसास था कि गौतम और उसके बीच कोई रुकावट नहीं है, हालाँकि वह उनके उपदेशों को स्वीकार करने में अब भी असमर्थ था। नहीं, एक सच्चे खोजी व्यक्ति के लिए, एक ऐसे व्यक्ति के लिए जो सचमुच पाना चाहता है, जो स्वीकार करना चाहता है, उसके लिए कोई भी उपदेश काम का नहीं होता। लेकिन जिसने पा लिया है, वह किसी भी उपदेश का, हरेक मार्ग का, हरेक लक्ष्य का, अनुमोदन कर सकता है, कोई रुकावट नहीं रह जाती उसके और उन अन्य हज़ारों लोगों के बीच जिन्होंने शाश्वत को जिया है, जिन्होंने अलौकिक में साँस ली है।

जिन दिनों बहुत से लोग मरणासन्न बुद्ध के पास जाने के लिए तीर्थयात्रा कर रहे थे, वह कमला भी, जो किसी समय में सबसे सुन्दर गणिका हुआ करती थी, उनके पास जाने के लिए तीर्थयात्रा पर निकली। बहुत पहले वह अपने पिछले जीवन से विदा ले चुकी थी, अपना आमोद-वन गौतम के भिक्षुओं को दान कर चुकी थी, बुद्ध की शिक्षाओं में शरण ले चुकी थी, तीर्थयात्रियों की मित्र-मण्डली और शुभचिन्तकों में शामिल हो चुकी थी। वह वहाँ गौतम की आसन्न मृत्यु का समाचार सुनकर जा रही थी, अपने पुत्र, सिद्धार्थ नामक बालक के साथ, साधारण वस्त्रों में, पदयात्रा करते हुए। अपने छोटे-से बच्चे के साथ वह उसी नदी के किनारे यात्रा कर रही थी; लेकिन बच्चा जल्दी ही थक गया, वह घर वापस जाने का आग्रह करता, आराम करने का आग्रह करता, भोजन का आग्रह करता, ज़िद करता, मचलता। कमला को अकसर उसके साथ सुस्ताने के लिए रुकना पड़ता था। बच्चे को अपनी माँ के बताये रास्ते से उलटा चलने की आदत थी, उसे उसको खिलाना पड़ता था, समझाना-बुझाना पड़ता, डाँटना-डपटना पड़ता था। यह

बात उसकी समझ से परे थी कि उसको अपनी माँ के साथ एक इस तरह की थकाऊ और उबाऊ यात्रा पर क्यों जाना पड़ रहा है, वह भी एक अज्ञात जगह पर, एक ऐसे अजनबी व्यक्ति के पास जो सन्त है और अब मरने वाला है। अगर वह मरने वाला है, तो इससे क्या, बच्चे को इससे क्या लेना-देना है?

ये तीर्थयात्री उस समय वासुदेव के नौका-तट के निकट पहुँचने को ही थे, जब बालक सिद्धार्थ ने एकबार फिर से अपनी माँ को सुस्ताने के लिए विवश कर दिया। वह स्वयं भी थक चुकी थी, इसलिए जब बच्चा केला खाने में व्यस्त था, वह वहीं भूमि पर घुटनों के बल बैठ गयी, और अपनी आँखों को थोड़ा-सा बन्द कर झपकी लेने लगी। लेकिन अचानक वह चीख़ पड़ी। बच्चे ने घबराकर भय से पीले पड़ चुके उसके चेहरे की ओर देखा; और देखा कि उसके कपड़ों के नीचे से एक छोटा-सा, काला साँप निकलकर भाग रहा था, जिसने कमला को काट लिया था।

वे दोनों तेजी से उस रास्ते पर भागे, ताकि दूसरे लोगों तक पहुँच सकें, और घाट के निकट जा पहुँचे, जहाँ कमला गिर पड़ी, और उससे आगे जा पाना उनके लिए सम्भव न रहा। लेकिन बच्चे ने बुरी तरह रोना शुरू कर दिया था, जिसकी चीत्कारें केवल अपनी माँ को चूमते और उसके गले से लिपटते समय ही थमती थीं, और उधर सहायता के लिए माँ की चीख़-पुकारें भी बच्चे की चीत्कारों से जा मिलीं, और तब तक ज़ारी रहीं जब तक कि वे वासुदेव के कानों तक न जा पहुँचीं, जो घाट पर खड़ा हुआ था। वह तीव्रता से भागता हुआ आया, उसने स्त्री को अपनी बाँहों में समेटा और नाव तक ले गया, बच्चा पीछे-पीछे भागता आया, और जल्दी ही वे झोपड़ी में पहुँच गये, जहाँ सिद्धार्थ अँगीठी के पास खड़ा आग जलाने की तैयारी कर रहा था। उसने सिर उठाया और सबसे पहले बच्चे के चेहरे को देखा, जिसने उसको आश्चर्यनक ढंग से किसी वस्तु की याद दिलायी, किसी ऐसी वस्तु को याद करने की चेतावनी की तरह जिसको वह भूल चुका था। फिर उसने कमला को देखा, जिसको, बावजूद इसके कि वह मल्लाह की बाँहों में बेसुध पड़ी हुई थी, वह तत्काल पहचान गया, और अब वह जानता था कि वह उसका अपना बेटा है, जिसका चेहरा उसको चेतावनी से भरी याद दिला रहा था, और उसके सीने में हलचल मच गयी।

कमला के घाव को धो दिया गया था, लेकिन वह काला पड़ चुका था और उसका शरीर सूजा हुआ था। उसको किसी तरह दवा का अर्क पिलाया गया। उसकी चेतना लौटी, वह झोपड़ी में सिद्धार्थ के बिस्तर पर पड़ी हुई थी और सिद्धार्थ, जो उसको किसी समय अतिशय प्रेम किया करता था, उस पर झुका हुआ खड़ा था। कमला को यह सब एक सपने जैसा लगा; मुस्कराते हुए उसने अपने इस सखा के चेहरे की ओर देखा; धीरे-धीरे उसको अपनी स्थिति का भान हुआ, उसने साँप के काटने को याद किया, संकोचपूर्वक बच्चे को पुकारा।

"वह तुम्हारे ही पास है, चिन्ता मत करो," सिद्धार्थ ने कहा। कमला ने उससे दृष्टि मिलायी। वह भारी जुबान से बोली, जो विष से सुन्न पड़ चुकी थी। "तुम बूढ़े हो गये हो, प्रिय," उसने कहा, "तुम्हारे बाल श्वेत हो गये हैं। लेकिन तुम अभी भी उस युवा समण जैसे ही हो, जो एकबार बिना वस्त्रों के, धूल धूसरित पैरों से, मेरे पास उपवन में आया था। तुम बहुत कुछ उसी जैसे हो, जैसे तुम तब थे जब तुम मुझको और कामास्वामी को छोड़कर चले गये थे। अपनी आँखों में तुम उसी जैसे हो, सिद्धार्थ। आह, मैं भी बूढ़ी हो गयी हूँ, बूढ़ी - क्या तुम मुझको अब भी पहचान पा रहे हो?"

सिद्धार्थ मुस्कराया : "तुरन्त, मैंने तुमको तुरन्त पहचान लिया था, प्रिय कमला।"

कमला ने अपने बच्चे की ओर इशारा किया और कहा : "क्या तुमने इसको भी पहचाना? ये तुम्हारा बेटा है।"

कमला की आँखें चकरायीं और मुँद गयीं। बच्चा रोने लगा, सिद्धार्थ ने उसको अपने घुटनों पर बिठा लिया, उसको रोने दिया, उसके बालों को सहलाया, और बच्चे के चेहरे को देखकर उसको ब्राह्मणों की एक प्रार्थना याद हो आयी, जो उसने बहुत-बहुत पहले कभी सीखी थी, जब वह स्वयं भी एक छोटा-सा बालक हुआ करता था। धीमे-धीमे, गाने के स्वर में, उसने बोलना शुरू किया; उसके अतीत और बचपन से, शब्द बहते हुए उस तक आने लगे। उस एकरस स्वर के साथ, बच्चा शांत हो गया, केवल बीच-बीच में सिसकी लेता रहा और सो गया। सिद्धार्थ ने उसको वासुदेव के बिस्तर पर लिटा दिया। वासुदेव चूल्हे के पास खड़ा चावल पका रहा था। सिद्धार्थ ने उसको एक दृष्टि देखा, बदले में वह मुस्करा दिया।

"वह मर जाएगी," सिद्धार्थ ने शांत स्वर में कहा।

वासुदेव ने सिर हिलाया; उसके ममत्व-भरे चेहरे पर चूल्हे से उठती लपट की रोशनी झिलमिला रही थी।

एकबार फिर कमला की चेतना वापस लौटी। पीड़ा ने उसके चेहरे को विकृत कर दिया था उसके मुख पर, उसके पीले गालों पर फैली यातना को सिद्धार्थ की आँखों ने पढ़ा। चुपचाप उसने उसको पढ़ा, ध्यान से, प्रतीक्षा करते हुए, उसका मानस उसकी यन्त्रणा के साथ एकाकार था। कमला ने इसे महसूस किया, उसकी दृष्टि उसकी आँखों को खोजने लगीं।

उसकी ओर ताकते हुए वह बोली : "अब मैं देखती हूँ कि तुम्हारी आँखें भी बदल गयी हैं। वे बिलकुल अलग तरह की हो चुकी हैं। क्या है जिससे मैं पहचानूँ कि तुम सिद्धार्थ हो? ये तुम हो, और तुम नहीं भी हो।"

सिद्धार्थ ने कुछ नहीं कहा, उसकी आँखें उसकी आँखों को देखती रहीं।

"क्या तुमने उसको पा लिया?" उसने पूछा। "क्या तुमको शान्ति प्राप्त हुई?"

वह मुस्कराया और अपना हाथ उसने उसके हाथ पर रख दिया।

"मैं उसको देख रही हूँ," उसने कहा, "मैं उसको देख रही हूँ। मुझको भी शान्ति मिलेगी।"

"वह तुमको मिल चुकी है," सिद्धार्थ ने फुसफुसाती ज़ुबान में कहा।

कमला ने पल भर को भी उसकी आँखों पर से अपनी दृष्टि नहीं हटाई। उसने गौतम की ओर जाती अपनी तीर्थयात्रा के बारे में सोचा, जो वह जारी रखना चाहती थी, क्योंकि वह उस परिपूर्ण पुरुष का मुख देखना चाहती थी, उसकी प्रशान्ति की गन्ध लेना चाहती थी, लेकिन उसने सोचा कि उसने अब उनकी जगह पर सिद्धार्थ को पा लिया है, और यह अच्छा ही हुआ, उतना ही अच्छा, मानो उसने उस अन्य को देख लिया हो। वह यह बात उससे कहना चाहती थी, लेकिन जीभ अब उसकी इच्छा की आज्ञा नहीं मान रही थी। निःशब्द वह देखती रही उसकी ओर, और वह देखता रहा उसकी आँखों से धीरे-धीरे लुप्त होते जा रहे जीवन को। जब अन्तिम पीड़ा ने उसकी आँखों को भर दिया और उनको धुँधला दिया, जब अंतिम

सिहरन उसके अंगों से होकर गुज़री, सिद्धार्थ की अँगुलियों ने उसकी पलकों को मूँद दिया।

बहुत देर तक बैठा रहा वह, प्रशांत-मृत उसके चेहरे को देखता हुआ। बहुत देर तक वह निहारता रहा उसके मुँह को, उसके बूढ़े, क्लान्त मुख को, उन होंठों से युक्त मुख को, जो पतले पड़ चुके थे, और उसने याद किया कि वह, अपने समय के वसन्त के दौरान, इस मुँह की तुलना ताज़ा-ताज़ा कटे अंजीर से किया करता था। बहुत देर तक वह बैठा रहा, पढ़ता रहा उस बुझे चेहरे में, उन थकी हुई झुर्रियों में, भरता रहा स्वयं को इस दृश्य से, देखा अपने स्वयं के चेहरे को उसी तरह लेटा हुआ, उसी तरह श्वेत, उसी तरह बुझा हुआ, और इसी के साथ देखा अपने चेहरे को और उसके चेहरे को उनके यौवन में, रक्तिम होंठों से युक्त, उत्तप्त नेत्रों से युक्त, और दोनों के इस एक ही समय में उपस्थित और वास्तविक होने की अनुभूति ने, शाश्वत की इस अनुभूति ने, पूरी तरह से भर दिया उसके अस्तित्व के एक-एक कोने को। इस पल में उसने प्रत्येक जीवन की अनश्वरता को, प्रत्येक जीवन की शाश्वतता को जिस गहराई से अनुभव किया उतनी गहराई से कभी अनुभव नहीं किया था।

जब वह उठा, वासुदेव उसके चावल पका चुका था।

लेकिन सिद्धार्थ ने भोजन नहीं किया। अस्तबल में, जहाँ उनकी बकरी खड़ी थी, दोनों वृद्धों ने फूस के अपने बिस्तर तैयार किये, और वासुदेव सोने के लिए लेट गया। लेकिन सिद्धार्थ बाहर चला गया और, नदी को सुनता, अपने अतीत से घिरा, एक ही समय में अपने जीवन के सारी अवधियों का स्पर्श लिये, उनसे लिपटा हुआ, रात भर झोपड़ी के सामने बैठा रहा। लेकिन बीच-बीच में वह उठता, झोपड़ी के द्वार तक जाता और आहट लेता कि बच्चा सोया हुआ है या नहीं।

बहुत सबेरे, सूरज के दर्शन होने से भी पहले, वासुदेव अस्तबल से बाहर आया और अपने दोस्त के पास पहुँचा।

"तुम सोये नहीं," उसने कहा।

"नहीं, वासुदेव। मैं यहाँ बैठा रहा, मैं नदी को सुनता रहा। इसने मुझसे बहुत-सी बातें कही हैं, मुझको आरोग्यप्रद विचार से भर दिया है, एकत्व के विचार से भर दिया है।"

"तुमने दुःख सहा है, सिद्धार्थ, लेकिन देखता हूँ कि तुम्हारे हृदय में लेशमात्र उदासी नहीं है।"

"नहीं, प्यारे, मैं उदास कैसे हो सकता था? मैं, जो धनवान और सुखी रह चुका हूँ, अब और भी अधिक धनवान, और भी अधिक सुखी हो गया हूँ। मुझको मेरा पुत्र दे दिया गया है।"

"तुम्हारा बेटा मेरे लिए भी सुखकारी होगा। लेकिन अब सिद्धार्थ, हमको काम से लगना होगा, बहुत-सा काम पड़ा है। कमला की मृत्यु उसी बिस्तर पर हुई है, जिस पर बहुत बरस पहले मेरी पत्नी की मृत्यु हुई थी। हम कमला की चिता भी उसी पहाड़ी पर बनाएँगे जिस पर मैंने अपनी पत्नी की चिता तैयार की थी।"

बच्चा अभी सोया हुआ ही था जिस दौरान उन्होंने चिता तैयार की।

पुत्र

डरा हुआ, रोता हुआ, बच्चा अपनी माँ के अन्तिम-संस्कार में शामिल हुआ; उदास मन से, लजाते हुए उसने सिद्धार्थ को सुना, जिसने उसको अपना बेटा कहकर संबोधित किया था और वासुदेव की झोपड़ी के अपने घर में उसका स्वागत किया। बहुत दिनों तक वह बुझा-बुझा-सा मृतक की पहाड़ी के पास बैठा रहा, भोजन करने से मना करता, सिर उठाकर खुली आँखों से नहीं देखता, अपना दिल खोले बिना, प्रतिरोध और इंकार के सहारे अपनी नियति से जूझता हुआ।

सिद्धार्थ ने उसको उसके हाल पर छोड़ दिया था और जैसा वह चाहता था उसको वैसा करने देता था; वह उसके शोक का सम्मान करता था। सिद्धार्थ समझता था कि उसका बेटा उसको जानता नहीं है, कि वह उसको पिता मानकर प्यार नहीं कर सकता था। धीरे-धीरे उसने यह भी देख और समझ लिया था कि वह ग्यारह बरस का एक लाड़-प्यार से बिगड़ा हुआ बच्चा था, माँ का बच्चा, और यह भी कि उसका लालन-पालन रईस लोगों के रहन-सहन के बीच हुआ था, वह स्वादिष्ट भोजन और कोमल बिस्तर का अभ्यस्त था, उसको नौकरों को आदेश देने की आदत पड़ चुकी थी। सिद्धार्थ ने समझ लिया था कि शोक में डूबे और बिगड़े हुए उस बच्चे को अजनबियों

से घिरे और निर्धनता से भरे जीवन से एकाएक और स्वेच्छया सन्तुष्ट नहीं किया जा सकता था। वह उस पर कोई दबाव नहीं डालता था, उसके लिए तमाम तरह के प्रतिदिन उद्यम करता था, उसके लिए हमेशा अच्छे से अच्छा खाना चुनता था। उसको उम्मीद थी कि धीरे-धीरे वह आत्मीय धीरज के साथ उसका दिल जीत लेगा।

बच्चा जब उसके पास आया था, तो उसने स्वयं को धनी और सुखी बताया था। लेकिन इस बीच बहुत समय बीत चुका था, और बच्चा अजनबी का अजनबी और उदास बना हुआ था, चूँकि उसका हृदय अहंकार और ज़िद-भरी अवज्ञा का परिचय देता था, वह कोई काम नहीं करना चाहता था, इन दोनों बुजुर्गों के प्रति सम्मान का भाव नहीं रखता था, वासुदेव के वृक्षों से फलों की चोरी करता था, इसलिए सिद्धार्थ को धीरे-धीरे लगने लगा था कि उसका पुत्र उसके जीवन में सुख और शान्ति नहीं, बल्कि दुःख और दुश्चिन्ताएँ लेकर आया है। लेकिन वह उसको प्यार करता था, और प्रेम के लिए उठाये जाने वाले दुःख और दुश्चिन्ताओं को बच्चे से रहित सुख और आनन्द पर वरीयता देता था। चूँकि नन्हा सिद्धार्थ झोपड़ी में बना रहता था, इसलिए दोनों बूढ़ों ने अपना काम दो हिस्सों में बाँट लिया था। वासुदेव एकबार फिर से मल्लाह का सारा काम अकेले सँभालने लगा था, और सिद्धार्थ चूँकि अपने बेटे के साथ बने रहना चाहता था इसलिए वह झोपड़ी और खेत से जुड़े काम सँभालता था।

लम्बे समय तक, कई-कई महीनों तक, सिद्धार्थ ने प्रतीक्षा की कि उसका बेटा उसको समझने लगे, कि वह उसके प्रेम को स्वीकार करे, और शायद इस बात की भी कि बदले में उसका प्रेम भी उसको प्राप्त हो सके। कई महीनों तक वासुदेव प्रतीक्षा करता रहा, देखता रहा, प्रतीक्षा करता रहा, बिना कुछ भी कहे। अंततः एक दिन, जब बालक सिद्धार्थ ने एक बार फिर अपनी क्रूरता और सनक-भरी इच्छाओं से अपने पिता को बहुत कष्ट दिए और चावल के अपने दोनों कटोरे तोड़ डाले, तो वासुदेव उस दिन शाम को अपने दोस्त को एक ओर ले गया और उससे बात की। "मुझे क्षमा करना," उसने कहा, "मैं तुमसे सच्चे मित्र के भाव से बात कर रहा हूँ। मैं देख रहा हूँ कि तुम स्वयं को यातना दे रहे हो, मैं देख रहा हूँ कि तुम गहरे कष्ट में हो। तुम्हारे बेटे ने तुमको चिन्ता में डाल रखा है, प्यारे मित्र, और उसने

मुझको भी चिन्ता में डाल रखा है। वह नौजवान पंछी बिलकुल अलग तरह के जीवन का, एक अलग तरह के घोंसले का अभ्यस्त है। वह, तुम्हारी तरह, समृद्धियों से और नगर से, घृणा से भरकर, उनसे तंग आकर, भागकर नहीं आया है; उसको अपनी इच्छा के विरुद्ध इन वस्तुओं को पीछे छोड़ना पड़ा है। मैंने नदी से पूछा है, मित्र, कई बार पूछा है मैंने उससे। लेकिन नदी हँसती है, वह मुझ पर हँसती है, वह तुम पर और मुझ पर हँसती है, और हमारी मूर्खता पर हँस-हँसकर पागल हुई जाती है। पानी पानी से मिलना चाहता है, नौजवान नौजवान से मिलना चाहता है, और तुम्हारा बेटा ऐसी जगह पर नहीं है जहाँ वह फल-फूल सके। तुमको भी नदी से पूछना चाहिए; तुमको भी उसकी बात सुननी चाहिए!"

क्षुब्ध सिद्धार्थ अपने दोस्त के चेहरे में झाँकने लगा, जिसकी बहुत सारी झुर्रियों के बीच अविराम प्रफुल्लता मौजूद थी।

"मैं उससे अलग कैसे हो जाऊँ?" उसने नरमी से कहा, शर्मिन्दा होते हुए। मुझको कुछ और समय दो, प्यारे मित्र! देखो, मैं उसके लिए लड़ रहा हूँ, मैं उसका हृदय जीतने का प्रयत्न कर रहा हूँ, प्रेम और सद्भावपूर्ण धीरज के सहारे मैं उसको वश में करने का सपना पाले हुए हूँ। एक दिन आएगा जब नदी उससे भी बात करेगी, उसको भी तो बुलाया गया है।" वासुदेव की मुस्कराहट और भी ऊर्जावान होकर खिल उठी। "अरे हाँ, उसको भी तो बुलाया गया है, वह भी तो शाश्वत जीवन से सम्बन्ध रखता है। लेकिन क्या हम, तुम और मैं, जानते हैं कि उसको क्या करने के लिए, कौन-सा रास्ता अपनाने के लिए, कौन-से कर्म करने के लिए, कौन-सी पीड़ा सहने के लिए बुलाया गया है? छोटी नहीं होगी, उसकी पीड़ा; अंततः उसका हृदय गर्व से भरा और कठोर है, ऐसे लोगों के लिए बहुत दुःख उठाने पड़ते हैं, बहुत-सी भूलें करनी होती हैं, बहुत अन्याय करना होता है, अपने पर बहुत से पाप लादने होते हैं। मुझे बताओ, मेरे प्यारे दोस्त : तुम अपने बेटे के पालन-पोषण को नियन्त्रित तो नहीं करते? तुम उस पर दबाव तो नहीं डालते? तुम उसको मारते-पीटते तो नहीं? तुम उसको दण्ड तो नहीं देते?"

"नहीं, वासुदेव, मैं इनमें से कोई भी काम नहीं करता।"

"मैं जानता था। तुम उस पर दबाव नहीं डालते, उसको पीटते नहीं हो, उसको आदेश नहीं देते, क्योंकि तुम जानते हो कि "कठोर" की तुलना

में "कोमल" अधिक शक्तिशाली होता है, पानी चट्टान से अधिक शक्तिशाली होता है, प्रेम बलप्रयोग से कहीं अधिक शक्तिशाली होता है। बहुत अच्छा है, मैं तुम्हारी सराहना करता हूँ। लेकिन क्या तुम यह मानकर भूल नहीं कर रहो हो कि तुम उस पर दबाव नहीं डालते, उसको दण्डित नहीं करते? क्या तुम अपने प्रेम से उसको दास नहीं बनाते? क्या तुम हर दिन उसको कमतर होने का अहसास नहीं कराते, और क्या तुम अपनी दयालुता और धीरज से उसकी इस भावना को और भी बल नहीं देते हो? क्या तुम उसको, उस उद्दण्ड और बिगड़े हुए बालक को, केले खाने वाले दो बुड्ढों के साथ एक झोपड़ी में रहने को विवश नहीं करते, ऐसे बुड्ढों के साथ जिनके लिए चावल तक एक पकवान है, जिनके विचार उसके नहीं हो सकते, जिनके हृदय बूढ़े और सुस्त हैं और जो उसके हृदय से भिन्न गति से धड़कते हैं? क्या वह इस सबकुछ से विवश नहीं है, दण्डित नहीं है?"

विक्षुब्ध सिद्धार्थ ज़मीन पर दृष्टि गड़ाये रहा।

धीरे-से उसने पूछा : "तुम क्या सोचते हो, मुझे क्या करना चाहिए?"

वासुदेव बोला : "उसको नगर में ले जाओ, उसको उसकी माँ के घर में ले जाओ, वहाँ पर अभी भी सेवक होंगे, उसको उनके हाथों में सौंप दो। अगर वे न हों, तो उसको किसी शिक्षक के पास ले जाओ, शिक्षा के लिए नहीं, बल्कि इसलिए कि वह दूसरे बच्चों के साथ रह सके, और लड़कियों के बीच रह सके, और उस दुनिया में रह सके जो उसकी अपनी है। क्या तुमने इस बारे में कभी सोचा नहीं?"

"तुम मेरे हृदय में झाँक रहे हो," सिद्धार्थ उदास स्वर में बोला। "मैं प्रायः इस बारे में सोचता रहा हूँ। लेकिन देखो, मैं उसको, जो हृदय से सौम्य नहीं है, ऐसी दुनिया के लिए कैसे सौंप दूँ? क्या वह असंयमी नहीं हो जायेगा, क्या वह स्वयं को भोग-विलास और प्रभुता के हाथों नहीं गँवा देगा, क्या वह अपने पिता की ही सारी भूलों को नहीं दोहराएगा, क्या वह कदाचित संसार में ही पूरी तरह से खो नहीं जायेगा?"

वासुदेव की मुस्कराहट पूरी चमक के साथ दीप्त हो उठी; हल्के-से उसने सिद्धार्थ की बाँह को छुआ और कहा : "बन्धु, नदी से पूछो इस बारे में! इसके बारे में उसको हँसते हुए सुनो! क्या तुम सचमुच ऐसा मानते हो कि तुमने जो मूर्खतापूर्ण कृत्य किये थे वे इसलिए किये थे ताकि तुम अपने

बेटे को भी उन कर्मों को करने से रोक सको? और वैसे भी क्या तुम अपने बेटे को संसार से बचा सकते हो? तुम कैसे बचा सकते हो? शिक्षाओं के सहारे, प्रार्थना के सहारे, डाँट-फटकार के सहारे? मेरे प्रिय मित्र, क्या तुम वह कहानी पूरी तरह से भूल चुके हो, वह कहानी जिसमें कितनी सारी सीखें भरी हुई हैं, वह कहानी जो उस ब्राह्मण-पुत्र सिद्धार्थ के बारे में है, जो तुमने एकबार मुझको यहाँ, ठीक इसी जगह पर सुनायी थी? किसने बचाया था समण सिद्धार्थ को संसार से, पाप से, लोभ से, मूर्खता से? क्या उसके पिता का धार्मिक समर्पण, उसके गुरु की चेतावनी, उसका स्वयं का ज्ञान, उसकी अपनी खोज उसको बचा सकी थी? कौन-सा पिता, कौन-सा गुरु रोक सका उसको अपनी तरह का जीवन जीने से, जीवन में लिप्त होने से, स्वयं पर अपराध-बोध का बोझ लादने से, अपने ही हाथों कड़वा घूँट पीने से, अपना रास्ता स्वयं खोजने से? क्या तुम सोचते हो, मेरे प्रिय मित्र, कि किसी को भी इस मार्ग पर चलने से बचाया जा सकता है? क्या तुमको लगता है कि तुम्हारा नन्हा-सा बालक शायद इसलिए बच जायेगा क्योंकि तुम उसको प्रेम करते हो, क्योंकि तुम उसको दुःख और पीड़ा और मोहभंग से दूर रखना चाहोगे? लेकिन तुम उसके हित में दस बार भी मर जाओ, तब भी तुम उसकी नियति के छोटे-से भी अंश को अपने हाथ में नहीं ले सकोगे।"

इसके पहले कभी भी वासुदेव ने इतने सारे शब्दों का प्रयोग नहीं किया था।

विनम्रतापूर्वक सिद्धार्थ ने उसका शुक्रिया अदा किया, विक्षुब्ध मन से झोपड़ी में गया, देर तक सो नहीं सका। वासुदेव ने उससे ऐसा कुछ भी नहीं कहा था जो वह स्वयं ही पहले से नहीं सोचता रहा था, नहीं जानता रहा था। लेकिन यह ऐसा ज्ञान था जिस पर वह अमल नहीं कर सका था। इस ज्ञान से कहीं अधिक प्रबल बच्चे के प्रति उसका प्रेम था, कहीं अधिक प्रबल उसका ममत्व, बच्चे को खो देने का भय था। क्या इसके पहले कभी भी किसी भी वस्तु के प्रति उसका ममत्व इस तरह जागा था, क्या उसने कभी भी किसी के लिए भी इस तरह प्रेम किया था, इतने उन्मत्त ढंग से, इतना दुःख झेलते हुए, इतना विफल, और तब भी इतनी प्रसन्नतापूर्वक?

सिद्धार्थ अपने दोस्त की सलाह नहीं मान सका, वह बच्चे को तज नहीं सका। वह उसको छूट देता रहा कि वह उसको आदेश देता रहे, उसकी

अवहेलना करता रहे। वह चुपचाप प्रतीक्षा करता रहा; हर दिन वह आत्मीयता का गूँगा संघर्ष, धैर्य का शांत युद्ध, शुरू कर देता। वासुदेव ने भी कुछ नहीं कहा और प्रतीक्षा करता रहा, आत्मीय ढंग से, समझदारी से, धीरज से। धैर्य के मामले में वे दोनों उस्ताद थे।

एक बार, जब बच्चे का चेहरा उसको कमला के चेहरे की बहुत याद दिला रहा था, सिद्धार्थ के मन में सहसा वह वाक्य कौंधा जो कमला ने बहुत पहले, उनकी यौवनावस्था के दिनों में उससे कहा था। "तुम प्रेम नहीं कर सकते," उसने उससे कहा था, और वह उससे सहमत हुआ था तथा उसने अपनी तुलना नक्षत्र से की थी, जबकि आम सरल हृदय लोगों की तुलना झरती हुई पत्तियों से की थी, और तब भी वह वाक्य उसको एक आरोप-जैसा लगा था। यह सच था, वह दूसरे के हाथों स्वयं को पराजित कर देने में, दूसरे के प्रति स्वयं को पूरी तरह से समर्पित कर देने में, स्वयं को भुला देने में, दूसरे के प्रति प्रेम के लिए मूर्खतापूर्ण कृत्य करने में, कभी सफल नहीं हो सका था; वह ऐसा कभी नहीं कर सका था, और जैसा कि उसको उस समय लगता था, यह वह बहुत बड़ा अंतर था जो उसको बालकोचित लोगों से अलगाता था। लेकिन आज, जब उसका बेटा यहाँ था, आज वह, सिद्धार्थ भी आम सरल हृदय लोगों जैसा बन गया था, एक अन्य व्यक्ति के लिए दुःख झेलता हुआ, एक अन्य व्यक्ति को प्रेम करता हुआ, प्रेम के हाथों पराजित होता हुआ, प्रेम की वजह से मूर्ख बनता हुआ। अब वह भी, बहुत देर से सही, अपने जीवन में एकबार इस अत्यन्त प्रबल और सारे संवेगों में सबसे प्रबल प्रेम नामक इस संवेग को अनुभव कर रहा था, उसका दुःख झेल रहा था, दारुण दुख, और तब भी वह आनन्दित था, तब भी एक मामले में नया रूप पा रहा था, एक वस्तु के हाथों समृद्ध हो रहा था।

वह अच्छी तरह से अनुभव कर रहा था कि यह प्रेम, अपने पुत्र के प्रति उसका यह अन्धा प्रेम एक आवेग है, एक ऐसी वस्तु जो अत्यन्त मानवीय है, कि यह संसार है, मलिनता का स्रोत, रहस्यमय सागर। तब भी, इसी के साथ-साथ उसको यह भी लगता था कि यह तिरस्कार के योग्य नहीं है, यह अनिवार्य है, उसके अपने होने के सत्त्व से उत्पन्न। इस आनन्द का कष्ट भोगना भी आवश्यक है, इस पीड़ा को भी झेलना ही होगा, ये मूर्खतापूर्ण कृत्य भी करने ही होंगे।

इस पूरे दौरान, उसके बेटे ने उसको उसके मूर्खतापूर्ण कृत्यों में व्यस्त रहने दिया, उसके लगाव को पोषित करते रहने दिया, उसकी सनकों के सामने आत्मसमर्पण करते हुए स्वयं को हर दिन अपमानित होते रहने दिया। इस पिता में ऐसा कुछ भी नहीं था जिससे उसको आनन्द मिलता, या जिससे वह डरता। वह एक भला आदमी था, यह पिता, एक भला, दयालु, सौम्य इंसान, शायद एक भक्त, शायद एक सन्त, और ये सारे गुण वे नहीं थे जो उस बालक का दिल जीत सकते। वह ऊबा हुआ था अपने पिता से, जिसने उसको अपनी इस दयनीय झोपड़ी में बंदी बनाकर रखा हुआ था, वह ऊबा हुआ था उससे, और इस बात से भी कि वह उसकी हर शरारत का जवाब एक मुस्कराहट से दे देता था, हर अपमान का जवाब अपनी आत्मीयता से दे देता था, हर दुष्टता का जवाब अपनी दयालुता से दे देता था, यही इस बूढ़े साँप की सबसे घृणित युक्ति थी। बालक शायद सन्तुष्ट होता अगर इसकी बजाय उसको उसके द्वारा धमकाया जाता, अगर उसके द्वारा उसको गालियाँ दी जातीं।

एक दिन आया जब नौजवान सिद्धार्थ के मन जो कुछ था वह बुरी तरह फट निकला, और वह खुलकर अपने पिता के विरुद्ध खड़ा हो गया। पिता ने उसको एक काम सौंपा था, उसने उसको झाड़ियों की लकड़ियाँ एकत्र करने को कहा था। लेकिन बालक, अपनी ज़िद भरी अवज्ञा और रोष का परिचय देता हुआ, झोपड़ी से बाहर नहीं निकला और ज़मीन पर पैर पटकता, मुट्ठियाँ भींचता अपनी जगह खड़ा रहा, और घृणा अवमानना से भरकर पूरी शक्ति से अपने पिता पर चिल्लाने लगा।

"स्वयं जाकर ले आओ वे लकड़ियाँ," फेन उगलते मुँह से वह चिल्लाया, "मैं तुम्हारा दास नहीं हूँ। मैं जानता हूँ कि तुम मुझ पर हाथ नहीं उठाओगे, तुममें इतना साहस नहीं है; मैं जानता हूँ, तुम अपनी धार्मिकता और स्नेह के सहारे मुझको दण्डित करना चाहते, नीचा दिखाना चाहते हो। तुम मुझको अपने जैसा बनाना चाहते हो, अपने जैसा धार्मिक, अपने जैसा भला, अपने जैसा बुद्धिमान! लेकिन कान खोलकर सुन लो, केवल तुमको दुःख पहुँचाने के लिए मैं, तुम्हारा जैसा बनने की बजाय डाकू और हत्यारा बनना चाहता हूँ, और नर्क में जाना चाहता हूँ! मैं तुमसे घृणा करता हूँ, तुम मेरे पिता नहीं हो, चाहे तुमने मेरी माँ के साथ दसगुनी वेश्यावृत्ति क्यों न की हो!"

उसके अन्दर उफनता हुआ क्रोध और सन्ताप दहशत और दुष्टता से भरे सैकड़ों शब्दों में उसके पिता पर गिर रहा था। इसके बाद बालक भाग गया और देर रात गये लौटा।

लेकिन अगली ही सुबह वह लुप्त हो चुका था। एक और वस्तु थी जो नदारद थी और वह थी दो रंगों की रेशेदार छाल से बुनी हुई एक छोटी-सी टोकरी, जिसमें ये मल्लाह ताँबे और चाँदी के वे सिक्के रखा करते थे जो उनको भाड़े के रूप में मिला करते थे। नाव भी नदारद थी, सिद्धार्थ ने उसको नदी के दूसरे किनारे पर पड़ा हुआ देखा। बालक भाग चुका था।

"मुझे उसका पीछा करना होगा," सिद्धार्थ ने कहा, जो सन्ताप से काँप रहा था, उन उग्र भाषणों के बाद से ही जो बालक ने कल दिये थे। "एक बच्चा अकेला जंगल के रास्ते नहीं जा सकता। वह टुकड़ा-टुकड़ा हो जायेगा। नदी पार करने के लिए हमको जल्दी से जल्दी एक डोंगी तैयार करनी होगी, वासुदेव।"

"हम डोंगी तैयार करेंगे," वासुदेव ने कहा, "ताकि हम वह नाव वापस ला सकें, जो बच्चा ले गया है। लेकिन उसको, उसको तुम जाने दो, मेरे दोस्त, अब वह छोटा-सा बच्चा नहीं रहा, वह अपना रास्ता तलाशना जानता है। वह नगर में जाने का रास्ता खोज रहा है, और वह बिलकुल ठीक कर रहा है, ये मत भूलो। वह वो कर रहा है जो तुम नहीं कर सके हो। वह अब अपना ध्यान स्वयं रख रहा है, अपना रास्ता चुन रहा है। आह, सिद्धार्थ मैं तुमको दुःख झेलते देख रहा हूँ, लेकिन तुम उस पीड़ा से दुख उठा रहे हो जिस पर तुमको हँसना चाहिए, जिस पर तुम स्वयं जल्दी ही हँसोगे।"

सिद्धार्थ ने जवाब नहीं दिया। वह अपने हाथ में पहले ही कुल्हाड़ी थाम चुका था और बाँस की लकड़ी से डोंगी बनाना शुरू कर चुका था, और वासुदेव उन लकड़ियों को घास की रस्सियों से कसने में उसकी मदद कर रहा था। इसके बाद वे उस पर सवार हुए, दूर तक धार की दिशा में बहते रहे, फिर डोंगी को बहाव के विपरीत दूसरे किनारे पर ले गये।

"तुम कुल्हाड़ी साथ लेकर क्यों आये हो?" सिद्धार्थ ने पूछा।

वासुदेव ने कहा : "हो सकता है, नाव की पतवार खो गयी हो।"

लेकिन सिद्धार्थ जानता था कि उसका दोस्त क्या सोच रहा है।

वह सोच रहा था कि लड़के ने हिसाब चुकता करने और उन लोगों को पीछा करने से रोकने के लिए पतवार को कहीं फेंक दिया होगा या तोड़ डाला होगा। तथ्य यही था कि नाव में कोई पतवार मौजूद नहीं थी। वासुदेव ने नाव के तल की ओर इशारा किया और मुस्कराते हुए अपने दोस्त की ओर देखा, मानो वह कहना चाहता हो : "देखते नहीं कि तुम्हारा बेटा तुमसे क्या कहना चाहता है? देखते नहीं कि वह नहीं चाहता कि उसका पीछा किया जाए?" लेकिन उसने यह सब शब्दों में नहीं कहा। उसने एक नयी पतवार बनाना शुरू कर दिया। लेकिन सिद्धार्थ ने अलविदा कहा, और भगोड़े की तलाश में निकल पड़ा। वासुदेव ने उसको नहीं रोका।

बहुत देर तक जंगल के रास्ते चलते-चलते, सहसा सिद्धार्थ को सूझा कि उसकी खोज बेमानी है। उसने सोचा, या तो बच्चा बहुत दूर निकल चुका होगा और नगर तक पहुँच चुका होगा, या फिर अगर वह अभी भी रास्ते में होगा, तो वह उससे, यानी अपना पीछा करने वाले से, स्वयं को छिपाएगा। यह सब सोचते-सोचते ही उसने यह भी पाया कि वह अपने बेटे को लेकर चिन्तित नहीं है, कि वह बहुत गहरे में कहीं यह बात जानता है कि वह न तो क्षत-विक्षत हुआ है और न ही जंगल में उसको कोई संकट है। तब भी वह बिना रुके भागता रहा, जिसके पीछे अब उसको बचाने की कोशिश नहीं थी, बल्कि केवल इसलिए कि वह अपनी इच्छा को सन्तुष्ट करना चाहता था, केवल शायद उसको एकबार और देखना चाहता था। वह नगर के ठीक बाहर पहुँचने तक भागता रहा।

जब, नगर के पास, वह एक चौड़ी सड़क तक जा पहुँचा, तो वह ठहर गया, उस सुंदर आमोद-वन के प्रवेश-द्वार पर, जो कभी कमला का हुआ करता था, जहाँ उसने उसको पहली बार उसकी पालकी में बैठे देखा था। अतीत उसकी आत्मा में जाग उठा, एकबार फिर उसने स्वयं को वहाँ पर खड़े हुए देखा, एक युवा, दाढ़ी वाले, दिगम्बर समण के रूप में, जिसके बाल धूल से अँटे हुए थे। बहुत देर तक सिद्धार्थ वहाँ खड़ा, खुले द्वार से उपवन को निहारता रहा, पीले चोगे धारण किये उन भिक्षुओं को देखता हुआ जो सुन्दर वृक्षों के बीच से आ-जा रहे थे।

बहुत देर तक वह वहाँ पर खड़ा रहा, ध्यान में डूबा, दृश्यों को देखता, सुनता हुआ कहानी अपने जीवन की। बहुत देर तक वह वहाँ पर खड़ा रहा,

भिक्षुओं को देखता हुआ, उनकी जगह पर युवा सिद्धार्थ को देखता, ऊँचे-ऊँचे वृक्षों के बीच कमला को चलते हुए देखता। स्पष्ट रूप से देखा उसने स्वयं को कमला के हाथों भोजन और मदिरा परोसे जाते हुए, उससे पहला चुम्बन प्राप्त करते हुए, अहंकार और तिरस्कार से भरकर अपने ब्राह्मणत्व की ओर मुड़कर देखते हुए, गर्व से सिर उठाये, लालसाओं से भरकर अपने सांसारिक जीवन की शुरुआत करते हुए। उसने कामास्वामी को देखा, देखा सेवकों को, मद्यपान-उत्सवों को, पाँसे फेंकते जुआरियों को, संगीतकारों को, देखा पिंजरे में बन्द कमला के गायक परिन्दे को, एकबार फिर इस सबको जिया, संसार को साँसों में भरा, एकबार फिर से बूढ़ा हुआ और थका, एकबार फिर जुगुप्सा का अनुभव किया, एकबार फिर से स्वयं को नष्ट कर देने की इच्छा अनुभव की, एकबार फिर से पवित्र ओ३म् के माध्यम से रोग-मुक्त हुआ।

बहुत देर तक उपवन के द्वार पर खड़े रहने के बाद सिद्धार्थ को अहसास हो गया कि उसकी वह इच्छा मूर्खता से भरी हुई थी जिसने उसको इस जगह तक आने को विवश किया था, उसको अहसास हो गया कि वह अपने बेटे की मदद नहीं कर सका, कि उसको उसका सहारा लेने की गुंजाइश नहीं दी गयी। बहुत गहरे, उसको भगोड़े के प्रति अपने हृदय में अनुराग महसूस हुआ, एक घाव की तरह, और इसी के साथ उसको यह भी लगा कि यह घाव उसको इसलिए नहीं दिया गया था कि वह उसमें चाकू फेरता कि इसको तो पुष्पित होना था और खिलना था।

यह घाव अब तक पुष्पित नहीं हुआ, खिला नहीं अब तक, इस बात ने उसको उदास कर दिया। बजाय उस लक्ष्य के जिसकी उसने कामना की थी, जो उसको अपने भगोड़े पुत्र का पीछा करवाता हुआ यहाँ तक ले आया था, अब उसके सामने एक रिक्तता थी। उदास, वह वहीं बैठ गया; अपने हृदय में उसे कोई वस्तु मरती हुई महसूस हुई, उसको रिक्तता का अहसास हुआ, दूर-दूर तक कहीं कोई आनन्द, कोई लक्ष्य दिखायी नहीं दिया। वह विचारों में खोया बैठा रहा और प्रतीक्षा करता रहा। यह वस्तु उसने नदी से सीखी थी, यह एक वस्तु : प्रतीक्षा, धीरज रखना, ध्यान देकर सुनना। वह बैठा रहा और सुनता रहा, रास्ते की धूल के बीच, थके और उदास ढंग से धड़कते अपने हृदय पर कान लगाये, वहाँ से किसी आवाज़ के आने की प्रतीक्षा करता हुआ। कई घण्टों तक वह अपने घुटनों के बल बैठा रहा, सुनता हुआ,

कोई भी और दृश्य न देखता हुआ, रिक्तता में गिरता हुआ, स्वयं को गिरने देता हुआ, कोई भी राह न देखता हुआ। जब उसको घाव में तीव्र जलन का अहसास होने लगा, तो उसने धीरे-से ओ३म् का उच्चारण किया, स्वयं को ओ३म् से भर लिया। उपवन के भिक्षुओं ने उसको देखा, और चूँकि वह कई घण्टों अपने घुटनों के बल बैठा हुआ था, और धूल उसके श्वेत बालों पर जमा हो रही थी, उनमें से एक भिक्षु उसके पास आया और दो केले उसके पास रख गया। बूढ़े ने उसको नहीं देखा।

इस समाधि की अवस्था से वह तब जागा जब एक हाथ ने उसके कन्धे को छुआ। उसी क्षण वह इस स्पर्श को पहचान गया, इस कोमल, सकुचाये स्पर्श को, और उसको होश आ गया। उसने उठकर वासुदेव को नमस्कार किया, जो उसका पीछा करता हुआ वहाँ आ गया था। जब उसने वासुदेव के आत्मीय चेहरे में झाँका, उसकी बारीक़ झुर्रियों में, जिनको देखकर लगता था मानो उनमें उसकी मुस्कराहट के सिवा और कुछ भी नहीं था, जब उसने उसकी प्रसन्न आँखों में झाँका, तो वह भी मुस्करा दिया। अब उसने अपने सामने रखे हुए केलों को देखा, उनको उठाया, एक मल्लाह को दिया, एक स्वयं खाया। इसके बाद वह चुपचाप वासुदेव के साथ वापस जंगल में चला गया, नौका-तट पर अपने घर लौट आया। दोनों में से किसी ने भी बात नहीं कि आज क्या हुआ, किसी ने भी बच्चे का नाम नहीं लिया, किसी ने भी उसके भाग जाने के बारे में बात नहीं की, किसी ने भी उस घाव की चर्चा नहीं की। झोपड़ी में, सिद्धार्थ अपने बिस्तर पर लेट गया, और जब थोड़ी देर बाद वासुदेव उसके पास आया, उसके लिए नारियल-पानी का कटोरा लेकर, तो उसने पाया कि वह सो चुका था।

ओउम्

अरसे तक वह घाव जलन देता रहा। कई ऐसे यात्रियों को सिद्धार्थ को पार उतारना पड़ा जिनके साथ उनका बेटा या बेटी होती, और उसने उनमें से किसी को भी बिना ईर्ष्या के नहीं देखा, बिना यह सोचे नहीं देखा : "कितने सारे, कितने हज़ारों लोगों को यह सौभाग्य प्राप्त है – मुझी को क्यों नहीं? बुरे लोगों तक के, चोरों और लुटेरों तक के बच्चे होते हैं और वे उनको प्रेम करते हैं, और उनका प्रेम प्राप्त करते हैं, सिवा मेरे।" इस तरह से सरल मन से, बिना तर्क किये वह सोचा करता था, इस प्रकार वह बच्चों जैसे लोगों की तरह बन गया था।

उसने पहले की तुलना में बिलकुल अलग तरह से लोगों को देखना शुरू कर दिया था, और भी कम चतुराई के साथ, और भी कम अहंकार के साथ, बल्कि इसकी बजाय अधिक गर्मजोशी के साथ, अधिक उत्सुकता के साथ, अधिक डूबकर। जब वह साधारण तरह के बच्चों जैसे लोगों को, व्यापारियों, योद्धाओं, स्त्रियों आदि को नाव से पार ले जाता, तो ये लोग उसको अब उस तरह अजनबी नहीं लगते थे जिस तरह वे पहले लगा करते थे : वह उनको समझता था, वह उनके उस जीवन को समझता और उसमें साझा करता था, जो विचारों और अन्तर्दृष्टि से नहीं, बल्कि पूरी तरह से

इच्छाओं और लालसाओं से परिचालित होता था, वह उनके जैसा अनुभव करता था। हालाँकि वह परिपूर्णता के निकट था और अपने अन्तिम घाव को वहन कर रहा था, तब भी उसको लगता था कि बच्चों जैसे ये लोग उसके बन्धु हैं, उनके ढकोसले, परिग्रह की उनकी लालसाएँ, और हास्यास्पद पक्ष, अब उसके लिए हास्यास्पद नहीं रह गये थे, वे उसके लिए समझने योग्य, प्रेम करने योग्य, यहाँ तक कि श्रद्धा करने योग्य बन गये थे। एक माँ का अपने बच्चे के प्रति अन्धा प्रेम, एक आत्मतुष्ट पिता का अपने इकलौते बेटे को लेकर मूर्खतापूर्ण, अन्धे गर्व का भाव, आभूषणों तथा पुरुषों की चाहत भरी दृष्टि के प्रति एक युवा, नकचढ़ी स्त्री की अन्धी, पागलपन से भरी लालसा, ये सारी की सारी इच्छाएँ, यह सारा बचकाना असबाब, ये सारी की सारी साधारण, मूर्खतापूर्ण, किन्तु अत्यन्त प्रबल, अतिशय जीवन्त, अत्यन्त प्रभावी इच्छाएँ और लालसाएँ अब सिद्धार्थ के लिए बचकानी धारणाएँ नहीं रह गयी थीं। वह लोगों को इन वस्तुओं की ख़ातिर जीवन जीते देखता था, वह उनको उनके लिए अन्तहीन उद्यम करते, यात्राएँ करते, युद्ध करते, अन्तहीन दुःख झेलते, अन्तहीन रूप से सहते देखता था, और इसके लिए वह उनसे प्रेम कर पाता था, वह इसमें जीवन के दर्शन करता था, उसके दर्शन जो जीवित है, अनश्वर है, वह उनके हर परिग्रह में, हर कृत्य में, ब्रह्म के दर्शन करता था। प्रेम और सराहना के योग्य थे ये लोग अपनी अन्ध निष्ठा में, अपने अन्धे बल और धीरज में। उनके पास किसी वस्तु का अभाव नहीं था, ऐसा कुछ भी नहीं था उनमें जिसके लिए वह किसी ज्ञानी पुरुष को, चिन्तक को, उनके ऊपर वरीयता दे सकता, सिवा एक छोटी-सी, इकलौती, मामूली-सी, तुच्छ-सी वस्तु के, और वह वस्तु थी : चेतना, समस्त जीवन के एकत्व का सचेतन विचार। कई ऐसे पल आते जब सिद्धार्थ को सन्देह होता कि शायद कहीं ऐसा तो नहीं कि यह ज्ञान भी, इस तरह महान माना जाने वाला यह विचार भी, चिन्तनशील लोगों का, चिन्तनशील और बालकोचित लोगों का, बचकाना विचार-मात्र हो। अन्य तमाम सन्दर्भों में, सांसारिक लोग ज्ञानी लोगों से न केवल किसी तरह कम नहीं थे, बल्कि अक्सर उनसे कहीं श्रेष्ठ ठहरते थे, ठीक उसी तरह जैसे कि पशु भी, अन्ततः, किन्हीं-किन्हीं क्षणों में, आवश्यक कृत्यों के अपने कठोर, निर्मम निष्पादन के क्षणों में मनुष्यों की तुलना में श्रेष्ठ प्रतीत होते हैं।

सिद्धार्थ के भीतर यह बोध धीरे-धीरे पुष्पित-पल्लवित होता गया,

धीरे-धीरे पकता गया, यह ज्ञान कि वह प्रज्ञा वास्तव में क्या थी, जो उसकी लम्बी खोज के लक्ष्य पर रही थी। वह प्रतिक्षण, जीवन जीते हुए, एकत्व के विचार पर मनन करते रहने की आत्मा की तत्परता, उसकी एक योग्यता, एक छिपी हुई कला के अलावा कोई दूसरी वस्तु नहीं थी, वह कोई दूसरी वस्तु नहीं थी सिवा एकत्व को अनुभव करने में, उसको अपनी साँसों में भर लेने में समर्थ होने के। सामंजस्य, जगत की शाश्वत परिपूर्णता का बोध, प्रसन्नभाव, एकत्व - ये वे वस्तुएँ थीं जो धीरे-धीरे उसमें पुष्पित-पल्लवित हो रही थीं, वासुदेव के बूढ़े, बालसुलभ चेहरे से उभरकर उस पर अपनी चमक छोड़ती हुईं।

लेकिन घाव तब भी जलन दे रहा था, समूची उत्कण्ठा और तीखेपन के साथ। सिद्धार्थ अपने बेटे के बारे में सोचता रहा, अपने प्रेम और ममत्व को अपने हृदय में पोसता रहा, पीड़ा को छूट देता रहा कि वह उसको कुतरती रहे, प्रेम के तमाम मूर्खतापूर्ण कृत्य करता रहा। नहीं, अपने आप नहीं बुझने वाली थी यह लपट।

एक दिन, जब घाव प्रचण्ड रूप से जल रहा था सिद्धार्थ लालसा से भर कर नदी-पार गया, नाव से उतरा और अपने बेटे की तलाश में शहर जाने का मन बनाने लगा। नदी धीमे-धीमे और शांत बह रही थी, यह सूखा मौसम था, लेकिन नदी की ध्वनि विचित्र तरह से आ रही थी; वह हँसी थी! वह स्पष्ट रूप से हँसी थी। नदी हँसी थी, इस बूढ़े मल्लाह पर खुलकर और स्पष्ट तौर पर हँसी थी। सिद्धार्थ रुक गया, वह पानी पर झुका, ताकि और भी बेहतर ढंग से सुन सके, और उसने शांत बहते जल में अपने चेहरे को प्रतिबिम्बित होते देखा, और इस प्रतिबिम्बित चेहरे में कुछ था, ऐसा कुछ जो उसको किसी ऐसी वस्तु की याद दिला रहा था जो वह भूल चुका था, और जैसे ही उसने उसके बारे में सोचा, वह उसको मिल गयी : यह चेहरा एक अन्य चेहरे से मिलता-जुलता था, जिसको वह कभी जानता था और प्यार करता था और जिससे डरता भी था। यह उसके पिता, उस ब्राह्मण, के चेहरे से मिलता था। उसने याद किया कि किस तरह, अरसा पहले, जब वह युवा था, उसने अपने पिता को विवश कर दिया था कि वह उसके लिए संन्यासियों के साथ जाने की अनुमति दे दे, और किस तरह वह चला गया था और फिर कभी वापस नहीं लौटा था। क्या उसके पिता ने अपने बेटे के लिए वैसी ही पीड़ा का अनुभव नहीं किया होगा? क्या उसके पिता बहुत पहले अकेले

ही नहीं मर गये होंगे, फिर से अपने बेटे को देखे बिना? क्या उसको अपने लिए भी वैसी ही नियति की उम्मीद नहीं करनी चाहिए? क्या यह अपने आप में एक प्रहसन नहीं है, यह एक दुर्भाग्यप्रद चक्र में गोल-गोल घूमते रहना, क्या यह विचित्र और हास्यास्पद नहीं है?

नदी हँसी थी। हाँ, ऐसा ही है, हर वस्तु वापस लौटती है, वह हर वस्तु जिसने दुःख नहीं भोग लिया है और अपनी पराकाष्ठा पर पहुँचकर समाधान नहीं पा लिया है, उसी एक पीड़ा को बारबार झेलते हुए। लेकिन सिद्धार्थ वापस अपनी नाव में लौटा और नदी पार कर झोपड़ी में लौट आया, अपने पिता के बारे में सोचता हुआ, अपने पुत्र के बारे में सोचता हुआ, नदी की हँसी का शिकार, अपने आप से असहमत, हताशा की ओर उन्मुख, और उतना ही अपने ऊपर तथा सारी कायनात पर हँसने की इच्छा से भरा हुआ।

आह, घाव अभी भी ठीक नहीं हुआ था, उसका हृदय अभी भी उसकी नियति से लड़ रहा था, प्रफुल्लता और विजय की चमक उसकी नियति से अभी भी नहीं कौंध रही थी। तब भी, वह उम्मीद महसूस कर रहा था, और जैसे ही वह झोपड़ी में लौटा, उसके मन में वासुदेव के समक्ष अपना हृदय खोलकर रख देने की इच्छा बलवती हो उठी, उसको सबकुछ दिखा देने की, इस महान श्रोता के समक्ष सबकुछ कह देने की इच्छा।

वासुदेव झोपड़ी में बैठा हुआ था और एक टोकरी बुन रहा था। अब वह नाव नहीं चलाया करता था, उसकी आँखें क्षीण हो चली थीं, और केवल आँखें ही नहीं; उसकी भुजाएँ और हाथ भी। जस की तस केवल एक ही वस्तु बनी हुई थी : उसके चेहरे का आनन्द और प्रफुल्ल कल्याण का भाव।

सिद्धार्थ बूढ़े के पास बैठ गया। धीरे-धीरे उसने बात शुरू की। जिन वस्तुओं को लेकर उन्होंने कभी चर्चा नहीं की थी, उन वस्तुओं के बारे में अब उसने उसको बताया, उस दिन के बारे में जब वह शहर तक चला गया था, अपने सुलगते हुए घाव के बारे में, सुखी पिताओं को देखकर जागने वाली अपनी ईर्ष्या के बारे में, इस तरह की इच्छाओं के मूर्खतापूर्ण होने के अपने बोध के बारे में, उनके विरुद्ध अपने विफल संघर्ष के बारे में। उसने एक-एक बात बता दी, वह सबकुछ जो वह कह सकने में समर्थ था, यहाँ तक कि अत्यन्त संकोच में डालने वाली बातें भी, वह सबकुछ जो कहा जा सकता था, सबकुछ जो खोलकर रखा जा सकता था, जो वह कह सकता

था। उसने अपना घाव सामने रख दिया, यह भी बताया कि वह किस तरह आज भी भाग गया था, किस तरह वह नदी पार गया था, अपने बचकाने भगोड़ेपन के बारे में, कि किस तरह वह शहर जाने को लालायित था, किस तरह नदी हँसी थी।

वह बोलता रहा, लम्बे समय तक बोलता रहा, जिस दौरान वासुदेव शांत चेहरा लिये उसको सुनता रहा। वासुदेव के इस सुनने ने सिद्धार्थ को पहली बार एक प्रबल अनुभूति से भर दिया था, उसने अनुभव किया कि किस तरह उसकी पीड़ा, उसके भय, उस पर सवार रहते थे, किस तरह उसकी अन्दरूनी उम्मीद उसको भरती रही थी, उसके प्रतिरूप से लौटकर उस तक आती रही थी। अपने घाव का अपने इस श्रोता के समक्ष खोलकर रखना वैसा ही था जैसे उसे उस समय तक नदी में धोते रहना जब तक कि वह ठण्डा न हो जाता और नदी के साथ एकाकार न हो जाता। सिद्धार्थ अभी बोल ही रहा था, उसकी स्वीकृतियाँ और आत्मस्वीकृतियाँ अभी चल ही रही थीं, कि तभी उसको लगा कि उसको सुनने वाला यह व्यक्ति अब वासुदेव नहीं है, कोई मनुष्य नहीं है, उसको लगा कि यह स्थिर श्रोता उसकी आत्मस्वीकृतियों को अपने भीतर उसी तरह सोख रहा है जैसे कोई वृक्ष बारिश को सोखता है, कि यह स्थिर मनुष्य अपने आप में नदी है, जैसे यह स्वयं ईश्वर है, जैसे यह अपने आप में स्वयं शाश्वत है। जब सिद्धार्थ ने अपने बारे में और अपने घाव के बारे में सोचना बन्द कर दिया, तो वासुदेव के इस बदले हुए रूप के अहसास ने उसको अपने अधीन कर लिया, और जितना ही वह इस बात को महसूस करता गया, जितना ही उस अनुभूति के भीतर उतरता गया, उतनी ही कम आश्चर्यजनक वह अनुभूति होती गयी, उतना ही उसको इस बात का बोध होता गया कि सबकुछ वैसा ही है जैसा था, सबकुछ स्वाभाविक है, कि वासुदेव अरसे से, लगभग हमेशा से ही, ऐसा ही रहा है, कि केवल वही है जो इस बात को ठीक से समझा नहीं था, हाँ, वह स्वयं भी लगभग उसी अवस्था को प्राप्त कर चुका था। उसको लगा, वह बूढ़े वासुदेव को उसी तरह देख रहा है जिस तरह लोग देवताओं को देखते हैं, और लगा कि यह स्थिति निरंतर नहीं रह सकेगी; अपने हृदय में उसने वासुदेव से विदा लेना शुरू कर दिया। इस पूरे दौरान वह बिना विराम दिये बोलता रहा।

जब उसने बोलना बन्द कर दिया, तो वासुदेव ने अपनी आत्मीय

निगाहें, जो अब कुछ क्षीण हो गयी थीं, उसकी ओर मोड़ीं, कुछ कहा नहीं, केवल अपने प्रशांत अनुराग और प्रुफल्लता की दीप्ति को, अपनी समझ और ज्ञान की दीप्ति को, उस पर चुपचाप झरने दिया। उसने सिद्धार्थ का हाथ अपने हाथ में लिया, उसको नदी-तट के अपने आसन तक ले गया, उसके साथ बैठ गया, नदी की ओर देखकर मुस्कराने लगा।

"तुमने इसको हँसते हुए सुना था," उसने कहा। "लेकिन तुमने सारी बातें नहीं सुनीं। चलो सुनते हैं, तुम अधिक सुनोगे।"

उन्होंने सुना। बहुत कोमल ध्वनि कर रही थी नदी, कई-कई स्वरों में गाती हुई। सिद्धार्थ ने पानी में झाँककर देखा, और बहते हुए जल में उसके सामने छवियाँ प्रकट हुईं : उसके पिता दिखायी दिये, अकेले, अपने पुत्र के लिए शोक करते हुए; स्वयं वह दिखायी दिया, अकेला, वह भी अपने दूर जा चुके पुत्र की लालसा के बन्धन में बँधा जा रहा था; उसका बेटा दिखायी दिया, वह भी अकेला था, बच्चा, अपनी युवा इच्छाओं के दहकते हुए मार्ग पर लालच से भागता हुआ, हरेक अपने लक्ष्य की ओर भाग रहा था, हरेक अपने लक्ष्य के प्रति आसक्त था, हरेक दुःख झेल रहा था। नदी दुःख भरे स्वर में गा रही थी, चाहत से भरकर वह गा रही थी, चाहत से भरकर वह अपने लक्ष्य की दिशा में बहे जा रही थी, शोकाकुल स्वर में वह गाये जा रही थी।

"सुना तुमने?" वासुदेव की गूँगी निगाह ने उससे पूछा।

सिद्धार्थ ने सिर हिलाया।

"और भी ठीक से सुनो!" वासुदेव फुसफुसाया।

सिद्धार्थ ने और भी ठीक तरह से सुनने की कोशिश की। उसके पिता की छवि, उसकी अपनी छवि... उसके बेटे की छवि विलीन हो गयी। कमला की छवि भी उभरी और लुप्त हो गयी, और गोविन्द की छवि, और तमाम दूसरी छवियाँ, और वे सब एक दूसरे में विलीन हो गयीं, सब की सब नदी में बदल गयीं, नदी होकर लक्ष्य की ओर बढ़ चलीं, इच्छाओं से भरीं, कामनाओं से भरीं, दुःख झेलतीं, और नदी की आवाज़ समूची लालसा के साथ गूँजती थी, दहकते विषाद से भरी हुई, अतृप्त इच्छाओं से भरी हुई। लक्ष्य की ओर नदी जा रही थी, सिद्धार्थ ने उसको तेज़ी से भागते हुए देखा, नदी को, जिसमें वह और उसके प्रियजन और वे सारे लोग शामिल थे जिनको उसने आज तक देखा था, ये सारी लहरें और जल भागे जा रहे थे, दुःख

झेलते हुए, लक्ष्यों की ओर, बहुतेरे लक्ष्यों की ओर, जल-प्रपातों, तालाबों, निर्झरों, समुद्रों की ओर, और सारे लक्ष्य पा लिये गये थे, और प्रत्येक लक्ष्य का पीछा एक नया लक्ष्य कर रहा था, और पानी भाप में बदलता था और आकाश की ओर उठता था, बारिश में बदलता था और आकाश से बरसता था, एक स्रोत में, एक झरने में, एक नदी में बदलकर एकबार फिर से आगे की ओर चल पड़ता था, फिर से बहने लगता था। लेकिन कामना से भरा स्वर बदल चुका था। वह अभी भी दुख से भरकर, इच्छा से भरकर, गूँज रहा था, लेकिन अब दूसरे स्वर भी उसके साथ मिल गये थे, आनन्द के और दुःख के स्वर, अच्छे और बुरे स्वर, हँसी और उदासी से भरे स्वर, सैकड़ों स्वर, हज़ारों स्वर।

सिद्धार्थ ने सुना। अब वह और कुछ नहीं था, केवल एक श्रोता था, सुनने की क्रिया पर पूरी तरह से एकाग्र, पूरी तरह रिक्त, उसने महसूस किया कि वह सुनना सीखने का काम पूरा कर चुका है। पहले भी अक्सर उसने यह सब सुना था, नदी के ये अनेक स्वर, लेकिन आज उसको यह सब नया लग रहा रहा था। अब यह स्थिति थी कि वह इन स्वरों को एक दूसरे अलग नहीं कर सकता था, न सुखी स्वर से रोते हुए स्वर को, न बच्चों के स्वरों से पुरुषों के स्वरों को, वे सब आपस में मिले हुए थे, लालसा से भरा रुदन और ज्ञानी प्रज्ञावान की हँसी, क्रोध से भरी चीख़ और मरते हुओं की कराहें, हर वस्तु एक थी, हर वस्तु आपस में गुँथी, आपस में जुड़ी, हज़ार तरह से उलझी हुई। ये सारी वस्तुएँ मिलकर, सारी आवाज़ें, सारे लक्ष्य, सारी लालसाएँ, सारे दुःख, सारे सुख, सारे के सारे शुभ और अशुभ, यह सबकुछ मिलकर संसार बनता था। यह सारा का सारा समग्र रूप में घटनाओं का प्रवाह था, जीवन का संगीत था। जब सिद्धार्थ ने इस तरह एकाग्र चित्त से नदी को सुना, हज़ारों स्वर से मिलकर बने इस गान को, जब वह न तो अलग से दुःख को सुन रहा था न हँसी को, जब उसकी आत्मा इनमें से किसी स्वर-विशेष से नहीं बँधी हुई थी और उसका स्वत्व किसी स्वर-विशेष में डूबा हुआ नहीं था, बल्कि जब वह इन सबको एकसाथ सुन रहा था, पूर्ण को, एकत्व को, अनुभव कर रहा था, तब उसको हज़ारों स्वरों से मिलकर बना वह एक स्वर सुनायी दिया जो एक शब्द में समाहित था, और वह था ओउम् : परिपूर्णता।

"सुना तुमने," वासुदेव की निगाह ने फिर से पूछा। वासुदेव की

मुस्कराहट अपनी पूरी चमक लिये उसके बूढ़े चेहरे की तमाम झुर्रियों के बीच अपनी आभा बिखेरती तैर रही थी, उसी तरह जैसे नदी के सारे स्वरों के ऊपर ओ३म् का स्वर गूँज रहा था। उसकी मुस्कराहट पूरी चमक के साथ खिली हुई थी, जब उसने अपने दोस्त की ओर देखा था, और वैसी ही मुस्कराहट सिद्धार्थ के चेहरे पर भी अपनी चमक बिखेरना आरम्भ कर रही थी। उसके घाव में फूल खिल उठे थे, उसका विषाद चमक रहा था, उसका स्वत्व ऐक्य में बह चुका था।

यह वह पल था जब सिद्धार्थ ने अपनी नियति से संघर्ष करना बन्द कर दिया, दुःख झेलना बन्द कर दिया। उसका चेहरा एक ऐसे ज्ञान की दीप्ति से खिला हुआ था, जिसका किसी भी इच्छा के साथ कोई विरोध नहीं रह जाता, जिसमें केवल पूर्णता का बोध होता है, जो घटनाओं के प्रवाह के साथ, जीवन की धारा के साथ, मैत्री रखता है, जो दूसरों की पीड़ा के प्रति सहानुभूति से भरा होता है, दूसरों के सुख के प्रति सहानुभूति से भरा होता है, प्रवाह के प्रति समर्पित, एकत्व का अंग।

जब वासुदेव तट पर के उस आसन से उठा, जब उसने सिद्धार्थ की आँखों में ज्ञान की दीप्ति देखी, उसने हल्के-से, अपने शांत और कोमल विधि से, अपने हाथ से उसके कन्धे को छुआ, और कहा : "मैं इसी घड़ी की प्रतीक्षा कर रहा था, प्यारे मित्र। अब जबकि वह घड़ी आ चुकी है, मुझको जाने की अनुमति दो। मैं इस घड़ी की प्रतीक्षा करता रहा हूँ; लम्बे समय से मैं मल्लाह वासुदेव बना रहा हूँ। अब यह बहुत है। अलविदा, झोपड़ी, अलविदा, नदी, अलविदा, सिद्धार्थ!"

सिद्धार्थ ने उसको, जिसने उसको अलविदा कहा था, पूरा झुककर प्रणाम किया।

"मैं जानता था यह," उसने शांत स्वर में कहा। "तुम जंगल जाओगे?"

"मैं जंगल में जा रहा हूँ, मैं एकत्व में जा रहा हूँ।" एक खिली हुई मुस्कराहट के साथ वासुदेव ने कहा।

एक खिली हुई मुस्कराहट लिये वह चला गया। गहरे आनन्द के साथ, गहरे संयम के साथ, वह उसको जाते हुए देखता रहा, देखता रहा पूरी शान्ति के साथ उठते-गिरते उसके क़दमों को, देखता रहा उसके कान्तिमय मस्तक को, देखता रहा प्रकाश-दीप्त उसकी काया को।

गोविन्द

दूसरे भिक्षुओं के साथ गोविन्द भी तीर्थयात्राओं के बीच विश्राम का अपना समय उस आमोद-वन में बिताया करता था, जो नगरवधु कमला ने गौतम के अनुयायियों के लिए दान कर दिया था। उसने लोगों को एक बूढ़े मल्लाह की चर्चा करते सुना, जो एक दिन की यात्रा की दूरी पर नदी किनारे रहता था, और बहुत से लोग जिसको ज्ञानी पुरुष बताते थे। जब गोविन्द वापस लौट रहा था, तो इस मल्लाह को देखने की उत्सुकता के चलते उसने उस घाट की ओर जाने वाला रास्ता चुना। क्योंकि, यद्यपि उसने सारा जीवन नियमनिष्ठ ढंग से बिताया था, यद्यपि वह अपनी आयु और सदाचार की वजह से युवतर भिक्षुओं के बीच श्रद्धा का पात्र था, लेकिन उद्विग्नता और खोज की ललक अभी भी उसके हृदय से पूरी तरह समाप्त नहीं हो सकी थी।

वह नदी पर पहुँचा और उसने बूढ़े से नदी पार उतारने का आग्रह किया, और जब वे नाव से उस पार उतरे, तो उसने बूढ़े से कहा : "आप हम भिक्षुओं और तीर्थयात्रियों के प्रति बहुत भले हैं, आपने हममें से अनेक को नदी पार करायी है। क्या आप भी, मल्लाह सन्मार्ग की खोज में नहीं हैं?"

अपनी बूढ़ी निगाहों से मुस्कराते हुए सिद्धार्थ ने कहा : "हे श्रद्धेय,

क्या आप अब भी अपने को खोजी कहते हैं, जबकि आप वृद्ध हो चुके हैं, और गौतम के भिक्षुओं का चोला धारण किये हुए हैं?"

"यह सच है, मैं बूढ़ा हूँ," गोविन्द बोला, "लेकिन मैंने खोजना बन्द नहीं किया है। मैं कभी भी खोजना बन्द नहीं करूँगा, लगता है यही मेरी नियति है। आप भी तो, मुझे लगता है, खोज में लगे हुए हैं। हे श्रद्धेय, क्या आप मुझे कुछ बताएँगे?"

सिद्धार्थ ने कहा : "हे श्रद्धेय, मेरे पास ऐसा क्या हो सकता है जो मैं आपको बता सकूँ? कदाचित यही कि आप बहुत अधिक की खोज में लगे हुए हैं? कि इस सारी खोज के चलते आपको पाने का अवसर नहीं मिल सका है?"

"कैसे?" गोविन्द ने पूछा।

"जब कोई व्यक्ति खोज में लगा होता है," सिद्धार्थ ने कहा, "तो यह बहुत सम्भव है कि जो एकमात्र वस्तु उसकी आँखों को दिखायी दे वह वही हो जिसको वह खोज रहा है, कि वह कुछ भी पा सकने में, अपने मस्तिष्क में किसी भी वस्तु को प्रवेश करने देने में, अक्षम हो जाए, क्योंकि वह सदा किसी और के बारे में नहीं बल्कि उसी वस्तु के बारे में सोचता रहता है जो उसकी खोज के लक्ष्य पर होती है, क्योंकि उसके पास एक लक्ष्य होता है, क्योंकि वह अपने लक्ष्य से सम्मोहित होता है। खोजने का अर्थ है : एक लक्ष्य का होना। लेकिन पाने का अर्थ है : मुक्त होना, खुला हुआ होना, किसी निर्धारित लक्ष्य का न होना। आप, श्रद्धेय, कदाचित, खोजी ही हैं, क्योंकि लक्ष्य की साधना में लगे रहते हुए बहुत-सी ऐसी वस्तुएँ होती हैं जिनको आप देखते नहीं हैं, जबकि वे सीधे-सीधे आपकी आँखों के सामने होती हैं।"

"मैं अभी भी ठीक से नहीं समझ सका," गोविन्द ने कहा, "कि आपका क्या अभिप्राय है।"

सिद्धार्थ ने कहा : "बहुत पहले, हे श्रद्धेय, कई बरस पहले, आप इस नदी पर आये थे और आपने नदी किनारे एक सोते हुए मनुष्य को देखा था, और आप नींद के दौरान उसकी रक्षा करने उसके पास बैठे रहे थे। लेकिन हे गोविन्द, तुमने उस सोते हुए आदमी को पहचाना नहीं।"

आश्चर्यचकित, मानो वह किसी जादुई सम्मोहन का शिकार हो गया

हो, भिक्षु ने मल्लाह की आँखों में झाँका।

"क्या तुम सिद्धार्थ हो?" उसने संकोच में डूबे स्वर में पूछा। "मैं इस बार भी तुमको नहीं पहचान पाया! मैं अपने हृदय से तुम्हारा अभिवादन करता हूँ, सिद्धार्थ; तुमको एकबार फिर से देखकर मैं हृदय से प्रसन्न हूँ! तुम बहुत बदल गये हो, मेरे मित्र - और अब तुम मल्लाह बन गये हो?"

सिद्धार्थ मुक्त मन से हँस पड़ा। "मल्लाह, हाँ। बहुत से लोगों को, गोविन्द बहुत बदल जाना पड़ता है, कई तरह के चोले पहनने पड़ते हैं, मैं उन्हीं में से एक हूँ, प्यारे दोस्त। स्वागत है, गोविन्द, आओ और रात मेरी झोपड़ी में बिताओ।"

गोविन्द उस रात झोपड़ी में रहा और उसी बिस्तर पर सोया जो वासुदेव का बिस्तर हुआ करता था। बहुत से सवाल उसने बचपन के अपने इस दोस्त के सामने रखे, बहुत सी बातें सिद्धार्थ को अपने जीवन के बारे में उसको बतानी पड़ीं।

अगले दिन, जब यात्रा आरम्भ करने का समय आ गया, तो गोविन्द ने, संकोच का दामन न तजते हुए, ये शब्द कहे : "इसके पहले कि मैं अपनी यात्रा पर आगे बढ़ूँ, सिद्धार्थ, मुझे केवल एक और प्रश्न पूछने की अनुमति दो। क्या तुम्हारे पास कोई सीख है, क्या तुम्हारी कोई आस्था है, या ऐसा कोई अनुकरणीय ज्ञान, जो तुमको जीवन जीने और उचित कर्म करने में मदद करता हो?"

सिद्धार्थ ने कहा : "तुम जानते हो, प्रिय मित्र कि युवावस्था में ही, उन्हीं दिनों में जब हम वन में तपस्वियों के साथ रहा करते थे, मैंने गुरुओं और उपदेशों पर अविश्वास करना आरम्भ कर दिया था और उनकी ओर से मुँह मोड़ लिया था। मैं इस पर अडिग रहा हूँ। तब भी, उसके बाद से मेरे अनेक गुरु रहे हैं। एक सुन्दर नगरवधु लम्बे समय तक मेरी गुरु रही है, और एक धनी व्यापारी मेरा गुरु हुआ करता था, और पाँसे फेंकने वाले कुछ जुआरी। एकबार, पदयात्रा करता हुआ बुद्ध का एक अनुयायी तक मेरा गुरु रह चुका है; वह मेरे पास बैठा था जब मैं जंगल में सोया हुआ था, अपनी तीर्थयात्रा के दौरान। मैंने उससे भी सीखा है, मैं उसका भी कृतज्ञ हूँ, बहुत कृतज्ञ हूँ। लेकिन सबसे अधिक मैंने सीखा है इस नदी से, और अपने पूर्वज, मल्लाह वासुदेव से। वह एक बहुत ही सीधा-सादा व्यक्ति था,

वासुदेव, वह कोई चिन्तक नहीं था, लेकिन वह उस वस्तु को जानता था जिसको जानना अनिवार्य है, उतना ही अच्छी तरह से जितना गौतम जानते थे। वह एक परिपूर्ण मनुष्य था, एक सन्त।"

गोविन्द ने कहा : "तब भी, सिद्धार्थ, तुमको लोगों पर हँसने में थोड़ा-सा आनन्द मिलता है, ऐसा मुझको लगता है। मैं तुम्हारी बात पर विश्वास करता हूँ और जानता हूँ कि तुमने किसी गुरु का अनुसरण नहीं किया है। लेकिन, भले ही तुमको कोई उपदेश उपलब्ध नहीं हुए हैं, तब भी क्या तुमने स्वयं ही कुछ पा नहीं लिया है, कुछ ऐसे विचार जिनके इर्दगिर्द तुम चक्कर काटते रहते हो, कुछ अन्तर्दृष्टियाँ, जो तुम्हारी अपनी हैं और जीवन जीने में तुम्हारी सहायता करती हैं? अगर तुम इनमें से कुछ के बारे में मुझको बता सको, तो तुम मेरे हृदय को बहुत आनन्दित करोगे।"

सिद्धार्थ ने कहा : "मुझको विचार तो मिलते रहे हैं, हाँ, और अन्तर्दृष्टियाँ भी, बारबार। कभी-कभी, घण्टे भर तक या पूरे दिन भर मैंने अपने भीतर ज्ञान का अनुभव किया है, उसी तरह जैसे कोई अपने हृदय में जीवन का अनुभव करेगा। बहुत से विचार रहे हैं, लेकिन उनको तुम तक पहुँचा पाना मेरे लिए कठिन काम होगा। देखो, प्यारे गोविन्द, मेरा एक विचार यह है, जो मैंने पाया है : प्रज्ञा का हस्तान्तरण सम्भव नहीं है। ऐसी प्रज्ञा जिसको कोई प्रबुद्ध व्यक्ति किसी अन्य को हस्तान्तरित करने का प्रयत्न करता है सदा मूर्खतापूर्ण वस्तु जैसी प्रतीत होती है।"

"क्या तुम परिहास नहीं कर रहे हो?" गोविन्द ने पूछा।

"मैं परिहास नहीं कर रहा हूँ। मैं तुमसे वह कह रहा हूँ जो मैंने पाया है। ज्ञान तो दूसरे तक पहुँचाया जा सकता है, लेकिन प्रज्ञा नहीं। उसको केवल उपलब्ध किया जा सकता है, उसको जिया जा सकता है, उससे सम्मोहित हो जाना सम्भव है, उसके सहारे चमत्कार भी कदाचित किये जा सकते हैं, लेकिन उसको न तो शब्दों में व्यक्त किया जा सकता है, न सिखाया जा सकता है। यही वह बात है जिसको लेकर मेरे मन में, जब मैं युवा था तब भी, कभी-कभी सन्देह जागा करता था, जो मुझको गुरुओं से दूर ले गयी थी। मुझको एक विचार उपलब्ध हुआ है, गोविन्द, जिसको एकबार फिर तुम एक परिहास या मूर्खता समझोगे, लेकिन जो मेरा श्रेष्ठ विचार है। यह कहता है : प्रत्येक सच का विलोम उतना ही सच होता है! यह कुछ इस तरह है : किसी

भी सत्य को केवल तभी अभिव्यक्त किया जा सकता है और शब्दों में रखा जा सकता है जब वह एकपक्षीय होता है। ऐसी सारी बातें, जिनको सोचा जा सकता है और शब्दों में कहा जा सकता है, एकपक्षीय हैं; यह सब एकपक्षीय है, सबका सब मात्र आधा है, इस सब में पूर्णता का, चक्रीयता का, ऐक्य का अभाव है। जब सिद्धपुरुष गौतम जगत के बारे में उपदेश देते थे, तो उनको उसको संसार और निर्वाण के, माया और सत्य के, दुःख और मुक्ति के, दो हिस्सों में बाँटना पड़ता था। इसको किसी और ढंग से किया ही नहीं जा सकता; जो व्यक्ति उपदेश देना चाहता है, उसके पास और कोई दूसरा ढंग नहीं है। लेकिन जगत, जो हमारे चारों ओर और हमारे भीतर विद्यमान है, वह अपने आप में कभी भी एकपक्षीय नहीं होता। कोई व्यक्ति या कोई कर्म कभी भी पूरी तरह से न तो संसार है और न पूरी तरह से निर्वाण है; कोई व्यक्ति कभी भी पूरी तरह से न तो पुण्यात्मा होता है और न पूरी तरह से पापात्मा होता है। चूँकि हम माया के अधीन होते हैं, इसलिए ऐसा प्रतीत अवश्य होता है कि समय कोई वास्तविक वस्तु है। समय वास्तविक नहीं है गोविन्द, इसे मैंने बारबार अनुभव किया है। अगर समय वास्तविक नहीं है, तो फिर जगत और शाश्वतता के बीच, दुःख और परम आनन्द के बीच, पाप और पुण्य के बीच प्रतीत होने वाला अन्तर भी माया है।"

"कैसे?" गोविन्द ने संकोचपूर्वक पूछा।

"ठीक से सुनो, प्रिय मित्र, ठीक से सुनो! पापी पापी ही है, जो मैं भी हूँ और तुम भी हो, लेकिन आने वाले समय में वह फिर से ब्रह्म होगा, वह निर्वाण को प्राप्त होगा, बुद्ध होगा - और अब देखो : ये "आने वाले समय" एक माया हैं, केवल एक अनुश्रुति हैं! पापी बुद्ध होने के मार्ग पर नहीं है, वह विकास की प्रक्रिया में नहीं है, हालाँकि यह जानना हमारी सोचने की सामर्थ्य में नहीं है कि इसकी कल्पना और किस तरह से की जा सकती है। नहीं, पापी के भीतर आज और अभी भावी बुद्ध उपस्थित है, उसका समूचा भविष्य पहले से ही वहाँ उपस्थित है, तुमको उसके भीतर, अपने भीतर, हर किसी के भीतर उस बुद्ध की पूजा करनी होगी, जो अस्तित्व में आने वाला है, उस सम्भाव्य, छिपे हुए बुद्ध की। जगत, प्रिय गोविन्द, अपूर्ण या पूर्णता की ओर धीमी गति से बढ़ता हुआ नहीं है : नहीं, वह प्रत्येक क्षण में पूर्ण है, सारे पाप पहले से ही अपने भीतर दैवीय क्षमा को धारण किये हुए हैं, सारे छोटे बच्चे पहले से ही अपने भीतर वृद्धों को धारण

किये हुए हैं, समस्त शिशुओं में मृत्यु पहले से उपस्थित है, समस्त मरते हुए लोगों में शाश्वत जीवन उपस्थित है। यह किसी भी व्यक्ति के लिए देख पाना सम्भव नहीं है कि दूसरा व्यक्ति अपने मार्ग पर पहले से ही कितना आगे बढ़ चुका है; एक लुटेरे और जुआरी के भीतर बुद्ध प्रतीक्षा कर रहे हैं; ब्राह्मण में लुटेरा प्रतीक्षा कर रहा है। गहरे ध्यान की अवस्था में समय को अस्तित्व-हीन कर देने की सम्भावना होती है, जो था, जो है, और जो होगा उस समस्त जीवन को एक ही समय में देखने की सम्भावना, और वहाँ सबकुछ शुभ है, सबकुछ पूर्ण है, सबकुछ ब्रह्म है। इसलिए जो कुछ भी है उस सब को मैं शुभ के रूप में देखता हूँ, मृत्यु मेरे लिए जीवन के समान है, पाप पुण्य के समान है, प्रज्ञा मूर्खता के समान है, प्रत्येक वस्तु को वही होना होता है जो वह है, अगर किसी वस्तु से मैं अपेक्षा करता हूँ कि वह मेरे लिए शुभ हो, वह मेरा हित करने के सिवा और कुछ न करे, वह मुझे किसी भी तरह की हानि न पहुँचा सके, तो इसके लिए इतना भर आवश्यक है कि मैं उसको इसकी स्वीकृति दूँ, उसकी इस रूप में कामना करूँ, इसकी आत्मीय सहमति दूँ। मैंने अपनी देह पर और अपनी आत्मा पर इस बात को अनुभव किया है कि मुझको बहुत सारा पाप आवश्यक था, मुझको वासना आवश्यक थी, परिग्रह की, दिखावे की लालसा आवश्यक थी, यह सीखने के लिए कि सारे प्रतिरोधों से किस तरह छुटकारा पाया जाए, यह सीखने के लिए कि संसार को प्रेम कैसे किया जाए, ताकि मैं इस संसार की तुलना अपने मनोवांछित संसार से, अपने कल्पित संसार से, पूर्णता की अपनी गढ़ी हुई एक विशेष तरह की अवधारणा से करने से स्वयं को रोक सकूँ, ताकि इस संसार को उसी रूप में रहने दे सकूँ जैसा वह है और उससे प्रेम कर सकूँ और उसका एक अंग होने का आनन्द ले सकूँ - हे गोविन्द, यही कुछ विचार हैं जो मेरे मन में आते हैं।"

सिद्धार्थ झुका, उसने ज़मीन से एक पत्थर उठाया, और उसको अपने हाथों में तौलने लगा।

"यह," उसके साथ खेलते हुए उसने कहा, "यह एक पत्थर है, और एक निश्चित समय के बाद, कदाचित मिट्टी में बदल जायेगा, और फिर मिट्टी से एक पौधे या पशु या मनुष्य में बदल जायेगा। पहले कभी मैंने कहा होता : यह पत्थर मात्र एक पत्थर है, इसका कोई मूल्य नहीं है, यह माया

के जगत का हिस्सा है; लेकिन क्योंकि यह रूपान्तरणों के क्रम में एक मनुष्य और एक आत्मा बन सकने में समर्थ है, इसलिए मैं इसको भी महत्त्व देता हूँ। इस प्रकार, अतीत में मैंने कदाचित इस तरह सोचा होता। लेकिन आज मैं सोचता हूँ : यह पत्थर एक पत्थर है। यह पशु भी है, और देवता भी है, और बुद्ध भी है, मैं इसकी पूजा और इससे प्रेम इसलिए नहीं करता कि यह इस या उस वस्तु में बदल सकता है, बल्कि इसलिए करता हूँ कि यह पहले से सबकुछ था और है - और यही कि यह एक पत्थर है, वह तथ्य है कि यह मेरे समक्ष आज और अभी एक पत्थर के रूप में प्रकट है, यही कारण है कि मैं इसको प्रेम करता हूँ और इसकी प्रत्येक शिरा, प्रत्येक गड्ढे में, इसके पीलेपन में, इसके भूरेपन में, इसकी कठोरता में, इसकी उस ध्वनि में जो तब पैदा होती है जब मैं इस पर चोट करता हूँ, इसकी सतह की शुष्कता या नमी में, मैं एक मूल्य, एक प्रयोजन देखता हूँ। ऐसे भी पत्थर होते हैं जो तेल या साबुन की-सी अनुभूति जगाते हैं, कुछ होते हैं जो पत्तियों की-सी अनुभूति जगाते हैं, कुछ होते हैं जो रेत की-सी अनुभूति जगाते हैं, और इनमें से प्रत्येक विशिष्ट है और अपने ढंग से ओ३म् की प्रार्थना करता है, इनमें से प्रत्येक ब्रह्म है, लेकिन उसी क्षण में और उतना ही वह पत्थर भी होता है, तैलीय या रसीला भी होता है, और यही वह तथ्य है जिसको मैं विस्मय से देखता हूँ और पूजा के योग्य समझता हूँ। लेकिन अब मुझको इस सबके बारे में और बात नहीं करना चाहिए। गूढ़ अर्थों के लिए शब्द उचित नहीं हैं, हर वस्तु, जैसे ही उसको शब्दों में रखा जाता है, थोड़ी-सी भिन्न हो जाती है, थोड़ी-सी विकृत हो जाती है, थोड़ी-सी हास्यास्पद हो जाती है - हाँ, और यह भी बहुत अच्छा है, और इसको मैं बहुत पसन्द करता हूँ, मैं इससे अपने को बहुत सहमत भी पाता हूँ, कि जो वस्तु एक व्यक्ति की निधि और प्रज्ञा होती है दूसरे के लिए वही मूर्खता की तरह प्रतीत होती है।"

गोविन्द चुपचाप सुनता रहा था।

"तुमने यह बात मुझसे पत्थर के बारे में क्यों कही?" उसने कुछ देर के अन्तराल के बाद सकुचाते हुए पूछा।

"यह मैंने बिना किसी विशेष प्रयोजन के किया था। या कदाचित मैं यह कहना चाहता था कि इस पत्थर को, और इस नदी को, और इन तमाम वस्तुओं को जिनको हम देख रहे हैं और जिनसे हम सीख सकते हैं, इन

सबको प्रेम करो। मैं एक पत्थर से प्रेम कर सकता हूँ, गोविन्द, और एक वृक्ष या छाल के एक टुकड़े को भी। ये वस्तुएँ हैं, और वस्तुओं से प्रेम किया जा सकता है। लेकिन मैं शब्दों से प्रेम नहीं कर सकता। इसीलिए उपदेश मेरे लिए किसी काम के नहीं हैं, उनमें किसी तरह की कठोरता, किसी तरह की कोमलता, कोई रंग, कोई धारें, कोई गन्ध, कोई स्वाद नहीं होता, उनमें शब्दों के सिवा और कुछ नहीं होता। कदाचित उपदेश ही हैं जो तुमको शान्ति की प्राप्ति से दूर रखते हैं, कदाचित वे बहुत सारे शब्द ही हैं। क्योंकि मोक्ष और श्रेय भी, संसार और निर्वाण भी मात्र शब्द ही हैं, गोविन्द। ऐसी कोई वस्तु नहीं है जो निर्वाण हो; केवल निर्वाण शब्द भर है।"

गोविन्द बोला : "एक शब्द भर नहीं है निर्वाण, मेरे मित्र। वह एक विचार है।"

सिद्धार्थ ने बात जारी रखते हुए कहा : "विचार, हो सकता है। मुझे तुम्हारे सामने एक बात स्वीकार करनी चाहिए, मेरे प्यारे मित्र : मैं विचारों और शब्दों में बहुत अधिक भेद नहीं करता। स्पष्ट कहूँ, विचारों को लेकर भी मेरे मन में कोई ऊँची धारणा नहीं है। वस्तुओं के बारे में मेरी धारणा कहीं बेहतर है। उदाहरण के लिए, यहाँ इस घाट पर, एक मनुष्य मेरा पूर्वज और शिक्षक रहा है, एक सन्त पुरुष, जिसकी वर्षों तक मात्र नदी में आस्था रही, और किसी वस्तु में नहीं। उसने लक्ष्य किया था कि नदी उससे बात करती है, उसने उससे सीखा, नदी ने उसको शिक्षित किया और पढ़ाया, नदी उसके लिए एक देवता प्रतीत होती थी, वर्षों तक उसको इस बात का बोध नहीं था कि प्रत्येक वायु, प्रत्येक बादल, प्रत्येक पक्षी, प्रत्येक भौंरा उतना ही दिव्य है और उतना ही समझता है और सिखा सकता है जितना कि यह पूज्य नदी। लेकिन जब यह पुण्यात्मा व्यक्ति जंगल चला गया, तो वह सबकुछ जानता था, तुमसे और मुझसे कहीं अधिक जानता था, बिना किन्हीं गुरुओं की सहायता के, बिना पुस्तकों के, केवल इसलिए कि वह नदी में आस्था रखता था।"

गोविन्द ने कहा : "लेकिन जिसको तुम 'वस्तुएँ' कहते हो, वह क्या वास्तव में कोई यथार्थ वस्तु है, कोई ऐसी वस्तु जिसका अस्तित्व हो? क्या वह माया का भुलावा मात्र नहीं है, मात्र एक छाया, मात्र एक भ्रम? तुम्हारा पत्थर, तुम्हारा वृक्ष, तुम्हारी नदी - क्या ये सचमुच यथार्थ हैं?"

"इस सब की भी मैं बहुत चिन्ता नहीं करता," सिद्धार्थ ने कहा।

वस्तुएँ भ्रम हों तो भी और न हों तो भी इससे अन्तर नहीं पड़ता, अन्ततः तब मैं भी तो एक भ्रम ही ठहरता हूँ, और इस प्रकार वे सदा मेरी ही तरह हैं। यही बात उनको मेरे लिए प्रिय और श्रद्धा के योग्य बनाती है : वे मेरे जैसी ही हैं। इसलिए मैं उनसे प्रेम कर सकता हूँ। अब यह एक सीख है जिस पर तुम हँसोगे : प्रेम, हे गोविन्द, मुझको सबसे महत्त्वपूर्ण वस्तु प्रतीत होती है। संसार को आमूलचूल समझना, उसकी व्याख्या करना, उससे घृणा करना, यह महान चिन्तकों का काम हो सकता है। लेकिन मेरी रुचि तो केवल संसार को प्रेम करने योग्य बनने में है, उससे घृणा करने में नहीं है, उससे और स्वयं से दूर भागने में नहीं है, उसको और स्वयं को और समस्त सत्ताओं को अनुराग, सराहना और भरपूर सम्मान के भाव से देखने योग्य बनने में है।”

“यह बात मुझको समझ में आती है,” गोविन्द ने कहा। “लेकिन इसी को तो सिद्ध पुरुष द्वारा एक प्रवंचना के रूप में अन्वेषित किया था। वे परोपकार का, क्षमा का, सहानुभूति का, सहिष्णुता का निर्देश करते हैं, लेकिन प्रेम का नहीं; वे हमें अपने हृदय को सांसारिक वस्तुओं के साथ प्रेम के बन्धन में बाँधने का निषेध करते हैं।”

“यह मैं जानता हूँ,” सिद्धार्थ ने कहा; उसकी मुस्कराहट खिल उठी। “यह बात मैं जानता हूँ, गोविन्द। ध्यान रहे, इसी के साथ हम धारणाओं के जंगल के ठीक बीचोंबीच जा पहुँचते हैं, शब्दों पर टिके विवाद के बीचोंबीच। क्योंकि मैं इस बात को नकार नहीं सकता कि प्रेम को लेकर मेरे शब्द गौतम के शब्दों के विरोध में, ऊपरी तौर पर विरोध में, जाते हैं। यही कारण है कि मैं शब्दों पर इतना अविश्वास करता हूँ, क्योंकि मैं जानता हूँ कि यह विरोध एक छलावा है। मैं जानता हूँ कि मैं गौतम के साथ सहमति रखता हूँ। यह कैसे सम्भव है कि वे प्रेम को न समझते होंगे, वे जिन्होंने मानव अस्तित्व के सारे तत्त्वों को उनकी अनित्यता में, उनकी अर्थहीनता में, आविष्कृत किया था, और तब भी वे लोगों को इतना अधिक प्रेम करते थे कि उन्होंने एक लम्बा, श्रमसाध्य जीवन उनकी सहायता करने में, उनको शिक्षा देने में लगा दिया! उनके मामले में भी, तुम्हारे इस महान गुरु के मामले में भी, मैं वस्तु को शब्दों से ऊपर रखता हूँ, उनके उपदेशों से अधिक उनके कृत्यों और उनके जीवन को महत्त्व देता हूँ, उनके मतों से अधिक उनके हाथ

की मुद्राओं को महत्त्व देता हूँ। उनके उपदेशों में नहीं, उनके विचारों में नहीं, उनकी महानता को मैं केवल उनके कृत्यों में, उनके जीवन में, देखता हूँ।”

देर तक दोनों वृद्धों ने कुछ नहीं कहा।

फिर विदा लेते हुए गोविन्द झुका और बोला : “मैं तुम्हें धन्यवाद देता हूँ, सिद्धार्थ, कि तुमने मुझे अपने कुछ विचार बताये। वे आंशिक रूप से विचित्र-से विचार हैं, वे सारे के सारे मेरे लिए तत्क्षण बोधगम्य नहीं हैं। तब भी, मैं तुम्हें धन्यवाद देता हूँ, और तुम्हारे लिए शान्तिपूर्ण दिनों की कामना करता हूँ।”

लेकिन मन ही मन वह सोच रहा था : यह सिद्धार्थ एक विचित्र व्यक्ति है, वह विचित्र विचार व्यक्त करता है, इसके उपदेश मूर्खतापूर्ण प्रतीत होते हैं। महात्मा के विचार इसकी तुलना में कितने भिन्न, कितने प्रांजल, कितने विशुद्ध, कितने बोधगम्य प्रतीत होते हैं, जिनमें कोई विचित्रता, कोई मूर्खता, कोई हास्यास्पदता नहीं है। लेकिन मुझे सिद्धार्थ के हाथ और पैर, उसकी आँखें, उसका माथा, उसकी साँस, उसकी मुस्कराहट, उसका अभिवादन, उसकी चाल उसके विचारों से भिन्न प्रतीत होते हैं। कभी भी, निर्वाण के साथ महात्मा गौतम के एकाकार होने के बाद कभी भी, मैं ऐसे किसी व्यक्ति से नहीं मिला जिसने मुझको यह अनुभूति दी हो कि यह एक सन्त पुरुष है! केवल इसी को, इस सिद्धार्थ को ही मैंने ऐसा पाया है। भले ही उसके उपदेश विचित्र हों, भले ही उसके शब्द मूर्खतापूर्ण प्रतीत होते हों; उसकी दृष्टि और हाथों से, उसकी त्वचा और केशों से, उसके एक-एक अंग से जो शुचिता झलकती है, स्थितप्रज्ञता झलकती है, प्रफुल्लता और सौम्यता और पवित्रता झलकती है, वैसी महागुरु के अन्तिम देहावसान के बाद मैंने और किसी में नहीं देखी।

जब गोविन्द इस तरह सोच रहा था, और उसके हृदय में द्वन्द्व छिड़ा हुआ था, वह एकबार फिर से, प्रेम के वशीभूत होकर, सिद्धार्थ के समक्ष झुका। बहुत गम्भीर प्रणति की मुद्रा में उसके समक्ष झुका जो स्थितप्रज्ञ ढंग से बैठा हुआ था।

“सिद्धार्थ,” वह बोला, “हम बूढ़े हो गये हैं। अब इसकी कोई सम्भावना नहीं रही कि इस जन्म में हममें से कोई भी एक दूसरे से दोबारा मिल सकेगा। मैं देखता हूँ, मेरे प्रिय, कि तुमको शान्ति मिल चुकी है। मैं तुम्हारे सामने स्वीकार करता हूँ कि मुझको वह नहीं मिल सकी है। मुझसे, हे

श्रद्धेय, मुझसे एक शब्द और कहो, मेरे पाथेय के रूप में मुझको ऐसा कुछ दो जो मैं ग्रहण कर सकूँ, जो मैं समझ सकूँ! प्रायः बहुत कठिन रहा है मेरा मार्ग, प्रायः अँधेरा रहा है, सिद्धार्थ।"

सिद्धार्थ ने कुछ नहीं कहा और सर्वथा अविचलित, शांत मुस्कराहट के साथ उसको देखता रहा। गोविन्द उसके चेहरे को ताकता रहा, आँसुओं और उम्मीद के साथ, उसकी निगाहों में दुःख और शाश्वत खोज, शाश्वत अप्राप्ति दिखायी देती थी।

सिद्धार्थ ने इसे देखा और मुस्कराया।

"मेरी ओर झुको," उसने गोविन्द के कानों में हल्के से फुसफुसाते हुए कहा। "मेरी ओर झुको! इस तरह, और निकट! बहुत निकट! मेरे माथे को चूमो, गोविन्द!"

लेकिन जिस दौरान ने गोविन्द ने विस्मित किन्तु तब भी गहरे अनुराग और उम्मीद से आकर्षित होकर उसकी आज्ञा का पालन किया, उसके पास झुककर अपने होंठों से उसके माथे को छुआ, तभी उसके साथ कोई चमत्कार घटित हुआ। जिस समय उसके विचार अभी भी सिद्धार्थ के विस्मयकारी शब्दों को गुनने में लगे हुए थे, जिस समय वह अभी भी समय की अस्तित्वहीनता के बारे में सोचने की, निर्वाण और संसार की एकरूपता की कल्पना करने की, बेमन से और विफल कोशिश कर रहा था, जिस समय उसके भीतर अपने इस दोस्त के शब्दों को लेकर एक विशेष तरह की भर्त्सना का भाव अपार प्रेम और श्रद्धा के विरुद्ध जंग छेड़े हुए था, उसी समय यह घटित हुआ।

उसको अब अपने दोस्त सिद्धार्थ का चेहरा दिखायी नहीं दे रहा था, इसकी बजाय उसको वहाँ दूसरे चेहरे दिखायी दे रहे थे, कई-कई चेहरे, एक लम्बी श्रृंखला, चेहरों की एक बहती हुई नदी, सैकड़ों, हज़ारों चेहरों की, जो सब आते थे और लुप्त हो जाते थे, और जो तब भी सबके सब एकसाथ मौजूद लगते थे, जो निरन्तर बदल रहे थे और नया रूप ले रहे थे, और जो तब भी सारे के सारे सिद्धार्थ के चेहरे थे। उसने अन्तहीन पीड़ा में खुले मुख वाली एक मछली का, एक अश्वमीन का, चेहरा देखा, एक मरती हुई मछली का चेहरा देखा, जिसकी आँखें बुझने को थीं - उसने एक नवजात शिशु का चेहरा देखा, लाल और झुर्रियों से भरा, जो रोने के कारण विकृत

हो रहा था - उसने एक हत्यारे का चेहरा देखा, उसने उसको एक अन्य व्यक्ति के शरीर में चाकू घोंपते देखा - उसी क्षण में उसने इस अपराधी को बेड़ियाँ पहने, घुटनों पर झुके देखा, जल्लाद द्वारा तलवार के एक ही वार में उसका सिर काटे जाते हुए - उसने स्त्रियों और पुरुषों के शरीर देखे, नग्न और प्रेम के उन्माद में अकड़े हुए - उसने शव देखे फैले हुए, निश्चल, ठण्डे, खोखले - उसने सिर देखे जानवरों के, सुअरों के, मगरमच्छों के, हाथियों के, बैलों के, पक्षियों के - उसने देवताओं को देखा, कृष्ण को, अग्नि को - उसने इन चेहरों को एक दूसरे के साथ हज़ारों रिश्तों में देखा, एक दूसरे की मदद करते हुए, एक दूसरे से प्रेम करते, घृणा करते, वे एक दूसरे को नष्ट कर रहे थे, एक दूसरे को पुनर्जन्म दे रहे थे, उनमें से प्रत्येक मरने की इच्छा लिये हुए था, पूरे भावावेश से भरकर क्षणभंगुरता को स्वीकार कर रहा था, और तब भी उनमें से कोई भी मरता नहीं था, प्रत्येक केवल रूपान्तरित होता था, हमेशा पुनर्जन्म लेता था, हर बार एक और भी नया चेहरा प्राप्त कर लेता था, एक और दूसरे चेहरे के बीच बिना कोई समय बिताए - और ये सारी आकृतियाँ और चेहरे विश्राम करते थे, बहते थे, स्वयं को उत्पन्न करते थे, साथ-साथ तिरते और एक दूसरे में विलीन हो जाते थे, वे सबके सब लगातार किसी झीनी वस्तु से ढँके हुए थे, जिसकी अपनी कोई निजी पहचान नहीं थी, लेकिन जो तब भी अस्तित्व में थी, किसी पतले काँच या बर्फ़ जैसी, किसी पारदर्शी त्वचा, छिलके या साँचे या पानी के मुखौटे की मानिन्द, और यह मुखौटा मुस्करा रहा था, और यह मुखौटा सिद्धार्थ का मुस्कराता हुआ चेहरा था, जिसको उसने, गोविन्द ने, इसी क्षण में अपने होंठों से छुआ था। और, जैसा कि गोविन्द को लगा, मुखौटे की यह मुस्कराहट, बहते रूपाकारों के ऊपर एकत्व की यह मुस्कराहट, हज़ारों जीवनों और मृत्युओं के ऊपर यह एक ही समय में साथ-साथ होने की मुस्कराहट, सिद्धार्थ की यह मुस्कराहट, ठीक वैसी ही, ठीक उसी तरह की थी, जैसी गौतम बुद्ध की मुस्कराहट हुआ करती थी, जिसको उसने स्वयं गहरी श्रद्धा से भरकर सैकड़ों बार देखा था, प्रशांत, कोमल, अभेद्य, शायद कल्याणप्रद, शायद मज़ाक उड़ाती, प्रज्ञ, हज़ार परतों वाली मुस्कराहट। गोविन्द जानता था, इस तरह सिद्ध पुरुष मुस्कराते हैं।

इस बात से अनजान कि अब समय का अस्तित्व है या नहीं, कि जो दृश्य उसने देखा वह पल भर का था या सौ बरस से चल रहा था, इस

बात से अनजान कि सिद्धार्थ का, गौतम का, मेरा और तुम्हारा अब कोई अस्तित्व है या नहीं, अपनी अन्तरात्मा में कुछ इस तरह महसूस करते हुए मानो वह किसी दैवीय बाण से घायल हुआ है, जिसके घाव में एक मीठा दर्द है, अपनी अन्तरात्मा में अभिमन्त्रित और विलयित, गोविन्द अभी भी खड़ा हुआ था, सिद्धार्थ के उस शांत चेहरे की ओर हल्का-सा झुका हुआ, जिसको उसने अभी-अभी चूमा था, जो अभी-अभी समस्त प्रकटनों का, समस्त रूपान्तरणों का, समस्त अस्तित्व का परिदृश्य बना था। वह चेहरा, जिसकी सतह के नीचे की हज़ार परतों वाली गहराई एकबार फिर ढँक चुकी थी, अपरिवर्तित था, वह चुपचाप मुस्करा रहा था, मुस्करा रहा था शांत और सौम्य ढंग से, कदाचित अत्यन्त कल्याणप्रद ढंग से, कदाचित उपहास करता हुआ, ठीक उसी तरह जिस तरह वह मुस्कराता था, सिद्ध पुरुष।

लगभग दोहरा होता हुआ गोविन्द झुका; आँसू, जिनकी उसको कोई सुध नहीं थी, उसके चेहरे पर बह रहे थे; गहरे आत्मीय प्रेम की, विनम्रतम श्रद्धा की, एक अनुभूति उसके हृदय में आग की भाँति सुलग रही थी। लगभग दोहरा होता हुआ वह झुका, उसके सामने की भूमि का स्पर्श करता हुआ, जो निश्चल बैठा हुआ था, जिसकी मुस्कराहट उसको उस सबकुछ की याद दिला रही थी जिससे उसने अपने जीवन में कभी भी प्रेम किया था, जो उसके लिए अपने जीवन में कभी भी मूल्यवान और पवित्र रहा था।

अनुवादक के बारे में

मदन सोनी हिन्दी के लेखक हैं जो मुख्यतः साहित्यालोचना और अनुवाद के क्षेत्र में सक्रिय हैं। आलोचना पर केन्द्रित उनकी अनेक पुस्तकें प्रकाशित हैं तथा उन्होंने विश्व के कई शीर्षस्थ लेखकों और चिन्तकों की रचनाओं के अनुवाद किये हैं जिनमें शेक्सपीयर, लोर्का, नीत्शे, एडवर्ड बॉण्ड, मार्ग्रेट ड्यूरास, ज़ाक देरिदा, एडवर्ड डब्ल्यू सईद आदि शामिल हैं। हाल ही में उनके द्वारा अनूदित अम्बर्टो ईको का विश्वविख्यात उपन्यास *द नेम ऑफ़ द रोज़ (ख़ाली नाम गुलाब का)* प्रकाशित हुआ है। मंजुल प्रकाशन के लिए उन्होंने जो अनुवाद किये हैं उनमें वनमाली द्वारा रचित *श्री शिव लीला,* नीरज कुमार की पुस्तक *डायल डी फ़ॉर डॉन* और एस. हुसैन ज़ैदी की पुस्तकें *डोंगरी टू दुबई (डोंगरी से दुबई तक)* तथा *बायकला टू बैंकॉक* शामिल हैं।

भोपाल स्थित राष्ट्रीय कला-केन्द्र भारत भवन के मुख्य प्रशासनिक अधिकारी के पद से सेवा-निवृत्त सोनी को अनेक सम्मान और पुरस्कार प्राप्त हुए हैं जिनमें मानव संसाधन विकास मंत्रालय, संस्कृति विभाग की वरिष्ठ अध्ययन वृत्ति और रज़ा फ़ाउण्डेशन पुरस्कार शामिल हैं। वे नान्त (फ़्रांस) के उच्च अध्ययन संस्थान के फ़ेलो भी रहे हैं।